Robin Lyall

Betört

Weitere Bücher von Robin Lyall im Arena Verlag:

Berührt (Bd. 1)

Begehrt (Bd. 2)

Robin Lyall,

Tochter eines Briten und einer Deutschen, verbrachte einen Großteil ihrer Jugend an der englischen Küste. Sie studierte Psychologie und lebte eine Zeit lang im Ausland, bis sie sich auf einem Hausboot in Norddeutschland niederließ. Dort wohnt sie zurückgezogen mit ihrer Familie nebst Hund, Katze, Fröschen und Möwen und widmet sich ganz ihren Leidenschaften: dem Schreiben und Malen.

1

Schwerelos. Kein Laut von außerhalb drang an ihre Ohren. Da war nur betörendes Blubbern, Glucksen und Murmeln in einem sanften Auf und Ab. Getragen werden, schaukeln. Rachel hielt die Augen geschlossen. Lichtreflexe tanzten hinter ihren Lidern. Sie fühlte sich schwerelos und eins mit dem Meer. Leben, Sterben, Zuhause, Falmouth – alles war weit, weit weg. Unwirklich fern. Wunderbar. Es tat so gut, einfach mal abzuschalten, die sich überschlagenden Ereignisse der vergangenen Wochen auszublenden. Sich wortwörtlich treiben zu lassen – wenn auch nur für vier Tage. Libysches Meer. Südkreta. Ausatmen.

Wind und Sonne berührten Rachels Haut, wo die Wasseroberfläche sie freigab. Die Wellen wurden stärker und nahmen Rachel mit, hoben sie an und ließen sie wieder sinken. Aufgescheuchte Wasserperlen rauschten an ihren Gehörgängen vorbei. Aber noch war Rachel nicht bereit, die Augen zu öffnen. Erst als sie eine Bewegung direkt neben sich spürte und feine salzige Spritzer auf ihr Gesicht sprühten, blinzelte sie schläfrig. Graysons meergrüne Augen glitzerten mit dem Wasser um die Wette und brachten sie in die Wirklichkeit zurück. »Hallo Poseidon! Ist das Ihr Ozean?«

»So sieht's aus, schöne Nixe«, erwiderte er und musterte sie begehrlich. »Und alles, was darin herumschwimmt. Können Sie sich ausweisen? Haben Sie eine Lizenz zum Plätschern? Hier ist baden verboten.«

»Oh, Officer, das wusste ich nicht.« Hintersinnig lächelnd tauchte Rachel um ihn herum und schmiegte sich an seinen Rücken. »Müssen Sie mich jetzt gefangen nehmen?«, säuselte sie und knabberte verspielt an seinem Ohrläppchen.

Grayson griff nach ihren Armen und zog sie zu sich nach vorn. Rachel schlang ihre Beine um ihn und brachte Grayson für einen Moment ins Trudeln. Rachel prustete und hustete, als sie Wasser in die Nase bekam. Um ein Haar wären sie beide untergegangen. Aber Grayson ließ ihre Handgelenke los, um sich besser ausbalancieren zu können. Er hielt sie und gemeinsam paddelnd fanden sie ihr Gleichgewicht wieder. Erst als er sicher war, dass sie wieder allein schwimmen konnte, ließ er sie los. Er schüttelte sich Wasser aus den Haaren und schmunzelte. »Vielleicht sollten wir eine gründliche Leibesvisitation doch besser an seichtere Strandabschnitte verlagern. Oder wolltest du dich hier treiben lassen, bis du Algen ansetzt und Wasserschildkröten dich für eine Insel halten?«

Rachel konterte gut gelaunt: »Ich hatte eher gehofft, dass Delfine mich huckepack nehmen und an eine unbekannte mediterrane Insel tragen.«

Grayson lachte. »Dann lass mich für heute dein Delfin sein. Du hast nämlich blaue Lippen.« Eine feine Gänsehaut überzog Rachels Arme, als er erneut auf sie zuschwamm. Sein Mund streifte ihren und etwas in ihrem Magen begann zu kribbeln, während er sanft ihre Arme um seinen Nacken legte. Mit kräftigen Schwimmstößen brachte er sie beide Richtung Land. Rachel hatte gar nicht gemerkt, dass sie in der warmen Spätnachmittagssonne ein gutes Stück aufs Meer hinausgetrieben war. Jemand anders hätte ihr vielleicht eine Moralpredigt gehalten. Grayson war einfach nur da und holte sie. Das kribbelige Gefühl in ihrem Bauch wurde immer stärker.

»Warte mal«, bat sie, als sie auf Höhe der beiden Fischerboote waren, die an dem kleinen Privatstrand festgetäut geduldig vor sich hin schaukelten.

»Was ist?«

»Wie tief ist es hier?«, fragte Rachel und ließ ihn los.

Grayson suchte mit den Füßen nach Halt. Das Wasser reichte ihm bis zur Brust. Rachel schwamm heran und presste ihren Mund auf seinen. Auch und gerade weil das hier Grayson Wolf war – wie sollte sie einem Mann einen akuten Anfall von Glückshibbeln erklären? »Sind meine Lippen immer noch blau?«, fragte sie leise.

»Total«, flüsterte Grayson zurück und erwiderte ihren Kuss. Rachel schloss die Augen und schmiegte sich an ihn. Seine Hände wanderten über ihren Rücken, ihren Nacken, ihre Haare, liebkosten, streichelten. Als ihre Zungen sich berührten, war es wie ein elektrischer Impuls, der sie wohlig schauern ließ. Rachel legte ihre Beine um seine Hüften und verschränkte sie hinter seinem Rücken. Sie hielt sich an ihm fest und zog sich an seinen Bauch. Seine Arme stützten sie, wanderten weiter, genau wie seine Lippen. Warm spürte sie seinen Atem an ihrem Hals, seinen Mund, seine Hände auf ihrer nackten Haut, die eine Spur aus Gänsehaut hervorriefen. Sie bog den Nacken unter seinen Küssen, streckte sich ihm entgegen. Wollte ihn fühlen, ganz und gar. Kühles Meerwasser schwappte leicht zwischen ihren Oberkörpern hinauf. Rachel schlang ihre Arme fester um Grayson, kuschelte sich noch enger an seine Wärme, ihre Brust an seiner, spürte seinen Herzschlag gegen den ihren pochen. Küssend schwamm er mit ihr in den Windschatten der Boote, wo man sie vom Strand aus nicht sehen konnte. Sie wühlte sich in seine Haare, strich mit geschlossenen Augen seinen glatten Rücken hinab, gab sich seinen leidenschaftlicher werdenden Berührungen hin. Er schmeckte salzig und nach Meer. Nach mehr. Viel mehr. Sie gurrte leise, als er sich unter ihr Bikinioberteil tastete und die Rundung ihrer Brust erforschte. Grayson löste seine Lippen und Rachel blinzelte gerade lange genug, um seinen verschmitzten Blick aufzufangen, mit dem er sich vergewisserte, dass sie nicht beobachtet wurden. Dann schob er den Stoff zur Seite und beobachtete fasziniert die vorwitzige Spitze, die sich ihm direkt an der Wasseroberfläche förmlich entgegenreckte. Er umschloss sie zärtlich mit den Lippen. Rachel keuchte auf. Weniger, weil er intensiv daran zu saugen begann, sondern, weil etwas in ihrem Inneren so direkt darauf reagierte. Sie umfasste mit einer Hand seinen Nacken und nutzte die andere, um damit ihrerseits abwärtszupirschen. Über glatte Haut. Vorbei an seinem klopfenden Herzen, seinen werbetauglichen Bauchmuskeln, die sich unter seinem schneller werdenden Atem hoben und senkten, hin zu seinen Boxershorts. Zu viel Stoff. Doch als sie den Saum berührte, packte er ihr Handgelenk. »Was wird das denn ...?«, rügte er sie leise. Rachel ließ ihn den Satz nicht beenden. Wie gebannt starrte sie auf seine weichen Lippen. Sie sahen einfach unwiderstehlich aus. Rachel küsste ihn stürmisch und er erwiderte ihren Kuss mit aller Leidenschaft. Am liebsten hätte sie ihn aufgefressen, ausgetrunken und sie konnte deutlich spüren, dass es ihm ebenso ging. Kaum ließ er ihr Handgelenk los, wanderte es eigenständig weiter, unverdrossen in Richtung

Shorts. Sie musste ihre Hüfte anheben, um die Hand zwischen ihre Körper zu bekommen, tief genug zu gelangen, um ihn mit den Fingern zu umschließen. Grayson stöhnte und seine Hände gruben sich in ihren Po. Rachel genoss die kleine Macht ihres Fingerspiels. Wie er begann, sich zu winden und mit seiner Zunge rhythmisch auf die Bewegungen ihrer Hand zu antworten. Sie bekam nur halb mit, wie er den Stoff ihres Bikinihöschens beiseiteschob. Völlig unvermittelt strichen kühle Finger unter Wasser über ihre empfindsamsten Stellen und huschten wieder davon, noch während sie überrascht die Luft einsog. Ausatmend strebte sie tiefer, ihm entgegen, dem sehnsuchtsvollen Zucken in ihrer Hand. Doch seine Finger schoben sich zwischen sie, wollten zuerst erforschen, bei ihr sein, sie spielten mit ihr, in ihr, um sie herum. Rachel biss sich auf die Lippe und stieß heiser die Luft aus. Sie war kurz davor, das letzte bisschen Kontrolle über sich zu verlieren. Sie wollte ihn. Jetzt. Endlich. Schon wieder. Immer noch. Hörte das denn nie auf? Würde das immer so weitergehen zwischen ihnen? Mit Nachdruck führte sie ihn, schob sich immer dichter an ihn heran, bis er nicht anders konnte, als sie gewähren zu lassen. Sie erwiderte seinen Blick, riss kurz die Augen auf, als sie ihn in sich spürte. Sie bewegten sich kreisend, ihre Hände auf seinem Körper, seine auf ihrem. Ohne zu denken. Eng umschlungen übernahmen sie den Rhythmus, den die Wellen ihnen vorgaben. Er lehnte sie für einen Moment sanft gegen die Bootswand, um neuen Halt zu finden, umfasste ihren Po fester. Heißhungrige Münder. Atemlos. Rachel gab den Takt vor. Betört ließ er sich führen, von ihr steuern. Sie lauschte seinem Atem, seinem Herzschlag, spürte ihn. Spürte sich. Nur noch fühlen.

Sanft und wild. Berauscht. Kraftvoll. Ekstatisch. Pochend und zusammenziehend, während er sich in ihr aufbäumte.

Einen Sekundenbruchteil lang stand die Zeit still. Sie glaubte, mit ihm in der nächsten Welle zu versinken, überspült zu werden, unterzugehen, und unterdrückte einen erfüllten Schrei an seinen Lippen. Aber er fing sie auf, hielt sie ganz fest, atmete rau in ihre nassen Haare, küsste sie wieder und wieder und fand zitternd Halt an einem der Boote. »Oh Gott, ich liebe dich, Rachel. Weißt du eigentlich wie sehr?«

Sie umfasste sein Gesicht mit beiden Händen. Um sie herum brach sich glitzernd die Sonne im Meer. Alles an ihr bebte. Sie schluckte den Kloß in ihrem Hals herunter, der plötzlich weiß der Himmel woher kam, und hoffte, dass er nicht sah, dass sie kurz davor war zu weinen. »Ich dich auch, Grayson Wolf, mehr als du fassen kannst. Ich dich auch.« Ihr Kinn zitterte. Sie war aber auch eine romantische Heulsuse.

Rachel lehnte ihren Kopf an seine Schulter. »Halt mich nur einen Moment noch.« Sie schloss die Augen und lauschte dem Duett ihrer Herzschläge, die sich nur langsam beruhigen wollten.

»Bereit?«, fragte er nach einer Weile. Sie nickte. Notgedrungen erlaubte sie ihm, seine Badehose wieder an Ort und Stelle zu bringen, und schob ihrerseits diverse Stoffdreiecke wieder an ihre ursprüngliche Position, während er mit ihr ins flachere Wasser watete.

Hand in Hand liefen sie über warmen Fels, Kies und Sand zu der Stelle, wo sie ihre Handtücher und Flipflops abgelegt hatten.

Der Strand war menschenleer und Rachel war darüber

mehr als dankbar. Denn nicht nur Grayson amüsierte sich königlich darüber, dass man ihr noch mit sieben Dioptrien ohne Brille jede Gemütsregung im Gesicht ablesen konnte. Ein offenes Buch in Großschrift, hatte ihr Vater mal behauptet und Helen hatte schallend gelacht, als sie ihr davon erzählt hatte.

Doch ihr Dad war mit Mum zu Hause in Chelmsford und ihre Freundin Helen mit Tiger und Kathy und Josh und Bruce und all den anderen in Falmouth an der Uni. Nur sie und Grayson waren hier. Vier Tage Kreta. Vier Tage Auszeit vom Unialltag. Rachel seufzte leise. Wenn es denn Alltag wäre! Irgendwie schien es ihr, als würde sie nie zur Ruhe kommen. Seit sie in das angeblich so beschauliche, postkartenidyllische Cornwall gezogen war, war alles noch komplizierter als vorher, reihte sich ein Ereignis ans nächste. Liebe, Hass, Drogen, Selbstverletzung, Tod – und sie mittendrin. Was würde als Nächstes kommen?

Grayson legte ihr sanft ein Handtuch über die Schultern. »Alles okay?«, erkundigte er sich. Rachel nickte halbherzig und sah ihn an. Unter seinen Augen waren noch immer Spuren des Veilchens zu erkennen, das er im Kampf mit Caleb davongetragen hatte. Weil er sie beschützen wollte. Quer über die Nase und am Kinn waren rosafarbene Stellen zurückgeblieben, die wohl nur noch ihr auffielen. Ebenso an den Knöcheln. Der Schorf war bereits abgefallen. Ein paar blaue Flecken an den Rippen waren da noch. Zärtlich berührte sie die Stellen und er küsste wortlos ihre Hand und schloss sie in die Arme. Seine Haut heilte schnell. Aber was war mit ihren Seelen? Lange standen sie im feinen Sand und blickten aufs tiefblaue Meer hinaus, hingen ihren Gedanken nach.

Rachel hatte keine Ahnung, wie er es hinbekommen hatte, dass sie beide den Montag und Dienstag noch ganz offiziell freibekommen hatten. Eigentlich lief das Wintertrimester durch bis Mitte Dezember. Ihr Grundlagenkurs in Kunst und Design pausierte etwas später als Graysons Fotografiestudium. Seine vorlesungsfreie Zeit begann schon eine Woche früher und der nächste Term eine Woche später als ihrer. Ungerecht! Aber vor allem hatten sie noch gar nicht darüber geredet, wie es mit ihnen während der Weihnachtsferien weitergehen würde. Würden sie sich sehen? Und wo? Wie lange? Sie rückte ein wenig von ihm ab und sah zu ihm hoch. »Sag mal, wo wohnst du eigentlich?«

Er grinste sie an. »Im Schloss? Direkt über dir? Du erinnerst dich dunkel? Falmouth, Cornwall? Du hast bei unserer ersten Begegnung im Park bei den Rosenbüschen deine Malsachen nach mir geworfen?«

Rachel knuffte ihn empört. »Die sind mir runtergefallen.«

»Hab ich dich schon damals nervös gemacht?« Grinsend steckte er ihr mit dem Finger eine nasse Haarsträhne hinters Ohr und küsste sie.

»Lenk nicht vom Thema ab!«, schmollte Rachel. »Ich meine, wo verbringst du Weihnachten? Bei deinen Eltern? Wo wohnen die eigentlich? Oder trefft ihr euch alle zusammen im Cottage?«

Sie spürte, wie er sich versteifte. »Nein«, sagte er knapp. »Wir haben uns noch nie so gut verstanden, und seit ...« Er bückte sich, um ihre Sachen aufzuheben. »Du weißt das doch. Komm, lass uns hochgehen. Es wird kühl. Du brauchst eine heiße Dusche.«

Seit Amelias Tod, meinte er. Natürlich wusste sie das und jetzt hatte sie wieder an seine tiefste Wunde gerührt. Rachel nahm seine freie Hand und folgte ihm vorsichtig über eine Ansammlung gröberer Kieselsteine zu der verwitterten Holztreppe, die den gewundenen Privatpfad zum Haus von Graysons Professorin Janet Ferguson begrenzte. »Es tut mir leid, ich wollte dich nicht traurig machen.«

»Ist schon okay«, sagte er und atmete tief durch, bevor er sich zu ihr umdrehte. »Darüber schweigen macht es nicht besser. So allmählich begreife ich das.« Er reichte ihr die Schlappen und strich sich grob den Sand von den Füßen, bevor er seine ebenfalls überstreifte. »Weißt du, was echt schräg ist?«

Rachel schüttelte den Kopf. Sie hatte sich auf eine Stufe gesetzt und betrachtete ihre Füße, die unter der Sandschicht ein schickes rosa-weißes Muster vorwiesen. »Sonnenbrand Ende Oktober?«

»Netter Versuch.« Er grinste schief und wurde gleich wieder ernst. »Weißt du, in der Nacht auf dem Campus, als Caleb den Stein aufgehoben hat ... wenn du nicht geschrien hättest ...« Er fuhr sich durch die Haare und wich ihrem Blick aus. »Ich war in so einem irren Film, ganz weit weg. Einen Moment lang dachte ich: Tu's doch, Cal. Mach schon! Dann kommst du ein für alle Mal in den Bau, du Stück Scheiße.«

»Grayson!« Rachel erschrak. Sie wollte nicht hören, was er da sagte. »Grayson, ich ... du vermisst sie sehr, oder?«

»Ist schon gut.« Er nickte verlegen. »Ich bin sehr froh, dass du geschrien hast. Sehr, sehr froh sogar. ... Und weißt du, was noch komisch ist?«

Rachel schüttelte den Kopf. Ob sie irgendwann schlau aus ihm würde? Ihr Wolf stellte sie immer wieder vor Rätsel.

»Ich hab mir monatelang vorgestellt, wie es wäre, ihm

endlich ein paar zu verpassen. Es ihm heimzuzahlen, für Amelia und den ganzen Scheiß mit dir und Helen ... Rück mal, bitte.« Er setzte sich neben sie auf die verwitterte Holzstufe und Rachel kroch in seine Arme. »Als es dann so weit war ... Es war ... nicht befriedigend ... Überhaupt nicht! Ich bin so über mich selbst erschrocken, weißt du? Ich hätte ihn totschlagen können. Eiskalt. Oder er mich. Es wäre mir egal gewesen.« Er sah sie verlegen an und strich ihr eine nasse Haarsträhne aus dem Gesicht. »Na ja, nicht ganz. – Und danach war ich einfach nur leer, ausgebrannt ... total erschöpft.«

»Es ist vorbei«, flüsterte Rachel. Was sollte sie dazu sagen? Sie fühlte sich hilflos, klein, verwundbar. Aber wie musste es ihm erst gehen nach dieser ganzen Sache? Seine Schwester war tot. Und auch wenn Rachel sich bei aller Angst an jenem Abend nicht wirklich in Lebensgefahr gewähnt hatte – oh Gott, war das wirklich erst knapp zwei Wochen her? –, für ihn musste es so ausgesehen haben, als ob sich alles wiederholte. Sie streichelte sein Gesicht, nahm es in beide Hände und ihre Stimme zitterte leicht. »Grayson, ich hab keine Ahnung, wo deine Schwester jetzt ist. Aber ich bin mir sicher, dass Amelia ihren Frieden gefunden hat.« Aber was ist mit deinem?, fügte sie im Stillen hinzu.

»Meinst du?« Er löste sich von ihr und stand auf. Der Vorhang vor seine Gefühle war zurückgefallen und er sah sie wieder mit seinem unergründlichen Graysonblick an. »Na los. Wir kommen hier ja nie weg.« Er streckte ihr eine Hand hin. Sie zog sich daran hoch und wusste nicht, was sie von dieser Rede halten sollte.

»Und um auf deine Frage zurückzukommen: Meine Eltern

sind nach Schottland, nach Aberdeen gezogen, du weißt ja, Großbritanniens Ölplanschbecken. Mein Vater will seine Geschäfte nicht aus den Augen verlieren. Aber ich schätze, die Wahrheit ist: Er will einfach nur weit weg sein von Cornwall und dem Schloss – und mir. Also – entweder ich spuke einsam durch die Gänge, wenn ihr alle ausgeflogen seid, oder ich fahre ein paar Tage ins Cottage. Auch wenn es allein natürlich nur halb so schön ist, wie in Begleitung einer gewissen dreiviertelnackten Dame.« Er zwinkerte ihr zu, doch Rachel ging nicht darauf ein. Ihr brannte die Frage auf den Lippen, wieso das Schloss für seinen Vater eine Rolle spielte, und sie verkniff sich mühsam, nicht weiter nachzubohren.

Ihr einsamer Wolf öffnete sich immer mehr und sie wollte das auf keinen Fall kaputt machen. Sie war glücklich. Richtig, richtig glücklich. Und zum ersten Mal seit Monaten wagte sie zu glauben, dass dieses Gefühl auch Bestand haben würde. »Weißt du, was?«, fragte sie und überholte Grayson gut gelaunt den Hügel hinaufstürmend. »Wer zuerst oben ist, darf aussuchen, was es zum Abendessen gibt!«

2

Den kitschigsten aller Postkartensonnenuntergänge bewunderten sie nach dem Essen mit einem Glas griechischem Rotwein auf dem Balkon.

Noch während der rote Ball in einem farbenprächtigen Spektakel von Orangegolden bis Purpurviolett versank, wurde es zunehmend kühler. Doch sie hatten mit warmen Pullis und einer Decke auf ihrer kleinen Holzbank vorgesorgt.

»Einen Toast auf Professor Ferguson«, rief Rachel aufgekratzt und hob ihr Glas in den dunkler werdenden Himmel. Der Wein stieg ihr in den Kopf und wärmte gleichzeitig kribbelnd die Füße, ein äußerst witziger Effekt, fand sie.

»Das sagst *du?«* Grayson wollte sich schier ausschütten vor Lachen.

Rachel streckte ihm die Zunge heraus. »Was ist?«, fragte sie keck. »Es zeugt von einem hohen Maß an Selbstlosigkeit, uns ihr Ferienhaus kostenlos zu überlassen, obwohl sie garantiert lieber selbst hier Zeit mit dir verbracht hätte.«

»Das ist eine haltlose Unterstellung«, blödelte Grayson. »Aber ich musste ihr bei allem, was mir heilig ist, versprechen, keine einzige Katze hineinzulassen.« Er musterte sie belustigt. »Hmm ... werde ich nicht eigentlich schon wortbrüchig, wenn ich dich in meinem Bettchen schlafen lasse?«

»Wenn du mich denn schlafen lassen würdest«, neckte

Rachel und tat entrüstet. »Apropos, was wollen wir eigentlich heute Abend machen?«

»Meinst du davor oder danach?« Seine seegrünen Augen glitzerten spitzbübisch. Rachel setzte an, etwas zu erwidern, was mit den kulturellen Angeboten auf Kreta, historischen Denkmälern und Sehenswürdigkeiten zu tun hatte, aber sie kam nicht mehr dazu, irgendetwas zu sagen. Bevor er sie küsste, nahm er ihr das Weinglas aus der Hand und stellte es auf die Balkonbrüstung. Und dann schloss sie die Augen und genoss seine Hände, seinen Mund und was er so alles mit seiner Zunge anstellen konnte.

Als sie die Lider eine gefühlte Ewigkeit später wieder aufschlug, war der Mond sichelförmig aufgegangen und die ersten Sterne zu sehen.

»Sie leuchten viel heller als bei uns zu Hause!«, stellte Rachel fest und schmiegte sich an Grayson. »Nein, sie sind nur besser zu sehen, weil hier weniger Lichtquellen drum rum stören.«

»Besserwisser!«

»Romantikerin.«

»Wer ist eigentlich mit Abwasch dran?«

»Haha, *touché!*« Lachend stand Grayson auf und zog sie hoch. »Wie wäre es, wenn wir das gemeinsam erledigen und dann auf einen Abstecher nach Mátala fahren? Wir haben noch gar keine Souvenirs besorgt. In der alten Hippiehochburg finden wir bestimmt was nach Tigers und Helens Geschmack. Morgen ist unser letzter Tag hier, und wie ich dich kenne, hast du vor, mich abwechselnd durch irgendwelche Ruinen zu scheuchen und dann stundenlang hinter deinem Skizzenblock zu verschwinden, richtig?«

Rachel nickte begeistert und strubbelte ihm durch die

Haare. »Tu nicht so, als ob dir das keinen Spaß machen würde. Aber du kannst deine Fotoausrüstung natürlich gern hierlassen, wenn du meinst, du brauchst sie nicht.«

»Du kleines, süßes Biest!« Er versuchte, sie zu erwischen, aber Rachel wich geschickt aus und lief durch die offene Balkontür in die Wohnküche des Apartments. »Ich bin dafür, zuerst einzukaufen. Wer weiß, wie lange die Läden jetzt in der Nachsaison noch geöffnet haben. Und auf der Fahrt lese ich dir was aus meinem Reiseführer vor! Du glaubst ja wohl nicht, dass du mit dem bisschen Knossos davonkommst. Das war ja bloß minoische Kultur light. Da fahren doch alle hin!«

»Das Gefühl hatte ich allerdings auch, und zwar alle auf einmal«, sagte Grayson mit leidender Miene. »Als ob Touristen aller Länder die Völkerwanderung nachgespielt hätten. Mann, war das voll da in den Trümmern.«

»Trümmer«, wiederholte Rachel empört. »Knossos ist die fast vollständig restaurierte Palastanlage des sagenhaften König Minos, immerhin dem Sohn von Zeus persönlich! Mindestens dreitausendfünfhundert Jahre alt ... Auf Kreta stolperst du überall über griechische Mythologie: Hier ging Europa an Land mit Zeus als Stier, das Labyrinth, von Dädalus gebaut, Ariadne und Theseus – Banause! Vielleicht hätte man dich statt ihm zum Minotaurus sperren sollen?«

»Hättest du mich denn wieder rausgeholt, am seidenen Ariadnefaden?«, flachste er. Natürlich wusste er wieder mal mehr als sie über die antiken Göttergeschichten.

»Nerd«, meinte Rachel knapp und streckte ihm die Zunge heraus, doch Grayson war jetzt offensichtlich richtig in Fahrt. »Aber Theseus hat das ja auch ganz gut hingekriegt ohne mich. Nur, dass er seine Geliebte dann einfach Dionysos überlassen hat ... obwohl – womöglich hat er guten griechischen Wein dafür gekriegt? Vielleicht war's ein fairer Tausch? Was weißt du darüber, Frau Kunsthistorikerin? Rachel nahm eins der reich bebilderten Taschenbücher vom Holztisch und fuchtelte damit vor Grayson herum, als wäre es ein Degen. Sie landete einen Treffer an seinem Bauch und Grayson krümmte sich theatralisch.

»Hab ich dir wehgetan?«, fragte Rachel besorgt und ließ sofort das Buch sinken.

Ungeniert griff er zu, nahm es ihr ab, zog sie zu sich heran und küsste sie auf die Stirn. »Also gut, einverstanden. Ein Nachschlag Kultur. Morgen. Deine Argumente sind offenbar stichhaltiger als meine.«

Rachel wich quiekend aus und versuchte, sich aus seiner Umarmung zu winden und seine Hände abzustreifen. Die waren überall. Und er roch so gut. Und sein Körper war so warm und so einladend. Und so verdammt nah. Und wie er sich bewegte ... »Wenn ich darauf eingehe, was du möglicherweise noch an Argumenten in Reserve hast, würde das jetzt nur wieder eine neue ...« Sie bekam kaum Luft unter seinen Küssen. Irgendwie gelang es ihm sogar, sie rückwärts zum Küchentisch zu manövrieren und ihr Bein um seine Hüfte zu legen, sodass sie ihn noch enger an sich spürte. Wo war sie stehen geblieben? Das waren aber auch erschwerte Bedingungen. Schwer. Sein Körper auf ihrem. So warm. Mehr als warm. Er atmete heiß in ihr Ohr und knabberte an ihrem Ohrläppchen. Rachel ächzte und schob ihn mit aller Entschlossenheit ein Stück von sich. »... eine neue Diskussion auslösen! Das ist unfair, Grayson«, schimpfte sie und bemühte sich, möglichst überzeugend zu klingen.

Belustigt sah er sie an und beugte sich gegen den Widerstand ihrer ausgestreckten Arme nach vorne.

»Rethymno«, rief Rachel und tauchte unter ihm weg.

»Was? Das ist an der Nordküste! Ist das nicht ganz schön weit?« Irritiert richtete Grayson sich auf. Rachel gewann Boden zurück. Sie grinste.

»Da waren wir aber auch noch nicht. Also morgen. Los komm schon! Jetzt erst mal Mátala. Wo Zeus und Europa, du weißt schon was ...«, setzte sie lockend hinterher. »Weißt du, wo ich meinen Geldbeutel hingelegt habe?«

Grayson gab sich kopfschüttelnd geschlagen. »Auf der Kommode im Bad.«

Zehn Minuten später saßen sie im Auto. Im Radio dudelte ein griechischer Schlager und ein begeistert klingender Sprecher erzählte irgendetwas, das sie nicht verstanden.

Die Straßenverhältnisse auf Kreta waren gewöhnungsbedürftig. Schlecht ausgeschildert, manchmal nur in griechischen Buchstaben und die lateinische Übersetzung meist ganz anders, als sie im Reiseführer oder auf der Karte stand. Außerdem schien es ein kretisches Sonntagsschützenhobby zu sein, die wenigen Straßenschilder als Zielscheibe zu durchlöchern. Ab und zu sprang einem unvermittelt ein Hund oder ein Schaf in den Weg oder man bog auf schmalen Straßen im Gebirge um eine Kurve und fand sich inmitten einer ganzen Herde. Das kannte Rachel aus dem Dartmoor und von Fahrten durch Wales, nur waren hier die Schluchten steiler und erheblich tiefer.

Manche Straßen waren einfach nur grob geschottert und es gab so tiefe Schlaglöcher, dass sie um den Unterboden ihres Fahrzeugs fürchtete. Sie ermahnte Grayson ständig, noch langsamer zu fahren, weil immer mal wieder kleinere und größere Steinbrocken unvermittelt auf der asphaltierten Fahrbahn herumlagen. Nach heftigen Regengüssen während der vergangenen Tage waren sie von den Olivenhainen heruntergespült worden und blieben liegen, bis sie ein opferbereites Auto fanden.

»Jedenfalls bin ich froh, dass wir die Mietwagenfirma mit dem integrierten Unterbodenschutz gewählt haben«, dachte sie laut.

»Willst du fahren?«, fragte Grayson, ohne den Blick von der Straße zu nehmen. Es war stockdunkel und der Scheinwerfer beleuchtete nur einen sehr kurzen Abschnitt. Sie wollte gerade nach dem Verstellschalter suchen und ließ die Hand nun schnell wieder sinken. Rachel schüttelte den Kopf. »Ich hab ein ganzes Glas Wein zum Abendessen getrunken. Schon vergessen?«

»Eben«, merkte er an.

»Bist du sauer?« Sie zog die Augenbrauen hoch.

»Sollte ich?«

»Nein.« Manchmal war er wirklich eine Mimose, fand Rachel. Es holperte wieder. Um sich abzulenken, schraubte sie an dem veralteten Sendersuchlaufknopf herum. Ohne wirklichen Erfolg. Also blätterte sie im Reiseführer und da passierte es.

»Der läuft unrund, oder?«

»Das liegt an der Straße.«

»Nein, du bist über irgendwas drübergefahren.«

»Rachel, da liegen überall Steine im Weg. Ich weiche aus, so gut ich kann. Die Straße ist schmal und kurvig und links geht es steil runter. Ich fahre grade mal dreißig Stundenkilometer, wenn überhaupt. Wollen wir laufen?«

»Das ist kein Vorwurf, Grayson, nur eine Feststellung.«

Sie schaltete das Autoradio ab und der griechische Sänger verstummte beleidigt. Jetzt war es deutlich zu hören. Ein leises Glubschen, alle paar Meter.

Sie brauchte nicht darum bitten, Grayson ließ den Wagen ausrollen und fuhr rechts ran. »Haben wir so was wie ein Warndreieck und eine Taschenlampe an Bord?«

Rachel nickte und lächelte ihn an. Er sah verdammt süß aus, wenn er so besorgt guckte. »Und wehe, du sagst jetzt, ich soll sitzen bleiben!«, drohte sie mit erhobenem Zeigefinger und hatte bereits den Türgriff in der Hand.

»Das würde ich nie wagen, Frau Chefmechaniker«, gab er zurück und hob die Hände vom Lenkrad.

Seitlich im rechten Hinterreifen steckte ein etwa drei Zentimeter großer Stein fest. »Tja, das war's wohl für heute mit den Souvenirs und den alten Hippies«, seufzte Rachel. Weiter unten in der Ferne konnte sie bereits die Lichter des nächsten Hafenstädtchens funkeln sehen. Sie schenkte der atemberaubenden Aussicht über das mondbeschienene Meer einen kurzen, sehnsuchtsvollen Blick. Dann krempelte sie die Ärmel ihrer Sweatjacke hoch und half Grayson, Wagenheber und Reserverad aus dem Kofferraum zu holen. Während sie die richtige Stelle suchte, um den Mietwagen aufzubocken, stellte er das Warndreieck und eine Signallampe hinter der nächsten Kurve auf. Gemeinsam lösten sie die Radmuttern. Sehr zu ihrem Verdruss wollte Rachels Gewicht dafür einfach nicht ausreichen, selbst wenn sie sich auf das Radkreuz stellte und darauf herumhopste.

»Immerhin taugt das Werkzeug was und der Ersatzreifen hat die richtige Größe«, ächzte Grayson und legte die letzte Schraube beiseite. Rachel zerrte bereits an dem Reifen herum, der nun zusehends Luft verlor.

»Ein Kompressor und ’ne Flasche Reifendichtmittel wären mir jetzt trotzdem lieber«, fluchte sie leise.

»Tut mir leid«, murmelte Grayson, rollte den geschrotteten Reifen zum Kofferraum und reichte ihr das Ersatzrad.

Rachel lächelte ihm aufmunternd entgegen. »Ist nicht deine Schuld«, sagte sie großzügig. »Das hätte mir genauso passieren können. Ehrlich. Dafür hab ich ein halbes Glas mehr als du intus. Und weißt du, was? Ich weiß jetzt endlich, wo ich jobben will. So, kannst du hier und hier bitte mal ordentlich festziehen?«

Gehorsam setzte Grayson das Drehkreuz an. »Etwa in einer Autowerkstatt?«

»Ja, warum nicht? Das kann ich, das macht mir Spaß – warum sollte ich kellnern gehen oder lustlosen Kindern Nachhilfe in Mathe geben, wenn mir so was hier viel mehr liegt?« Rachels Laune stieg schlagartig in schwindelerregende Höhen. Je länger sie darüber nachdachte, desto besser gefiel ihr die Idee. »Dad wird begeistert sein. Ich liebe Autos, das weißt du ja. Und ich habe kein Problem damit, mich dreckig zu machen.«

»Und du hast auch echt Ahnung. Die Frage ist nur, welche Werkstatt dir eine Chance gibt – du hast keine offizielle Ausbildung.« Rachel wischte seinen Einwand weg wie ein Staubkorn auf frisch poliertem Chrom. »Papperlapapp. Ich find schon was!«

Er hatte seine Jacke ausgezogen. Abwesend beobachtete Rachel das Spiel seiner Muskeln unter dem T-Shirt. »Wusstest du übrigens, dass man einen Reifen ohnehin wegschmeißen muss, wenn er mal geflickt worden ist? Taugt nur noch für die langsame Fahrt zur nächsten Werkstatt.«

»Mhhm«, machte Grayson konzentriert und zog die letzte Schraube fest. Er sah zum Anbeißen aus, wie er da kniete.

»Ich wüsste eh nicht, wo die nächste Werkstatt ist. Und haben wir nicht überhaupt auch einen 24-Stunden-Service mitgebucht?« Prompt hob er die Brauen, als ob ihm das jetzt erst dämmerte. Rachel grinste verwegen und rutschte auf Knien näher an ihn heran. »Ich steh auf verschwitzte Schraubersiegertypen, weißt du?«

Grayson lachte und pustete ihr eine Haarsträhne aus dem Gesicht, weil seine Finger ölverschmiert waren. »Du meinst wohl eher, du liebst es, selber an irgendwelchen Autos rumzuschrauben.« Er betrachtete seine schmutzigen Finger und in Rachels Kopf ploppten Erinnerungen daran auf, was er noch vor wenigen Stunden mit diesen Händen getan hatte. Sie schauerte am ganzen Körper. Irgendwas in diesem Wein begann gerade, ganz sonderbar nachzuwirken, und machte sie plötzlich ziemlich heiß. »Nicht nur an irgendwelchen ...« Sie kam noch näher und hauchte ihm einen Kuss auf den Mund. »... Autos«, schnurrte sie, schubste ihn gegen den Kotflügel und kletterte rittlings auf seinen Schoß. Es klirrte, als Grayson das Drehkreuz auf den Asphalt fallen ließ. Er strich ihr mit den Unterarmen über den Rücken, hilflos bemüht, sie mit seinen Händen nicht noch schmutziger zu machen. »Wir sind ganz allein hier oben«, flirtete sie und zog die Linie seiner Lippen mit ihrer Zungenspitze nach. »Und du kannst dich grade gar nicht wehren.« Er öffnete den Mund und sie umspielte seine Zähne, erforschte ihn und genoss die kleinen Stromstöße, die ihr über den Körper jagten, wenn sich ihre Zungen wie zufällig trafen. Sie nahm seinen Kopf zwischen ihre Hände und stützte sich am kühlen Blech des Wagens ab.

Auf einmal ertönte in der Kurve vor ihnen eine Hupe und gleich darauf streifte sie einen Moment lang der Lichtkegel eines vorbeifahrenden Autos. Sie stoben auseinander und Grayson stieß sich vor Schreck den Kopf.

»Total allein, ja?«, brummte er verkniffen. »Ganz schöner Verkehr in den kretischen Bergen für die Jahreszeit.«

Rachel musste kichern und klopfte sich ziemlich ernüchtert den Dreck von der Jeans. Tschüss, Dionysos! »Na komm schon, lass uns nach Hause fahren, Hände waschen und duschen. Mein Bedarf an Souvenirs ist für heute gedeckt. Und vielleicht finde ich ja im Internet schon ein paar Werkstattadressen in Falmouth.«

Früh am nächsten Morgen klingelte sie ein Mitarbeiter der Mietwagenfirma aus dem Bett, um ihnen ein Ersatzfahrzeug vor die Tür zu stellen. Grayson hatte gleich nach ihrer Rückkehr dort angerufen und erzählt, was passiert war. Doch auch als er versicherte, dass alles wieder in Ordnung sei, der Ersatzreifen vollwertig und sie ja ohnehin nur noch einen Tag blieben – der freundliche Grieche entließ Grayson erst, als er ihre Sachen aus dem Unfallwagen geholt, Schlüssel und Papiere getauscht und den Empfang des Ersatzautos quittiert hatte. Mit einem fröhlichen *»Jiássas!«* tuckerte er dann hupend und winkend durch das schmiedeeiserne Tor.

»Er hätte wenigstens Brötchen mitbringen können«, beschwerte sich Rachel und rieb sich die Augen. Es war verflixt hell hier draußen. Sie war im Nachthemd barfuß die Haustreppe heruntergekommen. Der Naturstein unter ihren Füßen fühlte sich warm an. Die Morgensonne schien ihr wohltuend auf den Rücken. Eine leichte Brise streifte ihre nackten Beine und raschelte in den Palmblättern der Yuccas im Garten.

»Kein Wunder, dass der Mann so gestrahlt hat«, meinte Grayson und kam barfuß auf sie zu. Er trug dunkle Boxershorts und hatte ein einfaches weißes T-Shirt übergestreift. Seine Mundwinkel zuckten leicht.

»Wieso?«, fragte Rachel. »Wollte er was extra für den Wagen? Wieso hast du ihn fahren lassen? Warte, ich hol mal unseren Vertrag. Der liegt noch auf dem Küchentisch.«

Sie drehte sich bereits um, aber Grayson hielt sie zurück. Er stand eine Stufe tiefer als sie und somit waren sie genau auf Augenhöhe. Die Lachfältchen um seine Augen arbeiteten. Er kam ganz dicht und flüsterte ihr ins Ohr: »Dein Nachthemd ist so was von durchsichtig. Das sollte genug Extra sein für ein kostenloses Upgrade auf einen Geländewagen der teuersten Kategorie.«

»Was?«, kreischte Rachel und sah an sich herunter. »Oh nein!« Sie spürte, wie ihr die Farbe ins Gesicht schoss.

Grayson wollte sich schier ausschütten vor Lachen. »Du bist umwerfend, Rachel McIntyre. Weißt du das eigentlich? Im einen Moment willst du mich mitten auf einer griechischen Landstraße verführen und im nächsten wirst du knallrot, weil irgendein Autohändler, den du vermutlich nie mehr wiedersiehst, von deinem Alabasterkörper geblendet worden sein könnte. Überleg dir das noch mal mit dem Schrauberjob. Da hängen Fotos von nackten Mädels an Werkzeugschränken.«

»Aber nicht von mir!« Rachel drehte sich hektisch um die eigene Achse, sah zur Sonne hinauf und den geschwungenen Weg zur Garage hinunter.

»Warte, stör mich nicht«, wehrte sie ihn ab. »Gegenlicht,

richtig? Und hier steht ja auch der Oleander. Und die Bougainvillea. Er konnte mich gar nicht richtig sehen, da wo ich war, oder?«

Grayson hielt sich den Bauch. Er kriegte sich gar nicht mehr ein. Rachel stemmte sich schnaufend die Fäuste auf die Hüfte. »Du bist unmöglich, Grayson Wolf. Ein Scheusal, wie es im Buche steht! Na warte. Mir fällt schon noch ein, wie ich dir das heimzahlen kann.« Sie schimpfte wie ein Rohrspatz, aber Grayson packte sie kurzerhand um die Taille und warf sie sich über die Schulter wie einen Sack Mehl. Das war ja wohl die Höhe! »Lass mich sofort runter, du Neandertaler. Was bildest du dir ein?«, kiekste sie und hämmerte mit den Fäusten gegen seinen Rücken, was gar nicht so einfach war, wenn einem eine Männerschulter in den Magen bohrt.

»Leicht bekleidete Frauen sind einfache Beute«, ächzte Grayson unbeeindruckt. »In den Pool oder ins Bett?«

»Untersteh dich!«, quiekte Rachel panisch und begann herumzuzappeln. »Ich bewerf dich mit Kakteenfrüchten!« Er durchquerte unbeirrt das Wohnzimmer und steuerte die Terrasse mit dem angrenzenden Schwimmbecken an. »Ich glaube, das ist genau das Richtige, um dein Mütchen abzukühlen«, hörte sie ihn sagen.

»Grayson, ich rede nie wieder mit dir! Wenn du das tust, kannst du dir Sex mit mir für den Rest des Urlaubs abschminken!!!«

»Oh, ganze anderthalb Tage?«, hörte sie ihn spötteln. »Das ist es mir wert!« Aber stattdessen drehte er dann doch im letzten Moment ab und ließ sie auf die Hollywoodschaukel gleiten. Empört zupfte Rachel den Stoff ihres Nachthemdes zurecht. Grayson ließ die Fahrzeugpapiere und den Autoschlüssel neben sie aufs Polster fallen, zog sein T-Shirt aus und köpfte mit dem breitesten Grinsen, das sie je an ihm gesehen hatte, in den Pool. Natürlich wurde sie von oben bis unten nass gespritzt, als er eintauchte, und sie wäre jede Wette darauf eingegangen, dass er noch unter Wasser weitergrinste.

»Dir wird das Lachen noch vergehen«, schmollte sie leise. Aber während sie einen Plan ausheckte, brauchte sie jetzt erst mal einen Kaffee. Dringend und sofort. Und was anderes zum Anziehen. Bevor dieser Verrückte die nächste irrwitzige Idee hatte. Sie ignorierte tunlichst das prustende Etwas, das neben ihr im Wasser seine Bahnen zog, und stolzierte mit gerecktem Kinn ins Haus. Dabei rieb sie heimlich über ihre Rippen. Was hatte der Kerl nur für knochige Schultern. Vielleicht sollte sie joggen gehen und erst mittags wiederkommen?, überlegte sie, während sie die holzgetäfelten Hängeschränke aufriss. Sollte er sich die Zeit doch alleine vertreiben. Wo war bloß das blöde Kaffeepulver? Aber dann bliebe kaum noch Zeit, die Insel zu erkunden. Ah, da war ja die Dose. Enttäuscht stellte Rachel fest, dass sie ein klapperndes Geräusch von sich gab. »Ganze Bohnen«, grummelte sie und sah sich suchend nach der Kaffeemühle um. So modern und luxuriös die Ferienwohnung auch eingerichtet war – es gab keinen Vollautomaten, sondern einen altmodischen Filteraufsatz, eine Porzellankanne und – eine Kaffeemühle. Zufrieden füllte Rachel das kleine Kästchen mit Bohnen und begann, an der widerspenstigen Kurbel zu drehen. Am ersten Morgen hatte Grayson ihr Kaffee auf die griechische Art kredenzt: das gemahlene Pulver einfach mit Wasser im Kochtopf überbrüht und »Nicht ganz austrinken!« gebrüllt. Aber da war es schon zu spät gewesen und Rachel hatte Kaffeebrei zwischen den Zähnen gehabt. Sie schüttelte sich. Diese Vorliebe hatte sie definitiv nicht mit Professor Ferguson gemeinsam. Daraufhin hatten sie seitdem Tee getrunken, aber heute Morgen musste es Kaffee sein. Definitiv!

Zwanzig Minuten später brütete Rachel mit der zweiten Tasse über dem Reiseführer und schrieb Notizen. Das Tapsen nackter Füße auf den Marmorfliesen kündigte an, dass Grayson seine morgendliche Runde beendet hatte.

»Na? Mütchen erfolgreich gekühlt?«, fragte Rachel, ohne aufzusehen.

»Ich dachte, wenn ich Brötchen mitbringe, habe ich vielleicht auch die Chance auf einen Kaffee?« Er hielt ihr ein noch warmes griechisches Hefeteilchen unter die Nase und zog sich einen Stuhl heran.

»Das sind keine Brötchen. Das ist Süßkram«, schmollte sie, ohne ihn anzuschauen.

»Aber so lecker! Baklava. Probier mal!« Er rutschte näher und nasser Stoff berührte ihr nacktes Bein. Ungläubig starrte sie ihn an. »So, warst du im Dorf? Gab's da einen Mr-Wet-T-Shirt-Wettbewerb?«

Grayson zuckte mit den Achseln. »Es war eine spontane Idee nach der dritten Bahn. Der Pool ist eh zu klein, um Meter zu machen. Also dachte ich, besser mit nassen Boxershorts und T-Shirt ins Auto als eine rachdurstige Rachel, die hungrig vor sich hin schmollt und finstere Pläne schmiedet.« Er strahlte sie entwaffnend an. »Und? Hast du dich schon entschieden, an welcher historischen Stelle du mich über die Klippen schubst?«

»Noch nicht ganz«, erwiderte sie und sah eilig wieder in

ihr Buch. Nur nicht zu schnell nachgeben jetzt. »Du hättest ein Foto machen sollen vom Gesichtsausdruck der armen Konditorin.«

»Ich musste da schnell wieder raus, bevor sie die Tropfspuren auf dem Fußboden bemerkt hat«, konterte Grayson. »Und mein Handy war hier.« Er deutete auf die kleine Kommode an der Wand. »Außerdem dachte ich immer, du findest Selfies peinlich?«

»Nicht wenn die Situation noch peinlicher ist. Dann zeugt das nämlich von der Fähigkeit zur Selbstironie.« Sie klappte den Reiseführer zu und hielt ihm ihre Liste vor die Nase. »Hier. Strafarbeit. Da müssen wir heute überallhin!« Entschlossen schob sie das Kinn vor. »Und fünf Werkstätten hab ich mir auch schon rausgeschrieben. Leider hatten nur zwei davon ihre E-Mail-Adresse online oder ein Kontaktformular. Da warte ich jetzt auf Antwort. Ach so, und heute fahre *ich!*«

»Wie du meinst«, sagte Grayson. Staunend beobachtete Rachel, wie er gut gelaunt alles aus dem Kühlschrank holte, was ihm anscheinend irgendwie frühstückstauglich erschien. »Aber nimm ein Badetuch mit. Kann sein, dass der Fahrersitz noch etwas feucht ist.«

Resigniert biss sie in das süße Gebäckstück. Es war mit gehackten Pistazien, Mandeln und Walnüssen gefüllt. »Schmeckt gut. Dein Glück«, murrte sie.

»Frieden?«, fragte er lausbübisch und küsste ihr Puderzucker vom Mundwinkel. »Du bist unwiderstehlich, wenn du dich aufregst!«

»Waffenstillstand«, räumte sie ein. Ihr Widerstand bröckelte unaufhaltsam. »Aber nur wenn du dich rasierst. Du kratzt.« Sie musste ganz dringend üben, länger auf ihn böse zu sein!

»Wie Ihr wünscht!« Gehorsam marschierte Grayson ins Bad und unterhielt sich durch die offene Tür weiter mit ihr, während er Wasser laufen ließ, klapperte und raschelte. »Oh, mir ist übrigens eingefallen, wen du noch wegen deines Nebenjobs in Falmouth fragen könntest.«

»Ach ja?« Interessiert kam sie näher und lehnte sich in den Türrahmen.

»Humphrey hat mal von einem Gary Sowieso erzählt. Den hat er mir empfohlen, als der Copen was hatte.«

»*Was* hatte?«, fragte Rachel aufmerksam.

Grayson stutzte und sah sie stirnrunzelnd an. »Das weiß ich gar nicht mehr. Es hatte sich dann auch erledigt. Aber er sagte, der Typ hätte ein Händchen für Oldtimer und sei keiner von diesen neumodischen Mechatronikern, die nicht mal mehr wissen, wie man einen Schraubendreher hält.« Er ahmte die Mimik und den Tonfall des alten Gärtners nach und tupfte sich mit dem Handtuch so gelungen imaginären Schweiß von der Stirn, dass Rachel den alten Kauz direkt vor sich sah, wie er mit der ewig quietschenden Schubkarre durch die weiten Parkanlagen des feudalen Herrensitzes schob, in dem seit Jahren zahlreiche Studenten ihre Apartments hatten – eben auch Grayson und sie. Und in dem die schönsten dunklen Rosen der Welt wuchsen. »Läster nicht über ihn. Humphrey ist für mich ein bisschen wie der Großvater, den ich nie hatte. Und er hat dich sehr, sehr lieb.«

»Das weiß ich doch. Mir geht's genauso. Das würde ich niemals tun«, sagte Grayson und sah sie ernst an. Er hielt einen Moment inne. »Treu und loyal, schon zu Großmutters Zeiten. Er ist ein echter Freund. Mehr, als du ahnst, Naseweis.« Er stippte ihr einen Klecks Rasierschaum auf die Nase und spülte sich den Rest mit einem Schwall kalten Wassers ab.

Rachel schüttelte den Kopf und zog ab, um den Namen gleich zu notieren. Das würde das Erste sein, was sie Humphrey fragte, wenn sie wieder zu Hause waren. Aber jetzt galt es erst einmal, Anógia und das Künstlerviertel Perachóri abzuhaken, dann die Tropfsteinhöhle von Sfendóni, die lag ja praktisch auf dem Weg nach Rethymno, wenn sie schon mal im Psiloritisgebirge waren. Und der Reiseführer sagte, dass man dort in der Gegend noch traditionell hergestellten Schafskäse bekam. Du lieber Himmel, so viel zu sehen und nur so wenig Zeit.

3

Über steile Serpentinen gelangten sie immer höher hinauf. Rachel schluckte ein paarmal trocken, als sie in die fruchtbaren Täler hinuntersah. Die Aussicht war überwältigend. Aber die Straßen waren eng und steil, die Griechen schnell unterwegs und Absperrungen oder Mauern Mangelware. Meist ging es einfach direkt neben der Piste steil hinunter. Und die paar Bäume und Sträucher sahen nicht sehr Halt versprechend aus. Sie zwang sich, lieber auf die Bergseite zu gucken. Zwischendurch hielten sie an, um den atemberaubenden Blick bis hinunter zum Meer zu genießen, und klauten sich saftige Orangen direkt vom Baum. Immer wieder kamen sie an imposanten Schluchten und malerischen Tälern vorbei. Und dahineingewürfelt lagen Ruinen, byzantinische Kapellen und kilometerweit unberührte Natur. In kleinen Dörfern schien die Zeit stehen geblieben zu sein. Eine zahnlose Alte spann Wolle vor ihrer verwitterten Haustür. Gegenüber saßen ein paar Männer vor einem *Kafenion* und tranken griechischen Mokka.

Rachel hatte wohlweislich ihre Malsachen eingepackt und Grayson tatsächlich seine komplette Kameraausrüstung. Sie schlenderten über urtümliche Märkte, tranken Tee mit Aussicht aufs türkisblaue Meer, stakten gemeinsam über die karge Felsebene und genossen jede einzelne Minute in der leichten Spätsommerbrise. Wie Ende Oktober fühlte sich das wirklich nicht an. Selbst die Einheimischen waren angetan von den warmen Temperaturen und dem milden

Wind. Offensichtlich hatten sie wirklich Glück. Denn um diese Jahreszeit kannte man selbst im milderen Süden der Insel anscheinend Regenstürme und Überschwemmungen, fast wie zu Hause in England. Immer wieder hielten sie an auf ihrem Weg landeinwärts Richtung Berge. Sie hatten Lunchpakete gemacht, die sie zwischen den Ruinen des verlassenen Städtchens Aradena verspeisten. Dann kletterte Grayson weiter durch die halb verfallenen Gebäude, auf der Jagd nach außergewöhnlichen Motiven.

Rachel setzte sich unter einen Olivenbaum und atmete die würzige Luft tief ein. Ganz anders als in Cornwall. Hier roch es nach Kräutern und Blumen – und Schafen. Sie lachte, weil sie ihren Skizzenblock tatsächlich gegen ein neugieriges Wollfilzknäuel verteidigen musste.

»Selbst Schuld, was falle ich auch in dein Revier ein«, entschuldigte sie sich und versuchte, das Tier zu streicheln, das daraufhin sofort den Kopf wegzog und blökend das Weite suchte.

Lächelnd widmete sie sich wieder ihrer Skizze. Sie ließ die Aquarellstifte über den Block tanzen und versuchte, die Stimmung einzufangen. Das Licht, die Landschaft, die Tiere, die Ruinen, aus denen wilde Blumen wuchsen, und im Hintergrund die Berge, die in wenigen Wochen schneebedeckt sein würden, wenn sie der alten Bäuerin glauben konnten, die ihnen unterwegs Oliven, Öl und Thymianhonig verkauft hatte.

Rachel wollte damit Helen, Tiger und Kathy überraschen. Sachen zum Essen waren ohnehin viel praktischer als irgendwelche Schlüsselanhänger aus Blech oder Kühlschrankmagnete. Obwohl die kleinen Muschelkettchen am Hafen von Agia Galini wirklich süß gewesen waren.

Rachel streckte die Füße aus, legte ihren Skizzenblock in den Schoß und lehnte sich mit geschlossenen Augen an den knorrigen Baumstamm. Hier ließ es sich wirklich aushalten. Um sie herum zirpten Grillen und Zikaden um die Wette und wurden nur vereinzelt durch die Glöckchen der Ziegen und Schafe übertönt.

Dabei hätte sie Grayson die Überraschung dieser Reise um ein Haar wirklich gründlich vermasselt. Diese dämliche Eifersucht! Wobei sie trotz allem auch in Zukunft ein besonderes Auge auf Professor Ferguson haben würde. Es war ein Traum, dass sie Grayson ihr Ferienhaus überlassen hatte – und das tatsächlich kostenfrei –, aber wenn sie dafür irgendeine andere Gegenleistung erwartete? ... Rachels Stirnfalten glätteten sich. Nein, sie würde Grayson vertrauen. Und das konnte sie auch.

Sie war so glücklich, dass sie platzen könnte, und sie würde jetzt ganz bestimmt nicht wieder anfangen, nach irgendwelchen Haken zu suchen. Es lag auch wirklich ausreichend Aufregung hinter ihnen. Und Rachel war einfach nur froh, dass der ganze Spuk endlich, endlich ein Ende gefunden hatte. Der Wind raschelte zwischen ihren Blockblättern und das monotone leise Rupfen der Schafe machte sie schläfrig.

Sie sah sich mit Grayson zusammen zu Hause in Falmouth. Ein heftiger Herbststurm fegte das letzte Laub von den großen alten Eichen und Buchen, die die Auffahrt zum Schloss umsäumten. Widerwillig gaben sie für die kommenden Monate den Blick aufs Meer frei. Rachel und Grayson spielten im Park des Herrenhauses fröhlich mit ihrem Kätzchen Honey. Über ihnen kreischten Möwen. »Die würden doch gut für die *backing vocals* in eure neue

Band passen«, frotzelte Grayson und Rachel schubste ihn ausgelassen.

»Sei still oder ich kauf dir ein T-Shirt mit dem Aufdruck ›Groupie‹, und das musst du dann bei unserem ersten Auftritt tragen und ein Selfie bei Instagram einstellen!« Sie lächelte im Traum und sah, dass Humphrey aus einiger Entfernung auf seine Harke gestützt beobachtete, wie das kleine Kätzchen die zusammengeharkten Laubhaufen durcheinanderwirbelte. Mit allen vier Pfötchen hüpfte Honey von oben auf ein einzelnes Blatt, als sei es eine Maus, kugelte sich auf den Rücken und traktierte ihr rotbraunes Opfer, bis es völlig zerfetzt war und sich nicht mehr fassen ließ.

Dann tauchte sie erneut in den Haufen und angelte nach weiteren federleichten Spielzeugen, kaute begeistert darauf herum und versuchte zwischendurch, an Rachels Beinen hochzuklettern. In den Traum versunken spürte Rachel förmlich das Rupfen an ihrer Hose. Honeys kleine Krallen waren ausgesprochen spitz und drangen punktierend durch jede Jeans. »Aua, aua, aua.« Lachend ließ sie sich gegen Grayson fallen, der den kleinen Wildfang grinsend von ihr abzupflücken versuchte.

Sie wunderte sich ein wenig, dass das penetrante Hupen eines Autos ein bisschen wie Schafglocken klang. Honey hob ebenfalls neugierig den Kopf und galoppierte ungelenk auf die Richtung zu, aus der das Geräusch gekommen war. Es hupte wieder, länger anhaltend, irgendwo meckerte eine Ziege und jemand ließ verstärkend den Motor seines Wagens aufheulen. Ein unbestimmtes dunkles Gefühl ließ Rachel schauern. Irgendwie wusste sie, dass Caleb in der Nähe war und bestimmt nichts Gutes im Schilde führte. Sie setzte sich gleichzeitig mit Grayson in Bewegung, um Honey einzufangen. Grayson schnappte sie mit einem flinken Griff unter ihren Bauch. Das Kätzchen wehrte sich strampelnd und kroch dann unter Rachels dicken Pulli. Ein neues Spiel. Fangen im Dunkeln. Sie konnte das kleine wilde Ding deutlich an sich zerren fühlen.

»Rachel?«

»Was?« Geblendet öffnete sie die Augen und sah in die Richtung, aus der Graysons Stimme kam. Er hatte die Kamera im Anschlag. »Wolltest du das arme Zotteltier wirklich mit deinen Skizzen füttern? Wir haben doch noch altes Brot übrig.«

»Was? Oh!« Rachel fuhr hoch und das neugierige Schaf von vorhin stob blökend zurück in seine Herde.

»Ruiniert!«, heulte sie auf und wischte den Sabber von den grünlich angeschmatzten Papierkanten. »Und hier auch! Ieeh!« Sie entdeckte Sabberstellen und zerkautes Gras an ihrer Jeans und ihrem T-Shirt. »Igitt, wie eklig ist das denn?!« Grayson drückte unbarmherzig auf den Auslöser.

»Hast du das nicht gemerkt?«

»Ich bin eingeschlafen«, lachte Rachel und nahm dankbar ein Taschentuch von Grayson entgegen, um sich notdürftig abzureiben und ihre Zeichnungen abzuwischen. »Dieses Biest!«

»Das kannst du als Schafskunst an deutsche Touristen verkaufen«, schlug er glucksend vor. »Die kaufen in Schweden auch Gläser mit Elchscheiße.«

»Gibt bestimmt genug bekloppte Engländer, die das ebenfalls tun. Gib ihnen nur genug Wein und Bier«, brummelte Rachel und stand auf.

Grayson pflückte ihr einen dürren Zweig aus dem Haar

und küsste sie. »Nicht traurig sein, du findest bestimmt noch viele Gelegenheiten, etwas zu malen. Und Batikmuster sind auch wieder in.«

»Hauptsache, Flokati verdirbt sich nicht den Magen. Wollen wir weiter?« Mürrisch sah sie dem Schaf nach, das hinter ein paar Artgenossen Deckung gesucht hatte und zufrieden an einer Distel herumzupfte. Immerhin hatte es das mulmige Traumgefühl verscheucht.

»Na, dann zeig mal deine Liste. Wohin müssen wir noch, bevor ich wieder zudringlich werden darf?«

»Du darfst es dir aussuchen«, bot sie an. »Geburtsort oder Grab von Zeus?«

Grayson ließ die Schultern hängen. »Gnade, eine kulturhistorische Ganztagesexkursion! Lass mich raten, du lässt mich vermutlich nicht einfach an der nächsten Kneipe raus, oder?«

Lachend jagte Rachel ihm hinterher zum Auto. »Ganz bestimmt nicht! Aber wenn du brav bist, bekommst du auf dem Rückweg ein Eis zur Belohnung. Und es soll auf dem Weg auch noch eine wunderschöne Badebucht geben.«

»Da klingt der alte Göttervater doch gleich viel verlockender«, meinte Grayson und zwinkerte ihr beim Einsteigen vieldeutig zu.

Der Tag verflog viel zu schnell und Rachel mochte überhaupt nicht an die bevorstehende Rückkehr auf ihre kalte, nasse Heimatinsel denken. Aber es half alles nichts. Ihr Rückflug war für den nächsten Vormittag gebucht, sie mussten noch packen, aufräumen und sauber machen.

»Ich hoffe nur, dass Helen nicht vergessen hat, meine Blumen zu gießen.«

Rachel ließ eins der handgewebten Sofakissen sinken, das sie gerade ausgeschüttelt hatte. »Oder Honey?« Entsetzt sah sie Grayson an. Vor ihrem geistigen Auge sah sie das kleine orange gestromte Kätzchen. Vorwurfsvoll und hungrig saß es vor leeren Schüsseln und maunzte sie an. Und im Hintergrund hingen welk und leblos die Blätter ihrer verdursteten Lieblingspalme Paula von der Fensterbank.

»Sie soll die Katze gießen?«, fragte er belustigt, nahm ihr das blau gestreifte Kissen ab und schloss sie in seine Arme.

»Nein, aber wenn irgendwas mit ihr ist? Wieso hat Helen sich nicht schon längst mal bei uns gemeldet? Machst du dir keine Sorgen? Es ist doch deine Katze!«, fragte sie. Sie konnte ihm ja schlecht erklären, dass sie ein ungutes Gefühl hatte wegen eines bescheuerten Schaf-Traums am Mittag. Sie wusste selber, wie lächerlich das war.

Grayson nahm sie bei den Schultern, schob sie ein Stück weg und sah sie ernst an: »Steigerst du dich grade in etwas rein, was ich nicht verstehe? Helen ist zuverlässig. Tiger ist es auch. Du unterstellst nicht ernsthaft, dass sie die Katze vergessen würden, oder?«

»Nein«, gab Rachel kleinlaut zu. »Es ist nur ... ich bin grade so glücklich. Das hält schon so lange an, ohne Zwischenfälle ...«

»Von kleineren Autopannen mal abgesehen«, fiel ihr Grayson ins Wort.

Rachel lächelte schief. »Kommt dir das nicht unwirklich vor? Nach allem ... ich hab einfach Angst, dass ... ich bin es wohl nicht mehr gewöhnt, dass etwas so rundläuft. Auch das mit uns!«

»Hey, Große«, flüsterte er mit warmer Stimme und zog sie

wieder an sich. »Beschrei's nicht. Okay? Lass uns einfach die Zeit hier genießen. Ich glaube, das haben wir uns verdient, nach allem, was war. Daran wollen wir uns festhalten. Alles ist gut, vertrau mir.«

Rachel lief ein Schauer über den Rücken. Sie schloss die Augen und konzentrierte sich ganz fest auf das Bild einer grünen, kraftvollen Paula und einer fröhlichen, kleinen Honey, die durch Laubhaufen tobte. »Okay«, versprach sie dann. Aber ihre Gänsehaut ließ sich nicht so einfach wegwischen, auch wenn sie sich noch so sehr in Graysons Arme presste.

»Ich hatte einen echt miesen Traum heute Mittag«, versuchte sie zu erklären. »Es hatte was mit Ca...«

»Schhhh ... ich will nicht mal seinen Namen hören«, sagte Grayson und sah sie eindringlich aus seinen tiefgrünen Augen an. »Er ist nicht hier. Er kommt nie wieder. Lass es gut sein. Gib ihm keine Energie, indem du an ihn denkst.«

»Wow«, sagte Rachel und lächelte. »Der Satz hätte von Humphrey stammen können.«

»Kluger alter Lehrmeister. Hab ich schon mal erwähnt, dass ich es schön finde, wie gut ihr euch versteht?«

»Ah, der Schlüssel zu deinem Herzen ist der Gärtner? Wusst ich's doch!«, feixte Rachel. Sie streckte sich und gab ihm einen Kuss.

»Hmmmh. Ist das Sexverbot vorbei? Habe ich bestanden?«

»Kann sein«, meinte Rachel und drehte spielerisch eine seiner Locken durch ihre Finger. »Find's doch raus! ... Aber bring nicht wieder das Sofa durcheinander. Das haben wir schon so schön ordentlich gemacht!«

»Darum kümmern wir uns später«, hauchte er ihr ins Ohr

und Rachel spürte, wie ihr allein durch den rauen Tonfall seiner Stimme schon wieder die Knie weich wurden.

Später am Abend meldete sich Helen auf Rachels SMS zurück. »Mach endlich Skype an!« Dort fand Rachel eine drei Tage lange Nachrichtenflut mit Statusmeldungen über Honeys Nachtruhe, Morgenwäsche, Fressrapport und dem neuesten Klatsch und Tratsch über Jodie und Marc.

»Du bist wirklich das vorsintflutlichste Geschöpf, das ich kenne«, beschwerte sich ihre Freundin gleich als Erstes, nachdem Rachel sie per Skype angerufen und die Webcam eingeschaltet hatte. Mit vorwurfsvollem Blick finsterte Helen sie vom Tablet aus an. »Wo steckt ihr denn? Lass die Kamera halt aus, wenn du Angst hast, dass dein Kerl nackig durchs Bild rennt und ich ihm was weggucken könnte.«

Rachel grinste amüsiert. Das war Helen. Wenn sie so loslegte, war zu Hause wirklich alles in Ordnung. »Also, wie ist es? Könnt ihr gerade mal die Finger voneinander lassen? Hast du ein paar Minuten Zeit für ein Update?«

»Klar«, erwiderte Rachel und lehnte sich zurück. »Wenn du mich zu Wort kommen lässt?«

»Ich bin ganz Ohr!« Helen stellte ihr Smartphone offenbar vor sich auf den Couchtisch. Denn Rachel konnte nun Helens Zimmer in der WG erkennen, in der sie mit Kathy und Josh lebte – und irgendwie war auch Tiger inzwischen mehr oder weniger mit eingezogen. »Also, was gibt's Neues?«

»Nichts Spektakuläres«, wiegelte Rachel ab. »Ich bin schwanger, wir werden heiraten und die Insel ist ein Albtraum.«

»Was?« Tigers grüner Schopf tauchte im Bild auf. »Ist nicht dein Ernst, oder?«

»Beweise! Ein Ring, sie zu knechten ...? Ich will das Ding sehen, das sie gegen ihre Freiheit eintauscht, sonst glaub ihr gar nichts!«, brüllte Helen aus dem Off. Sie versuchte offenbar, sich zurück ins Bild zu drängeln, schloss Rachel aus Tigers heftigen Abwehrbewegungen. Dann schepperte es, das Smartphone kippte um und Rachel starrte an die Zimmerdecke, über der sich ihre eigene Wohnung befand.

»Hallo?«, versuchte sie, die Rangelgeräusche zu übertönen. »Hallooooooo?«

»Was hast du gesagt?« Eine verwackelte Helen tauchte auf und rannte mit ihr (augenscheinlich auf der Flucht vor ihrer Freundin) ins Badezimmer. Rachel sah sich in rascher Folge den Holzboden im Flur, einen Flickenteppich und die Kloschüssel an und war froh, dass sie nicht so leicht seekrank wurde.

»Du bist was?«, hörte sie plötzlich Grayson direkt neben sich. Doch sie hatte keine Zeit zu reagieren, denn auf dem Display tauchte zeitgleich eine atemlose Helen vor einem Hello-Kitty-Duschvorhang auf. »Sag das noch mal!«

»Was ist das denn für ein bescheuerter Duschvorhang?«, fragte Rachel entsetzt.

»Lass mich rein!«, hörte Rachel Tiger brüllen und wütend an der Tür rütteln. »Das ist auch meine Freundin, Goldstück.«

»Ich hab die älteren Rechte«, giftete Helen zurück. »Sei still, ich kann sie sonst nicht hören. Also, was hast du gesagt?«

Rachel konnte sich nicht länger beherrschen und giggelte los. Grayson neben ihr sank ins Sofa zurück. Helen hatte sie einfach auf dem Waschbecken abgestellt und verschwand, um Tiger die Tür zu öffnen, und Rachel konnte die rosafarbenen Kätzchen mit den Riesenköpfen in voller Größe bestaunen.

»Fehlalarm. Sie hat uns hochgenommen«, hörte sie Helens enttäuschte Stimme und ein »Schade« von Tiger. »Ich hätte es ihr glatt zugetraut.«

»Ich auch«, brummte Grayson erstickt. Verdutzt schielte Rachel neben sich. Seine Mimik war nicht zu deuten, denn er hatte seinen Kopf in eins der Sofakissen vergraben. »Wie bitte?«, fragte sie und japste nach Luft.

»Na, euch ist nun mal alles zuzutrauen. Rotkäppchen und der Wolf mit adoptierter Tierschutzkatze. Da fehlen doch nur noch Hochzeit und Baby zum Familienglück«, zählte Tiger lapidar auf und Helen nickte. »Baum pflanzen nicht vergessen.« Aus dem Augenwinkel sah Rachel, dass Grayson das Kissen vom Gesicht sinken ließ und aufstand. »Ich hole mir einen Schluck Wasser, du auch?«

Sie nickte, immer noch glucksend. Sie konnte einfach nicht damit aufhören. »Das ist doch absurd.«

»Ist es das?« Wieder Grayson. Irritiert nahm Rachel ihm das für sie bestimmte Wasserglas ab. Die konnten einem aber auch jeden Spaß verderben.

»Wie geht es Honey?«, lenkte sie ab.

»Meinst du das Tigerbaby, das ihr als Katze ausgegeben habt?« Empört hielt Helen einen zerkratzten Arm vor die Webcam. »Hier sieh mal! Das war alles Graysons Kuschelmonster. Ich fordere Schadenersatz.«

»Nein, ich muss das sagen«, krähte Tiger vergnügt dazwischen. »Beschädigte Ware. Mängel, Minderung! Ihr schuldet uns mindestens ein Essen, wenn nicht zwei.«

»Und Kino noch dazu!«

»So weit kommt's noch«, mischte Grayson sich ein. Seine

Stimme klang wieder normal. Er zog das Tablet zu sich und verlangte, Honey zu sehen. Rachel musterte ihn nachdenklich. Was hatte seine Reaktion von eben zu bedeuten? Sie wurde aus ihm einfach nicht schlau. Dann schwenkte das Bild auf den Wohnzimmerboden, wo Honey mit einem türkisfarbenen Wollknäuel kämpfte. »He! Ist das mein angefangener Schlauchschal?«, entfuhr es Rachel entsetzt.

»Falsche Zeitform, Süße«, korrigierte Helen glucksend. »Nicht ›ist‹, sondern ›war‹. Bisschen Schwund ist überall, nicht wahr?«

»Oh nein.« Rachel ließ sich in die Polster zurücksinken.

»Ha, reingefallen«, freute sich Helen. »Rache kommt sofort, siehste?« Die Kamera schwenkte über den Korb mit dem Strickzeug, das Helen unter einer Tortenhaube gesichert hatte.

»Du hast Ideen.«

»Ich weiß, ich bin super!«, feixte die Freundin und Rachel sah, wie Tiger ihr zuzwinkerte, während sie Helen einen Kuss gab. »War zwar meine Idee, aber stimmt!«

»Und was gibt's sonst Neues?«, wollte Grayson wissen.

Helens Gesicht verfinsterte sich für einen Moment.

»Da ist Post vom Gericht gekommen. 'ne Vorladung oder so, vermutlich wegen der Sache mit Caleb. Rachel hat auch eine. Aua!« Sie rieb sich den Ellbogen und Rachel hörte Tiger zischen: »Das wollten wir doch erst sagen, wenn sie wieder da sind, du Trulla.«

»'tschuldigung.« Sie hob bedauernd die Schultern.

»Kein Problem«, behauptete Grayson, aber Rachel sah, dass seine Miene sich verhärtet hatte. Seine Kaumuskeln arbeiteten wie verrückt unter dem angespannten Kiefer.

Rachel legte ihm die Hand auf den Oberschenkel. Er

nickte beinahe unmerklich. »Wenn wir mit dem Verkehr gut durchkommen, sind wir morgen Nachmittag zu Hause«, sagte er emotionslos.

»Mit dem Verkehr, soso«, wiederholte Helen und ihre Mundwinkel zuckten. Aber Grayson ging nicht darauf ein.

In der Nacht wälzte sich Rachel unruhig herum. Sie hatten bis Mitternacht gepackt, sodass sie am nächsten Morgen nur noch wenige Handgriffe zu erledigen hatten und gleich loskonnten. Zur Sicherheit hatten sie beide Handys als Wecker gestellt, aber das war es nicht allein, was Rachel schlecht schlafen ließ. Ihr Traum setzte nahtlos dort an, wo sie unter dem Olivenbaum von Grayson geweckt worden war.

Wieder befand sie sich mit Grayson und Honey im Garten des alten Herrensitzes, den sie seit einem halben Jahr bewohnte. Sie gingen dem Hupen nach, das von der Auffahrt zu ihnen herüberschallte.

Als sie aus dem Gang aus welk gewordenem Blauregen um die Ecke bogen, stand ein weißer Transporter mit laufendem Motor auf dem Kies vor Humphreys Werkstatt. Sie kannte den Wagen nicht. Es schien ein Mietwagen zu sein und Rachel wunderte sich, wie detailverliebt sie träumte. Der Aufdruck verriet, dass er aus dem Norden stammte. Rachel hatte ein ungutes Gefühl. War das ein neuer Mieter? Mitten im Semester? »Ich geh mal und sag ihm, dass er hier nicht bleiben kann«, murmelte sie. Den Bewohnern war es strikt verboten, hier oben zu parken. Es sei denn, sie hießen Grayson Wolf – oder hatten nichts weiter zu verlieren. Rachel konnte nicht erkennen, wer am Steuer saß. Doch der Fahrer hatte anscheinend nicht vor zu bleiben. Er warf etwas aus dem offenen Fenster, bevor er noch einmal den Motor aufheulen ließ und wie zum Abschied hupte. Die Räder drehten durch, als er so rasant die Auffahrt hinunterpreschte, dass der Kies bis zu ihnen flog. Die überladene Hinterachse touchierte ein paarmal beinahe den Boden.

Rachel drückte sich intuitiv an Grayson, doch sein warmer Körper fühlte sich plötzlich hart und kalt an. Honey sprang mit einem Fauchen davon und Rachel wäre liebend gern aufgewacht, sie fühlte sich immer mulmiger. Doch es ging nicht. »Zumindest hält er sich an die einstweilige Verfügung«, sagte Grayson zusammenhanglos. Sie wusste genau, wen er meinte. Rachel trat langsam auf die zerknüllte Papierkugel zu. Sie hob sie vom Boden auf und öffnete das Knäuel. Honey sprang begeistert in die Höhe und versuchte, die dunklen Rosenblätter zu erhaschen, die raschelnd dabei herausfielen. Es waren zwei zerknitterte Fotos. Das eine, mittendurch gerissen, kannte Rachel aus Calebs Probenraum. Es zeigte ihn mit Amelia, Arm in Arm.

Das andere war ihr ebenfalls schmerzlich vertraut. Sie hatte es schon ewig nicht mehr angeschaut, sondern tief auf der Festplatte ihres Computers vergraben. Darauf war sie mit Becky zu sehen. Sie hatten einander untergehakt und lachten ausgelassen in die Kamera, ein halbes Jahr vor der Sache mit der Apotheke. Ihr Vater hatte das Bild gemacht. Und Caleb hatte ihren PC gehackt. »Wir sehen uns wieder, meine Schöne«, hatte er quer darübergeschrieben. Und das Wort »meine« war zweimal unterstrichen. Ein eisiger Schauder kroch Rachel über das Rückgrat und legte eine Frostschicht um ihr Herz. Schlaftrunken tastete sie nach ihrer Decke, aber sie bekam noch immer die Augen nicht auf. Grayson nahm ihr die Fotos ab und schoss sie mit Wucht in den Mülleimer an der Hauswand. »Er ist weg. Es ist endgültig vorbei«, sagte er zuversichtlich. Da endlich wachte Rachel auf. Sie war schweißnass. Und sie fror. Ihr Puls raste. Das Handydisplay zeigte 4:27. Noch eine Stunde, bis Jana del Rey sie wach singen sollte. Aber so hellwach, wie Rachel gerade war, wäre das gar nicht nötig. Grayson. Warm und wirklich lag er neben ihr und atmete ebenmäßig. Dankbar kroch sie in seine Arme und im Schlaf zog er sie an sich. Sie fand Schutz. Aber sicher fühlte sie sich nicht.

4

London umfing sie stilecht mit waschküchenartigem Nebel. Die Maschine war gezwungen, ein paar Ehrenrunden über der Themse zu ziehen, bis sie von Heathrow Landeerlaubnis erhielt.

Rachel war sehr froh, als sie wieder festen Boden unter den Füßen spürte. Sie fühlte sich nicht geschaffen für Luftlöcher, plötzliches Absacken und Wiederaufsteigen von Flugzeugen, das ihren Mageninhalt neu sortierte. Um Achterbahnen und irgendwelche Loopingattraktionen schlug sie aus gutem Grund in Vergnügungsparks einen weiten Bogen. Piloten machten sich bei ihr entsprechend äußerst unbeliebt, wenn sie ihr dieses zweifelhafte Vergnügen »all inclusive« aufzwangen – Wetterfronten hin oder her.

»Geht's wieder?«, erkundigte sich Grayson mit einer Miene, bei der sie keinen Spiegel mehr brauchte, um ihre Gesichtsfarbe irgendwo zwischen weiß und grün einordnen zu können.

»Ich geh nur mal kurz für Mädchen.« Rachel verschwand eilig in den erstbesten Waschräumen.

»Ich warte bei der Kofferausgabe«, rief Grayson ihr hinterher.

Es hieß ja, dass es einem besser ging, wenn man sich übergeben hatte. Aber Rachel verspürte keinerlei Lust, sich jetzt zu allem Übel auch noch einen Finger in den Hals zu stecken. Sie hatte das Gefühl, das Knäckebrot aus dem Flugzeug schwappte wie ein in Seenot geratenes Boot in einem trägen Meer von Tomatensaft auf und ab und ein paar derangierte, seekranke Sambatänzerinnen kommentierten jeden Wellenberg mit einem leidenden »Ooooh«, wobei ihre Federhauben Rachels Magenwände kitzelten. Rachel verschwand in Zeitlupe hinter der erstbesten Toilettentür und leerte ihre Blase. Dann wusch sie Hände und Gesicht und ließ sich kaltes Wasser minutenlang über den Puls laufen. »Turbulenzgrün steht mir einfach nicht«, erzählte sie dabei ihrem Spiegelbild und unterdrückte gequält ein saures Rülpsen. Eine Fremde, die sich neben ihr den Lippenstift nachzog, rückte daraufhin verstohlen von ihr ab und musterte sie argwöhnisch. Am liebsten hätte Rachel ihr ein »Ja, es ist Ebola. Und von der Beulenpest kann ich auch noch was abgeben« entgegengeschleudert, aber dann beließ sie es dabei, demonstrativ den Desinfektionsspender zu betätigen und mit einem »Man kann ja nie wissen« die Tür der Waschräume hinter sich ins Schloss fallen zu lassen.

Sie musste Grayson ein wenig suchen. Die Halle mit den Gepäckbändern war wirklich riesig, aber glücklicherweise fand er sie – und ihre Koffer hatte er auch bereits im Schlepptau. »Du siehst schon viel besser aus«, behauptete er und strafte sich gleich darauf selber Lügen: »Sollen wir erst noch ein wenig spazieren gehen, bevor wir losfahren?«

»Du hast ja nur Angst, dass ich dir in den schönen Copen spucke«, erwiderte Rachel sarkastisch. Grayson grinste. »Das würdest du niemals tun. Lieber würdest du eine Guccihandtasche durch deinen Mageninhalt in die ewigen Jagdgründe befördern.«

Rachel erwiderte sein Lächeln und küsste ihn auf die Wange. »Du kennst mich einfach schon zu gut. Lass uns losfahren. Ich will nach Hause!«

Obwohl sie glatt durch den Verkehr kamen und London weiträumig umfuhren, brauchten sie geschlagene sieben Stunden, bis sie Falmouth erreichten. Nur einmal machten sie zwischendurch eine längere Pause, um etwas zu essen, Tee zu trinken und sich zu strecken. Als die vertraute Kontur des alten Herrensitzes vor ihnen aufragte, war es bereits stockdunkel. Rachel erwartete, dass alle schon schliefen, aber dem war natürlich nicht so.

Helen öffnete das Fenster im ersten Stock, begrüßte sie stürmisch mit den Armen fuchtelnd und brüllte »Sie sind da!« ins Innere.

Grayson war über Humphreys heiligen Kies direkt bis vor den Eingang gefahren und ließ Rachel mit den Koffern allein, um den Wagen zu parken. Er war noch gar nicht ganz wieder eingestiegen, als die ehrwürdige alte Haustür aufgerissen wurde und Kathy und Helen Rachel atemlos in ihre Arme zogen.

»Du lieber Himmel, es waren doch nur vier Tage!«, japste Rachel lachend, als sie wieder Luft bekam.

»Das sagst duuu!«, widersprach Helen. »Es fühlte sich an wie vier Monate – ach was sag ich –, Jahre!«

»Habt ihr Hunger?«, fragte Kathy. »Wir haben mit dem Essen auf euch gewartet.«

»Oder wollt ihr erst mal auspacken?«, erkundigte sich Josh, der hinter den beiden aufgetaucht war und sich, ohne zu zögern, das erste Gepäckstück schnappte.

»Oder euch frisch machen?« Tiger drängelte sich an Melissa vorbei nach vorn und drückte Rachel kurz und herzhaft an sich. Bruce hielt etwas Abstand, knuffte sie freundschaftlich in die Schulter und griff nach dem zweiten Koffer.

»Hab ich was verpasst?« Ungläubig starrte Rachel den Jungs nach, wie sie mit den Koffern hinter der Haustür verschwanden. Dann sah sie die Übrigen an und versuchte, etwas in den aufgeregten Gesichtern zu lesen. Helen hibbelte unruhig von einem Fuß auf den anderen, Tiger schielte unauffällig zu Kathy und die war die Einzige, die irgendwie entspannt wirkte. Selbst Melissa pulte nervös an ihre Fingernägeln herum.

»Ihr seid so komisch ... Ist irgendwas passiert? Klappt was nicht mit dem Probenraum? Hat dein Chef sich umentschieden?«

»Nö«, meinte Tiger nur und musterte eine Spur zu interessiert die große Kübelpflanze am Treppenaufgang. In Rachels Kopf ratterte es. Dann konnten die Neuigkeiten so schlimm nicht sein. Sie hatten bereits allerlei Möbel und Equipment in den Keller unter dem Elektrogeschäft geschafft, in dem Helens Freundin arbeitete, damit sie am Wochenende endlich loslegen konnten. Aber wenn es nichts mit der Band zu tun hatte, worum ging es dann? »Geht es um die Vorladung, von der ihr geredet habt?« Kathy winkte ab. »Da müssen wir nicht hin. Das habe ich klären können. Unsere Aussagen liegen denen ja schon längst vor. Da wusste die eine Bürokratenhand nicht, was die andere wollte.« Erleichtert atmete Rachel aus. »Aber was ist es dann?«

»Ach es ist so aufregend«, platzte Helen heraus und Kathy lächelte. »Kommt doch erst mal rein, ihr beiden.« Erst als er ihr die Jacke über die Schultern legte, bemerkte Rachel, dass Grayson bereits hinter ihr stand. »Hab ich was verpasst?«

»Das hat sie auch schon gefragt«, stellte Bruce fest.

»Keine Ahnung«, antwortete Rachel verwirrt. »Die verheimlichen uns irgendwas.«

»Ja, das tun wir«, nickte Helen begeistert und giggelte. »Es gibt sooo viel zu erzählen! Jetzt kommt doch endlich.«

»Ist das sonst nicht andersherum? Ich dachte, *wir* waren im Urlaub«, sagte Grayson und folgte dem Empfangskomitee nach oben. Rachel nickte zustimmend, aber offensichtlich war niemand bereit, sie im Treppenhaus aufzuklären.

Also brachten sie schnell ihre Koffer in die jeweiligen Wohnungen. Natürlich wurde nichts daraus, Honey nur kurz zu begrüßen und zu füttern. Erst als sich das kleine Kätzchen mit vollgefressenem Kugelbauch und müde gespielt auf seinem Kratzbaum zusammenrollte, zogen sie leise die Tür von Graysons Wohnung ganz oben im Schloss hinter sich zu und eilten wieder nach unten.

Die Bombe platzte erst, als sie alle die kleine Küche in der Mädchen-WG verstopften. Sogar Marc und Jodie waren dazugekommen. Kathy und Josh lehnten an der Spüle, Tiger ließ ihre Beine von der Arbeitsplatte baumeln und der Rest verteilte sich auf Stühle und umgedrehte Bierkästen. Rachel staunte wieder einmal über das Raumwunder. »Also es ist so«, begann Kathy und griff nach Joshs Hand. Rachel zuckte zusammen, als Bruce plötzlich hinter ihr einen Sektkorken knallen ließ. »Ich zieh hier nun doch aus.«

»WAS?«, rief Rachel und drehte sich zu Bruce um. »Aber das ist doch kein Grund zu feiern!«

»Voreilige Unterbrechung«, kommentierte Bruce knapp, schenkte ungerührt Schaumwein in Kaffeebecher und Saftgläser und ermahnte Rachel mit einer Kopfgeste, wieder zu Kathy zu schauen.

»Wieso das denn? Neulich hast du noch gesagt, du stehst

auf getrennte Schlafzimmer!«, polterte Rachel drauflos. »Willst du uns verlassen?«

Kathy lächelte und bemühte sich, das zunehmend unruhige Gemurmel und Gekicher zu übertönen. »Eher im Gegenteil. Die anderen wissen's schon, aber –« Sie machte eine bedeutungsvolle Pause. »... sie wissen noch nicht alles.«

»Doch, ich schon«, krähte Helen dazwischen und hüpfte auf und ab. »Aber ich hab dichtgehalten!«

»Was denn jetzt?«, bohrte Rachel nach und dann ging ihr ein Licht auf. »Du willst doch nicht ...? Ihr habt doch nicht ...?«

Glücklich nickend hielt Kathy ihren Ringfinger in die Höhe. Da prangte ein schmaler Silberring mit einem funkelnden, durchsichtigen Steinchen. Prompt setzte fröhliches Gekreische und Gejohle ein und alle stürmten auf die beiden zu. Kathy strahlte und bemühte sich, den Lärmpegel zu übertönen. »Wir werden heiraten. Ich ziehe rauf in das freie Zimmer in der Jungs-WG und Tiger zieht hier ein.« Rachel sah verblüfft von einer zur anderen. Tiger grinste schief, während Kathy und Josh von jedem wild durchgeknuddelt und abgeknutscht wurden, und strubbelte sich verlegen durch den Punkschopf. »Tja, ich schätze, ich steig jetzt auch in die erlauchten Adelskreise auf und werd ein Schlossi.«

»Find ich großartig!«, gab Rachel ihr zu verstehen und vermutete, dass Tiger ihr die Botschaft im allgemeinen Gejohle mehr oder weniger von den Lippen ablesen musste.

»Können wir jetzt endlich anstoßen?«, verschaffte Bruce sich Gehör. »Das edle Getränk nimmt sonst Zimmertemperatur an und das würde dem erhabenen Anlass nicht gerecht und fürderhin kränkt es meine durchlauchtigsten Geschmackspapillen.«

»Manche Dinge ändern sich nie«, ulkte Josh und nahm ihm zwei Tassen ab. Grayson schloss sich an, nickte Melissa zu und scherzte: »Das musst du ihm aber noch abgewöhnen.« Sie verdrehte nur halb amüsiert die Augen und Rachel meinte, sie etwas murmeln hören, das wie »Die Ausdrucksweise oder das Trinken?« klang. Dann war sie endlich an der Reihe, dem Brautpaar zu gratulieren, und anschließend gab es vegetarisches Chili sin Carne für alle. Tiger hatte ihrem Namen beim Würzen alle Ehre gemacht und Rachel war heilfroh, dass es so viel Brot dazu gab, dass es locker für alle im Schloss gereicht hätte.

Weit nach Mitternacht verabschiedeten sie sich. »Sehn wir uns gleich noch mal?«, fragte Grayson nach einem sehr langen und ausgiebigen Abschiedskuss an Rachels Türschwelle.

»Du weißt ja, wo ich wohne«, flüsterte sie, als das Treppenhauslicht zum wiederholten Mal ausging.

»Ist es dir denn recht, wenn ... ich meine, wir müssen ja beide früh raus ...« Er fuhr zärtlich die Konturen in Rachels Gesicht nach und beinahe hätte sie geschnurrt wie eine Katze.

»Wenn du mir meinen Schönheitsschlaf rauben willst, musst du mit den Konsequenzen leben«, seufzte sie wohlig. »Das liegt in Eurem Ermessen, Mylord!« Sie spielte mit seinen Haaren und Grayson griff ihr um die Taille und küsste sie. Rachel fühlte sich höchst angenehm berauscht. Der Sekt und die ausgelassene Feierstimmung hatten sie gleichermaßen beschwingt und müde gemacht.

»Ich steh auf Schlossgespenster, wenn sie so süß sind wie du«, hauchte Grayson an ihrem Hals und Rachel fragte sich, wie sie ihn jemals wieder loslassen könnte. Doch dann siegte ihr Kopf. Schweren Herzens schob sie ihn ein Stück von sich und stützte sich an seinem Arm ab, um mit zusammengekniffenen Augen nach dem Schlüsselloch zu stochern. »Kannst du nicht gleich mit reinkommen und für immer bei mir bleiben?«, fragte sie, als die Tür aufsprang.

»Nichts lieber als das, aber ich fürchte, dann werden wir beide exmatrikuliert. Und außerdem hat Honey sicher schon wieder Hunger.« Grayson küsste sie noch einmal, zärtlich und intensiv. Rachel presste sich an ihn. Sein Herz schlug so laut und alles in ihr kribbelte. Sie seufzte, als er sie langsam losließ. »Ich beeil mich. Mach mir die Schranktür auf, ja?«

Rachel sah ihm nach, als er im Mondlicht nach oben huschte. Sie zog die Wohnungstür hinter sich zu, bevor sie Licht anknipste. Der Koffer stand unausgepackt noch genau dort im Flur, wo sie ihn vor Stunden eilig abgestellt hatte. Und genau da würde er auch garantiert noch bis morgen durchhalten müssen, wenn kein aufräumwilliges Schlossgespenst vorhatte, helfend einzugreifen. Sie zog den Reißverschluss auf, um ihren Kulturbeutel für die Nacht herauszufischen. Die Mitbringsel für ihre Freunde hatten sie in der ganzen Aufregung total vergessen, aber morgen war ja auch noch ein Tag. Auf einmal war sie hundemüde. Gähnend schlurfte Rachel ins Badezimmer und steckte sich die Zahnbürste in den Mund. Nur noch das Nötigste. Sie versorgte Paula im Vorübergehen mit frischem Wasser, streichelte ihr gedankenverloren über die grünen Blätter und sah sich den Poststapel an.

Doch selbst die neue Ausgabe ihrer Autozeitschrift schaffte es nicht, das Blei von ihren Lidern zu heben. Sie wäre Grayson nicht einmal böse gewesen, wenn es ihm ebenso ginge und er oben bei sich einfach ins Bett gefallen wäre. Aber sie hatte kaum das Licht gelöscht und sich auf ihre weiche Matratze sinken lassen, als ein leises Knarren verriet, dass sie auch in dieser Nacht nicht allein bleiben würde.

Hinter dem Schlafzimmerschrank führte ein uralter Geheimgang hinauf in Graysons Wohnung, und wenn man nicht wollte, dass in diesem Haus alle alles mitbekamen, und/oder beispielsweise wenig anhatte, dann war diese Verbindung äußerst praktisch. Rachel spürte, wie sie partiell wieder wacher wurde. Die Sambatänzerinnen in ihrem Bauch hatten sich offenbar von der turbulenten Reise vollständig erholt und ließen erwartungsvoll die Hüften kreisen. Rachel biss sich sehnsüchtig auf die Unterlippe und hoffte, dass Grayson nicht zu müde war. Die Härchen auf ihren Armen stellten sich auf, als sie seine nackten Füße über den Boden tappen hörte. Ohne sich umzudrehen, schlug sie die Bettdecke hinter sich zurück. Sie schauerte einen Moment. Kühle Nachtluft streifte ihren Po. Dann senkte sich die Matratze, als er zu ihr kroch und sich an sie kuschelte. »Schläfst du schon?«, fragte er leise und strich ihr sanft über den Rücken. Seine Finger zeichneten die Kontur ihrer Wirbelsäule nach, streichelten ihr Haar, machten sie wohlig seufzen. Sie schob ihren Po in seine Richtung und er schmiegte sich enger an sie, während seine Hände weiterwanderten, sich nach vorn schlichen, über ihre Rippen, begleitet von warmen Küssen auf ihrer Gänsehaut. Sie tasteten sich an ihre Brüste heran, und als seine Finger die empfindsamen Spitzen umrundeten, spürte Rachel, wie sich etwas Wohlbekanntes auf Höhe ihres Hinterteils reckte. »Du bist aber sehr nackt«, stöhnte Grayson leise und küsste ihren Nacken. Sie drehte sich um, legte ihren Oberschenkel über seine Hüfte und zog ihn ganz nah zu sich heran.

»Ich hab dich vermisst«, seufzte sie. Grayson antwortete ohne Worte. Sein Körper sprach Bände und Rachel hörte wissbegierig zu. Seine Lippen waren so weich und lösten einen Schauer nach dem anderen in ihr aus. Er erkundete ihren gesamten Oberkörper und Rachel zitterte vor Erregung, als seine Zunge ihre Brustwarzen anstupste und mit ihnen spielte. Das Ziehen zwischen ihren Beinen war kaum noch auszuhalten. Sie suchte nach seinen Händen, führte sie dorthin, wo sie schier vergehen wollte, und stieß keuchend den Atem aus, als er sie gefunden hatte. »Komm«, forderte sie ihn auf, aber Grayson ließ sie zappeln. Sie fragte sich, wie er es aushalten konnte, sich über ihr zu bewegen, mit seiner Mitte an ihr auf und ab zu gleiten und doch der Einladung ihres Körpers so hartnäckig zu widerstehen. Diese kurzen Berührungen machten sie schier wahnsinnig. Sie wollte ihn in sich spüren. »Komm«, forderte sie noch einmal heiser und grub ihre Finger in seinen Po. Grayson richtete sich auf und setzte sich auf seine Knie. In Zeitlupe legte er sich ihre Beine auf die Schultern, bedeckte sie mit Küssen, strich mit warmen Händen von ihren Waden abwärts. Er umrundete mit sanften Fingern ihre Knie und glitt dann mit Daumen und Zeigefinger über die Innenseiten ihrer Oberschenkel. Immer langsamer, begehrlich kreisend, je näher er ans Zentrum ihrer Hitze gelangte. Rachel wand und wölbte sich ihm entgegen. Doch in ihrer Position war es für sie nahezu unmöglich, ihm noch näher zu kommen. Er foppte sie, zeichnete die Kontur ihres Bauchnabels nach, glitt mit seinen Fingern mittig tiefer und wich dann doch wieder seitlich aus, statt sie zu erlösen. Endlich packte er sie mit beiden Händen um die Hüften und zog sie zu sich, schob sich mit einer einzigen Bewegung in sie hinein. Tief. Schon dieses Gefühl ließ sie beinahe explodieren. Rachel keuchte und krallte sich in die Kissen. Er bewegte sich langsam, provozierend langsam, und sie wusste nicht, wohin mit ihren Händen, wohin mit ihrer Lust.

»Mach die Augen zu«, sagte er.

»Ich möchte dich ansehen«, widersprach sie.

Er schloss seine Lider als Erster. »Nur spüren«, flüsterte er rau. Grayson beugte sich ein Stück vor, tastete blind nach ihren Händen und sie griff danach. Sie nahm vorsichtig die Beine von seinen Schultern, zog sich mit seiner Hilfe hoch, sodass sie aufrecht auf seinem Schoß kniete, und schloss die Augen. Grayson ließ sich langsam auf den Rücken sinken. Ihre Finger berührten sich, verwoben sich. Miteinander tanzten sie über ihren Oberkörper. Sie ließ sich dirigieren, mit ihm zu ihrer Brust. Zögernd zuerst. Sie blinzelte kurz. Er behielt wirklich die Augen zu. Gab sich ganz dem Gefühl hin, gemeinsam zu erkunden. Kreisend, bebend. Rachel schloss die Lider wieder. Intensiv. Ein Paar Hände blieb dort. Das andere tanzte abwärts. Er führte ihre Finger. Zur Mitte. Weiter abwärts. Dorthin, wo sich alles konzentrierte. Elektrisiert. Seine Finger umkreisten zart diesen Fokus. Abwartend. Sie übernahm. Sie lenkte. Er hielt dort inne, wo sie es wollte. Sie korrigierte, ließ ihn tun, auf ihr, in ihr. Fühlte. Verlangend. Begierig. Wie im Rausch. Spürte ihn überall zugleich. Zarte Haut. Unwillkürliches Zucken. Ihm entgegen. Sie umklammerte seine Hand, versuchte, es hinauszuzögern, aber die Welle überrollte sie bereits. Unaufhaltsam. Gewaltig. Riss sie mit sich. Und sie verlor sich in diesem Strudel. Er hielt sie ganz fest, stöhnte auf in ihren unterdrückten Schrei hinein. Sie bewegten sich, miteinander. Einmal noch. Nur einmal noch. Rachel riss ihn an sich und spürte seine Haut, sein Herz, sein Beben. Sie klebten aneinander, schweißnass, erschöpft keuchend. Glücklich.

Am nächsten Morgen blickte Rachel gedankenverloren aus dem Fenster, während der Bus sich hügelaufwärts nach Penryn quälte. Sie hatten die letzten Sitzplätze ergattert. Es goss in Strömen und viele Studenten hatten ihre Fahrräder spontan zu Hause gelassen. Es roch nach einer Mischung aus nassen Wachsjacken und Diesel. Jodie saß neben ihr und schwärmte von Marcs Kochkünsten. Rachel war müde und hörte kaum hin. Sie brauchte nur an die vergangene Nacht zu denken und schon schüttelten die Sambatänzerinnen in ihrer Magengegend jubelnd ihre Pompons auf, allerdings nur, um gleich darauf wieder erschöpft in sich zusammenzusinken. Rachel kühlte ihre Stirn am Fenster. »...oder was würdest du tun?«, drang Jodies Stimme zu ihr durch, als der Busfahrer scharf bremste und Rachels Kopf unsanft gegen die Scheibe rumste.

»Unbedingt dranbleiben«, brummte Rachel und rieb sich die schmerzende Stelle.

»Was?« An Jodies entsetztem Blick erkannte sie, dass das nicht die passende Antwort auf die Frage gewesen war.

»Entschuldige, was hast du gesagt? In dem Lärm hier hab ich dich wohl falsch verstanden.« Sie brachte ein entschuldigendes Lächeln zustande und Jodie schüttelte nachsichtig den Kopf.

»Du hast überhaupt nicht zugehört. Kannst es ruhig zugeben.«

»Hast du Kaffee dabei?«

»Bisschen mehr Schlaf würde dir guttun. Ich dachte, ihr wolltet euch erholen auf Kreta?«

»Haben wir ja auch«, behauptete Rachel mürrisch. »Es ist nur gestern ein bisschen spät geworden.«

Jodie zog die Stirn kraus. »Also ich war um halb zwölf im Bett.«

»Ich auch.« Rachels schiefes Grinsen wurde ein wenig breiter, als Jodie einen Augenblick stutzte und missbilligend den Kopf schüttelte. »Du bist schon fast wie Helen! Apropos, wo steckt die eigentlich?«

Der Bus bog um die letzte Kurve und der Fahrer kündigte die Haltestelle an der Uni an. Rachel gähnte und griff nach ihrem Rucksack, den sie während der Fahrt zwischen ihren Füßen verstaut hatte. »Keine Ahnung. Hat sie nicht irgendwas von einer Exkursion erzählt?«

»Na, die haben's gut. Unsereins paukt für den Semesterendspurt und die fahren in der Gegend rum ...« Die Mädchen quetschten sich mit den anderen durch die Bustür und Rachel kam sich vor wie ein Mayonnaisestrang, der aus der Tube gedrückt wird.

Draußen hatte es fast aufgehört zu regnen. Es nieselte nur noch leicht und die Luft war angenehm frisch. Die moderne Anlage des Penryn Campus mit seinen flachen, dahingefächerten Bauten schmiegte sich vor ihnen an den Hügel. Rachel liebte die verschlungenen Kieswege und die attraktive Mischung aus Holz, Beton und Pflanzen. Hier musste man einfach kreativ sein.

Jodie hatte ein paar Kommilitoninnen getroffen und

lief plappernd mit ihnen in Richtung Hörsaal. Rachel beschloss, sich noch schnell einen Kaffee zu holen. Kunst in der Werbung konnte so interessant sein, wie sie wollte – ohne Koffein würde sie davon nicht viel mitbekommen.

In der Mittagspause hatte Rachel bereits drei verpasste Anrufe, eine Sprach- und zwei Textnachrichten von Grayson auf ihrem AB.

Die erste lautete: »Vermisse dich. Wollen wir uns heute Mittag in der Dunkelkammer vom Fotolabor einschließen?«

Die Unterlippe zwischen ihren Zähnen lächelte Rachel in sich hinein und tippte eilig »... führe mich nicht in Versuchung! Kuss, R« zurück. Die zweite enthielt die Telefonnummer der Autowerkstatt, bei der sie sich vorstellen wollte. Fantastisch! Grayson war wirklich ein Schatz, er hatte sie bereits für sie recherchiert. Da würde sie gleich anrufen, nur noch schnell die Mobilbox abhören. Vielleicht ein weiterer Liebesschwur vom bösen Wolf an sein Rotkäppchen? Oder Orts- und Zeitangabe für die Dunkelkammer? Aber es war gar nicht Grayson. Sondern eine weibliche Stimme. Die sie schon lange Zeit nicht mehr gehört hatte.

5

Rachel drückte bestimmt sieben- oder achtmal auf Wiederholung. Es war nur ein einziger Satz zu hören. Noch nicht einmal an sie gerichtet: »Sie ist nicht da, nur der AB.« Im Hintergrund das Rauschen einer Autobahn oder Schnellstraße. »Sie ist nicht da, nur der AB.«

Die Stimme rief Erinnerungen an geburtstagstortenverschmierte Kindermünder wach. An glucksendes Lachen hinter einer Hecke beim Versteckspiel, Übelkeit bei der ersten heimlichen Zigarette, an Tagebuchgeheimnisse, Wolkengucken und Rockkonzerte, an Kissenschlachten, Trost bei Liebeskummer und den allerersten Kater. An allerlei Abstürze und gemeinsames Wiederaufstehen. An Joints und hohle Versprechen. An Sorgen. Hoffnung. Scheitern. Unendliche Traurigkeit. An Verrat. Und Blut in einer Schaufensterscheibe.

»Sie ist nicht da, nur der AB.«

Becky.

Was wollte sie? Warum rief sie an? Woher hatte sie ihre Nummer?

Rachel scannte ihr Handy nach der Rufnummernkennung. Aber der Anruf war anonym erfolgt. Was sollte das?

Rachel sah auf ihre Uhr. Stellte erstaunt fest, dass ihre Hand ein wenig zitterte. Sie war aufgewühlt. Im Grunde genommen kein Wunder. Ihre letzte bildliche Erinnerung an Becky war die an einen tobenden, kreischenden, um sich schlagenden Junkie auf Turkey, den die Polizei blutend aus dem zerschlagenen Fenster der Apotheke ihrer Eltern gefischt hatte.

Danach folgte noch eine Reihe wüster Beschimpfungen und Drohungen per SMS und E-Mail, die Rachel unendlich geschmerzt hatten. Das Ende einer Freundschaft. Natürlich hatte sie verstanden, dass Becky auf Entzug nicht klar denken konnte. Dass sie Rachel im Wahn für ihr eigenes Scheitern verantwortlich machte. Dafür, dass in Beckys Augen alles schiefgelaufen war. Dass sie ohne Geld und Drogen von ihren Eltern in eine geschlossene Reha gesperrt worden war. Nur eins hatte sie entweder nie kapiert oder nicht zugegeben: dass der missglückte Einbruch in die Apotheke und das, was darauf folgte, sich als ihre wohl letzte Chance entpuppt hatte.

Rachel atmete tief durch. Es tat immer noch weh, stellte sie erstaunt fest. Obwohl, überraschte sie das wirklich? Sie war quer über die Insel geflüchtet, um das alles hinter sich zu lassen. Und hier war sie in ein neues, fast noch größeres Wespennest aus Lügen, Intrigen und sogar Tod gestoßen: in der Hauptrolle Caleb, der sich als ebenso charmanter wie attraktiver Drogendealer herausgestellt hatte. Sie würden vermutlich nie erfahren, inwieweit er wirklich am Tod von Graysons Schwester Amelia Mitschuld hatte. Sie schüttelte sich. Schnell an etwas anderes denken. An Grayson zum Beispiel. Den wundersamen Wolf, dessen Zähmung ihr niemand zugetraut hätte. Obwohl – sie zog spielerisch ihre Unterlippe durch die Zahnreihen –, so richtig zahm war er ja nicht. Und das war gut so. Sie grinste in sich hinein. Immerhin hatte sie jetzt andere Bilder im Kopf.

Rachel sah auf die Uhr. Aus reinem Übermut hätte sie ihm beinahe eine weitere SMS geschickt: »Hab's mir anders überlegt. Wann und wo?« Aber dann fiel ihr die Autowerkstatt wieder ein. Das war zwar nicht besser als Sex – aber mindestens ebenso verlockend. Und wenn sie da nicht gleich anrief, traute sie sich womöglich später nicht mehr. Weil ihr Verstand ihr bis dahin eine Liste mit einem guten Dutzend Argumenten um die Ohren hauen würde, warum garantiert kein Werkstattbetreiber von Rang und Namen irgendeine ungelernte Rachel McIntyre an fremder Leute Autos lassen würde. Mit fliegenden Fingern drückte sie auf den Link, den Grayson ihr geschickt hatte, und die Nummer wurde automatisch angewählt. Eine mürrische Männerstimme meldete sich und Rachel rutschte das Herz in die Hose. Aber drei Minuten später hatte sie ein Vorstellungsgespräch in der Tasche.

»Und du bist sicher, dass sie da nichts missverstanden haben und keine Sekretärin suchen?« Graysons Augenwinkel zuckten amüsiert, als er sie zwei Stunden später in der Cafeteria damit aufzog.

»Du Macho!« Rachel streckte ihm fröhlich die Zunge heraus. »Das wird gut, du wirst sehen! Außerdem hab ich ja quasi Humphrey als Referenz.«

»Das wird's rumreißen«, meinte Grayson großzügig und lehnte sich zurück. Stirnrunzelnd angelte er sein Handy aus der Tasche, das angefangen hatte, unfreundlich vor sich hin zu brummen.

»Dad?«, meldete er sich und warf Rachel einen entschuldigenden Blick zu. »Ob ich *was* kann? ... *Morgen???...* Dad, du kannst mich nicht jedes Mal wieder ... Nein, hörst du? Ich kann nicht ... ich habe dir schon tausendmal gesagt, dass ...« Er zog einige Blicke auf sich, weil seine Stimme immer lauter wurde und sogar das Scheppern des Geschirrs übertönte, als er aufstand. Rachel versuchte, etwas in seiner Miene zu lesen, aber er wich ihr aus. »Ich hab ein Leben hier, Dad. Ich habe auch Termine, die ich einhalten muss. ... Nein, ich bin nicht ...« Er hielt kurz inne, schnaufte mühsam beherrscht und drückte abwesend Rachels Schulter, etwas zu fest sogar, weil er sich offenbar immer mehr aufregte. Was der Anrufer sagte, verstand sie nicht, aber sie konnte seinen Tonfall hören und der klang sehr herrschsüchtig und bestimmend. Generalstabsmäßig irgendwie. »Was ist denn los?«, fragte sie flüsternd, aber natürlich erhielt sie keine Antwort. Grayson schüttelte nur den Kopf. »Ich kann nicht jedes Mal wieder von jetzt auf gleich springen, wenn du pfeifst! ... Was ist mit Granny? Lass sie aus dem Spiel!« Grayson lief an Rachel vorbei nach draußen und selbst durch die geschlossene Scheibe hörte sie ihn weiterstreiten. Sie fing keine Satzfetzen mehr auf und konnte lediglich seine Mimik und seine Körperhaltung beobachten. Tiefe Besorgnis stand ihm ins Gesicht geschrieben. Dann wechselte sein Ausdruck zu Wut. Fast schon ohnmächtigen Zorn las sie darin und dann sackten seine Schultern plötzlich nach vorn. Er drehte sich weg und brüllte einmal auf. Sämtliche Köpfe draußen flogen zu ihm herum. Grayson kümmerte sich nicht darum, bemerkte es wahrscheinlich nicht einmal. Stattdessen holte er aus, als ob er sein Handy wegschleudern wollte. Dann kickte er doch nur mit dem Fuß ins Leere und fuhr sich durch die Haare. Er hatte nachgegeben. Sie wusste es, bevor sie sein aschfahles Gesicht sah. Aber da war noch etwas. Granny? Er hatte noch nie etwas von seiner Großmutter erzählt. Von seinem Vater allerdings auch nicht wirklich viel. Sie wusste nur, dass er im Ölgeschäft war, irgendwelche Offshoreanlagen vor der schottischen Küste betrieb und Grayson für ihn Werbefotos schoss. Grayson machte keine Anstalten, wieder hereinzukommen. Im Gegenteil, er marschierte ohne Jacke einfach davon. »Na super«, zischte sie, nahm noch rasch einen Schluck Tee und schenkte dem nicht abgeräumten Geschirr einen schuldbewussten Blick. Dann schnappte sie sich ihrer beider Klamotten und den halb aufgegessenen Muffin und rannte ihm nach.

»Grayson, warte!«

Er blieb nicht stehen, aber er verminderte immerhin sein Tempo. Also hatte er sie zumindest gehört.

»Sorry, ich musste da raus.«

»Das hab ich mitbekommen. Hier.« Sie hielt ihm seine Jacke hin und stopfte sich den Muffinrest in den Mund.

Grayson betrachtete das Kleidungsstück in seinen Händen, als hätte er einen kompletten Blackout und wüsste nicht, was er damit tun sollte. »Man zieht es an. Es hält einen warm«, half Rachel ihm auf die Sprünge. Aber er lächelte nicht zurück. »Also was ist? ... So schlimm?«, fragte sie sanft und strich ihm über die Wange. Er fühlte sich eiskalt an. »Bitte nicht wieder die Einsamer-Wolf-Nummer, ja?«

Grayson atmete tief durch und schüttelte langsam den Kopf. »Der alte Sack zwingt mich mal wieder nach Aberdeen ... ganz dringende Kampagne, um den Umweltschützern Wind aus den Segeln zu nehmen. Ich hab so die Nase voll ... Heute Abend, ja? Ich erklär es dir, bevor ich packe. Versprochen.« Damit wollte er offensichtlich in Richtung der Ateliers im PL, dem zickzackförmigen Peter-Lanyon-Gebäude verschwinden. Aber Rachel bekam gerade noch seinen Ärmel zu fassen.

»Heute Abend? Wann musst du denn weg? Und was ist mit deiner Ausstellung?«

»Rachel, wir müssen rein. Die Vorlesung fängt an ...«

»Was ist mit deiner Ausstellung?«, beharrte sie. Seit Wochen hatte Grayson darauf hingearbeitet, seine Fotoarbeiten in einer kleinen Galerie in der Stadt zu zeigen. Sie war Teil seines Masterprojektes bei Professor Ferguson. Das konnte doch nicht wahr sein?! »Weiß dein Vater eigentlich, wie wichtig das für dich ist?« Andere Studenten strömten an ihnen vorbei ins Haus. Der Regen hatte wieder eingesetzt.

»Rachel, bitte, lass uns später darüber ...« Aber Rachel redete sich gerade in Fahrt. »Das kann er doch nicht machen!«

Grayson machte ein abschätziges Geräusch. »Oh doch, er kann. Und wie er kann.«

Rachel schnaubte. »Gib mir dein Handy. Wie ist seine Nummer?«

Grayson verzog die Mundwinkel, aber seine Augen lachten nicht mit. Er gab ihr einen sanften Kuss, der ihre Lippen kaum streifte. »Heute Abend«, wiederholte er. Und drehte sich um. Und ging.

Rachel stand im stärker werdenden Regen und fragte sich, wieso sie sich gerade vorkam wie der sprichwörtlich begossene Pudel.

Die nächste Schlappe ließ kaum vier Stunden auf sich warten.

»Humphrey wer?« Ein blonder Typ mit raspelkurzen Haaren und Tribaltattoo im Nacken wischte sich die ölverschmierten Hände an einem ebenso dreckigen Handtuch ab. Die Wirkung war also gleich null. Aber Rachel hatte das Gefühl, ihn darauf aufmerksam zu machen, könnte in dieser Situation ziemlich kontraproduktiv sein. »Nie gehört. Und du bist also *Studentin,* ja?« Er musterte sie mit einem anzüglichen Grinsen und Rachel verwünschte sich dafür, ausgerechnet heute den Minirock und die Stiefel angezogen zu haben. »Und was studierst du so?«

»Ich mach den Grundlagenkurs in Kunst und Design. Aber darum geht's doch ...«

»Hmm.« Er musterte sie ungeniert weiter und hörte dabei nicht auf, das Handtuch mit seinen Händen zu penetrieren. Es sah irgendwie unanständig aus. Rachel zwang sich, woandershin zu sehen. Sie ließ ihren Blick durch die Werkstatt schweifen. Der Schlauch eines Kompressors wand sich als Stolperfalle auf dem Boden. Diverse Maulschlüssel und Sprühdosen lagen herum. Und von diesem Laden hatte Humphrey eine so hohe Meinung?

»Kannst du airbrushen? Du weißt schon, barbusige Kriegerinnen, Titanenschlachten, Drachen und so Zeugs. Da stehen die Motorradjungs drauf ... und ich auch, womöglich – wenn's gut gemacht ist.« Er grinste breit. Lieber Himmel, der Typ hatte eine charmante Zahnlücke, aber total unregelmäßige Zähne! Der Junge ließ wirklich kein Klischee aus. Sie war hier falsch, aber so was von. Es würde noch andere Werkstätten geben.

»Also weißt du, ähm ... wie war noch gleich dein Name?«

»Ralph«, sagte er und legte endlich das braun gefleckte Handtuch zur Seite.

»Ralph also ...« Rachel holte tief Luft. Freundlich bleiben, man traf sich immer zweimal im Leben, ermahnte sie sich. »Dann bin ich hier falsch. Ich wollte zu Gary. Ich dachte, das wäre sein Laden. Vielleicht bin ich nicht richtig informiert. Das hier ist nicht wirklich, was ich suche. Ich dachte mehr an was ... Handwerkliches, weißt du? Ich bin ziemlich schnell im Reifenwechsel. Ich weiß, wie man eine Felgenpresse bedient und Bremsscheiben wechselt und was zu tun ist, wenn jemand kommt und sagt, sein Motor klopft ganz komisch«, spulte sie herunter. »Ich kann so Kleinkram wie Scheinwerfer und Sicherungen wechseln, Klimaanlagen und Batterien checken. Aber ich hab auch ein Ohr und ein Auge für diverse Zipperlein von alten Motoren. Den Rest würde ich gern lernen. So einen Job suche ich. Ich schraube gern. Also suche ich wohl besser weiter.« Sie wandte sich zum Gehen und stieg vorsichtig über eine in den Boden eingelassene Laufrolle.

»Dabei macht man sich schmutzig«, stellte Ralph fest. Rachel sah ihn an und er ließ beglückt seine kleine Zahnlücke sehen.

»Was du nicht sagst.« Wenn er jetzt noch ein einziges Mal nach seinem blöden Schmusetuch griff, würde Rachel ihn würgen, da war sie sich sicher. Ralph schien das zu spüren, denn er ließ die Hand sinken.

»Mach mal halblang. Dich darf man nicht auf dem falschen Fuß erwischen, oder? Ich bin im Frühjahr in die Werkstatt meines alten Herrn eingestiegen. Der muss ein bisschen kürzertreten. Wahrscheinlich kennt er deinen Humphrey, jedenfalls heißt er Gary. Der Laden läuft super, können uns kaum retten vor Kunden. Mit den Oldtimern haben wir 'ne echte Nische. Aber da bleibt halt einiges liegen, wie du siehst.« Er kickte eine leere Flasche Silikonspray über den Beton. »Vielleicht hab ich wirklich einen Job für dich.«

»Ich dachte nicht an Putzfrau«, stellte Rachel klar.

»Geschenkt.« Ralph winkte ab und lächelte. Ihr Herz schlug schneller. Auf einmal sahen die Zähne gar nicht mehr so unsexy aus.

»Aber aufräumen gehört dazu«, mahnte Ralph. »Und ich kauf nicht die Katze im Sack. Du musst Probe arbeiten. Sonst macht mir mein Alter die Hölle heiß, verstehst du?« Er strich über seinen ansehnlichen Waschbrettbauch und kratzte sich beiläufig im Schritt. Schon war der Pluspunkt wieder flöten. Tiger hätte ihre helle Freude mit dem Typen. Rachel musste natürlich hinstarren und wurde auch noch knallrot, als er sie dabei erwischte.

»Interessiert? Also – wann?«

»Wann was?«, fragte Rachel blass. Woran um Himmels willen interessiert? Der dachte doch wohl nicht ernsthaft, dass sie ... Der Job, Rachel, er meint den Job. Da war es wieder, das kleine schüchterne Mädchen, das sich von ein bisschen Machogehabe kirre machen ließ.

»Na Probe arbeiten. In den Klamotten geht das ja wohl schlecht«, bestätigte Ralph. Er zeigte mit den schmutzigsten Fingernägeln der Welt direkt zwischen Rachels Beine und keckerte, als hätte er einen grandiosen Witz gemacht. In einem Albtraum wäre sie nur zusätzlich nackt gewesen. Aber das Feeling war dasselbe. Im Geist zählte sie langsam »einundzwanzig, zweiundzwanzig« und da war die Eingebung.

»Nein, den Rock müsste ich vorher natürlich ausziehen«, sagte sie betont cool und hoffte, dass er nicht merkte, wie ihr inzwischen die Knie zitterten. Ralph fiel erwartungsgemäß beinahe die Kinnlade herunter. »Wenn du einen Blaumann für mich hast, kann ich dann gern den Ölwechsel für dich zu Ende bringen.«

Da lachte er ganz offen und ließ dabei niedliche Grübchen sehen. Pluspunkt wieder da. Rachel räusperte sich und gewann etwas Sicherheit zurück. »Also? Soll ich?«

Ralph winkte ab und wischte sich Tränen aus dem Augenwinkel. »Du hast mich für 'ne Sekunde echt drangekriegt. Hut ab!« Er kam auf sie zu und tat, als wolle er sie mit seinen dreckigen Werkstattklamotten in den Arm nehmen. Rachel wich etwas zurück. Auf dem letzten Meter schwenkte er jedoch ab und tat lachend, als ziele er mit einer imaginären Pistole auf sie. »Lass stecken, Baby. Du hast den Job. Das fechte ich schon aus mit meinem Vater. Acht Pfund die Stunde, zwei Wochen Probezeit. Wann kannst du anfangen?« Okay, man musste ihn noch ein wenig erziehen, aber irgendwie war er in seiner jungenhaften Art doch ganz niedlich. Und wahrscheinlich sogar recht hübsch unter all dem Dreck. Aber das tat nichts zur Sache.

»Neun«, feilschte Rachel rasch. »Und morgen nach der Uni. Ich kann dreimal die Woche ein paar Stunden nach Bedarf und samstags. Aber nur bis vier. Danach hab ich Bandprobe.« Zu ihrer Überraschung nickte er nur. »Einverstanden. Komm, schlag ein! Äh ... Wie heißt du noch mal?«

»... und dann hab ich gesagt, den Rock muss ich natürlich vorher ausziehen. Da ist ihm dann alles aus dem Gesicht gefallen.« Rachel hopste glückselig auf und ab und schrubbte ihre Finger, damit sie beim Möhrenschnippeln helfen konnte. Sie war beim Nachhausehüpfen im Flur von Helen abgefangen und mit der Aussicht auf ein leckeres vegetarisches Curry geködert worden. Und mit der Aussage, dass Grayson noch nicht im Schloss eingetrudelt war. In diesem Haus bekamen gewisse Leute alles mit – es sei denn, man benutzte einen Geheimgang. Also heftete Rachel ihm zur Sicherheit eine analoge Nachricht an die Tür und schickte eine virtuelle durchs Netz: »Hab den Job! Bin am Feiern. Helen und Tiger geben Sekt und Curry aus. Komm nach, so schnell du kannst!«

Nun stand sie in Kathys und Helens dampfgeschwängerter Küche, die bald Tigers und Helens Küche sein würde. »Das war doch echt schlagfertig, oder? Ich bin so stolz auf mich!«

»Und ich erst«, lobte Helen und prostete ihr zu. »Aber gib's zu, du bist dabei angelaufen wie eine reife Tomate, oder?«

»Ein bisschen«, gestand Rachel lachend. »Aber es wird!«

Tiger schüttelte den Kopf und gab Helen einen Kuss. »Macho-Arsch.«

»Auf seinen Hintern hab ich nicht geachtet, aber ansonsten geb ich dir recht«, kicherte Rachel, trank noch einen Schluck Sekt und bewaffnete sich mit Küchenmesser und Schneidebrett. Tiger drückte ihr eine Möhre mit Grünzeug in die Hand und befahl mit betont finsterer Miene: »Schwanz ab!«

»Ach, keine Schwänze sind doch auch keine Lösung«, meinte Helen, zwinkerte Rachel frivol zu und strich ihrer Freundin zärtlich über den rasierten Nacken.

»Was soll das denn heißen, Süße? Mir scheint, du brauchst mal wieder eine ganze Frau, oder?« Tiger zog Helen zu sich heran und die beiden küssten sich eng umschlungen.

Rachel gluckste in sich hinein und warf ihre Möhrenscheiben in den zischenden Wok. Die beiden waren zu süß miteinander. Sie gönnte Helen ihr Glück von ganzem Herzen. Nach all dem Pech in der Liebe schien sie nun endlich angekommen zu sein. Da fiel ihr siedend heiß etwas anderes ein. »Oh, ich muss es meinem Dad erzählen! Bin gleich wieder da!«, verkündete sie laut, fischte ihr Handy aus der Unitasche und verzog sich auf den Balkon, damit die beiden in Ruhe weitermachen konnten. Hauptsache, sie achteten zwischendurch mal darauf, dass auch auf dem Herd nichts anbrannte.

Das Curry schmeckte grandios. »Ich verstehe nicht, warum auf dieser Welt überhaupt noch Hühner geschlachtet werden«, schmatzte Helen. »Seit der Erfindung von Seitan und Tofu würde ich dafür alles andere liegen lassen.«

Tiger lächelte nachsichtig. »Das gibt es schon seit Hunderten von Jahren, es hat dir nur noch keiner vor die Nase gestellt, bevor du mich kanntest.«

»Auch wieder wahr«, meinte Helen achselzuckend und nahm sich einen Nachschlag. »Was gibt's zum Nachtisch?«

»Obst«, verkündete Tiger, fischte eine Kiwi aus dem Obstkorb und platzierte sie vor ihrer Nase. »Vitamine. Gibt's auch schon seit deiner Kindheit.«

Rachel griente in sich hinein und angelte verstohlen nach ihrem Handy. Wo blieb Grayson denn nur? Und warum meldete er sich nicht? So allmählich machte sie das nervös. Er würde doch wohl nicht einfach abhauen? So wie früher?

Sie legte sich eine fadenscheinige Ausrede für ihren Aufbruch zurecht und trug ihr Geschirr zur Spüle. Aber als sie die Berge von Abwasch sah, brachte sie es nicht übers Herz, die beiden streitlustigen Turteltauben damit allein zu lassen. Seufzend schob sie sich die Ärmel hoch und ließ heißes Wasser ins Becken. »Kommt gar nicht infrage«, widersprach da jedoch Helen und nahm ihr die Spülbürste aus der Hand. »Die brauch ich noch, um Tiger zu verhauen, und das mach ich unter Ausschluss der Öffentlichkeit. Also husch, husch. Geh deinen missratenen Lover suchen. Jetzt! Na los.« Ungläubig starrte Rachel sie an.

»Du schmeißt mich raus?«

»Aber so was von«, grinste Helen sie an. Rachel sah Tiger an. »Schätze, ich soll gleich wieder strippen«, meinte die schulterzuckend, tunkte die benutzten Gläser ins Spülbecken und griff nach dem Küchenhandtuch. Helen giggelte los, als sie Rachels Gesichtsausdruck sah. »Du bist so herrlich leicht aus der Fassung zu bringen, Süße. Ich liebe dich! Und jetzt raus mit dir. Wir machen das schon.«

Halb ratlos, halb dankbar fand Rachel sich im Flur wieder. Irgendwo unten übte jemand Saxofon und aus einer anderen Wohnung drangen Gesangsübungen. Sie seufzte. Die Band ... das mussten sie auch noch dringend anschieben. Aber eins nach dem anderen.

Sie lief an ihrer Wohnung vorbei und klopfte im Stockwerk über ihr. Aber da war alles still. Grayson war weder in seiner noch in ihrer Wohnung und er steckte auch nicht auf halbem Weg im Kleiderschrank fest. Kein Zettel, keine Nachricht. Rachel schwankte zwischen Besorgnis und Ärger. Sie starrte mit verschränkten Armen durchs Fenster in den Park hinaus und tippte sich ungnädig gegen die Oberarme. Plötzlich hatte sie eine Ahnung.

Sie hatte keine Lust auf Begegnungen im Treppenhaus. Also nahm sie die Abkürzung durch den einen Geheimgang nach oben und tapste schnurstracks durch Graysons Wohnung in den zweiten Gang und bis hinunter ins Schwimmbad. Tropische Hitze schlug ihr entgegen, als sie die Tür öffnete, und wer zog da seine Bahnen?

Natürlich. Da hätte sie auch gleich draufkommen können. Obwohl die schwüle Wärme ihr den Schweiß aus den Poren trieb, widerstand sie der Versuchung, sich auszuziehen oder zumindest die Füße ins Wasser zu hängen. Sie wusste genau, wohin das wieder führen würde. Grayson kraulte schnell und kraftvoll. Es war seine Art runterzukommen, so wie Rachel ihren Kopf durchs Malen oder Joggen freibekam. Oder durch Reden. Mit Freunden. Guten Freunden. Ihrem Freund zum Beispiel! Wenn er denn da war. Und gewillt zu reden. Es dauerte eine ganze Weile, bis er sie bemerkte. Da erst brach er ab und schwamm zu ihr an den Beckenrand.

»Schön, dass du da bist«, strahlte er sie an. Keine Spur von schlechtem Gewissen. Nur erschöpft sah er aus. Ein bisschen verausgabt. Rachel fragte sich eine Millisekunde lang, wie er wohl mit einer kleinen Zahnlücke aussehen würde. »Dann hast du meine Nachricht also erhalten. Keine Lust auf Sekt?« Er schien sich über etwas zu wundern, aber Rachel wollte sich nicht schon wieder von ihm einlullen lassen.

»Was für eine Nachricht? Ich frage mich eher, ob du meine vielleicht übersehen hast? Wo warst du die ganze Zeit und warum hast du dich nicht gemeldet?«

Grayson zog sich aus dem Wasser und angelte nach seinem Handtuch. Er hatte sich nicht die Mühe gemacht, eine Badehose anzuziehen. Nur nicht schwach werden jetzt! Rachel sah rasch weg. Das bisschen Knackpo. Und braun gebranntes Sixpack. Und knapp darunter ... nein! Sie fixierte seine meergrünen Augen. Auch nicht viel besser. »Ich bin immer noch schwer dafür, dass du dir einen Waffenschein zulegst für deinen Körper«, murmelte sie und kam sich vor wie ein hypnotisiertes Häschen. »Das ist so ungerecht!« Er knotete sich das Badetuch um die Hüfte, kam langsam auf sie zu und schloss sie in seine Arme.

»Herzlichen Glückwunsch zum Traumjob«, hauchte er ihr ins Ohr. »Mir war vorhin einfach nicht nach Essen und Reden und viel Gesellschaft. Nicht böse sein bitte, ja?«

Rachel schnaufte hörbar aus und schob das Kinn vor. Es war eben viel zu leicht, sie um den Finger zu wickeln. »Aber du musst dich melden. Du hast ganz schön was verpasst. War echt lecker. Und wir wollten uns doch treffen nach meinem Termin!«, versuchte sie es noch einmal.

»Haben wir ja!«, widersprach er mit belegter Stimme und bedeckte ihren Hals mit Küssen. »Du guckst doch sonst immer als Erstes in den Kühlschrank. Ist dir eigentlich nicht viel zu warm hier drin?«

»Kühlschrank?« Rachel richtete sich verwirrt auf und wehrte seine Hände ab, die ihr den Pulli über den Kopf streifen wollten. »Wieso hätte ich denn in den Kühlschrank schauen sollen, wenn wir doch bei Helen ...« Sie brach ab und ließ sich auf einen winzig kleinen Kuss ein. »Sag mir lieber, was mit deinem Vater ist. Wieso musst du schon wieder weg?«

Grayson sah sie müde an. »Es ist leider nicht so einfach.« Er zog sie mit sich zu einer der beheizten Steinbänke und sie setzte sich neben ihn. Es forderte ganz schön viel Willenskraft, ihm nicht durch die nassen Haare zu wuseln oder Wassertropfen von seinen Oberarmen zu streicheln. Oder einfach über ihn herzufallen. Pfff. Animalische Instinkte. Da stand sie aber so was von drüber. Rachel zog sich selber den Pulli über den Kopf. Es war wirklich verflixt warm hier drin und so hatte sie wenigstens etwas in der Hand zum festhalten. Jetzt würden sie erst mal reden. Jawohl.

»Also?« Sie sah ihn aufmunternd an.

Grayson besah sich seine vom Wasser schrumpelig gewordenen Finger. »Er ist mein Vater. Was soll ich tun? Er schickt mir einen Hubschrauber, damit ich bei Tagesanbruch einsatzbereit bin.«

Rachel schüttelte den Kopf. »Und was erzählst du deiner Jan? Er kann doch auch mal irgendeinen anderen Werbefotografen anheuern.«

»Weißt du, Professor Janet Ferguson ist mir dabei quasi am alleregalsten. Ich muss dort hin. Er hat so einiges, mit dem er mich fertigmachen kann, wenn ich ihm seine verdammten Fotos nicht schieße.«

»Und deine Ausstellung?«

»Es ist alles fertig. Die Bilder hängen. Die Vernissage morgen muss halt ohne mich stattfinden.« Er wirkte ehrlich zerknirscht. »Dringende Familienangelegenheit. Das ist die offizielle Version.« Er verzog seine Mundwinkel zu einem bitteren Lächeln.

»Und die inoffizielle?«, bohrte Rachel weiter.

»Dringende Familienangelegenheit«, wiederholte er dumpf.

»Na und warum lässt du das so einfach mit dir machen?«

»Er hat mich in der Hand.«

»Aber womit denn, um Himmels willen?«

»Das kann ich dir nicht sagen.«

»Das kannst du mir nicht sagen? Jetzt platzt mir aber gleich die Hutschnur! Geht das denn ewig so weiter mit euren dämlichen Familiengeheimnissen?« Rachel sprang auf. Grayson fasste müde nach ihrem Arm.

»Du trägst doch gar keine Hüte.«

»Ohhh!« Sie jagte ihre Stimme eine Oktave hinauf und wieder herunter, aber das machte es auch nicht besser.

»Bitte entschuldige.« Er stand auf und widerwillig ließ sie zu, dass er sie umarmte. »Böser Wolf«, schmollte sie immer noch.

Er hob ihr Kinn mit einem Finger und sah ihr in die Augen. »Es ist das letzte Mal, versprochen.«

»Es tut mir weh, dass du mir nicht vertraust. Und ich verstehe nicht, dass deinem Vater dein Studium, deine Karriere so egal sind ... Meiner würde um die halbe Welt reisen, um die Ausstellungseröffnung nur ja nicht zu verpassen, und deiner ...« Er unterbrach ihre Tirade mit einem zärtlichen Kuss.

»Ich weiß. Und meinen will ich hier überhaupt nicht dabeihaben. Aber das ist eine lange Geschichte. Und es hat nichts mit Vertrauen zu tun.«

»Dann erzähl sie mir, Grayson. Geht es immer noch um Amelia?«

Grayson löste sich aus der Umarmung. Er ging zum Wandschalter, um die automatische Poolabdeckung auszulösen.

»Auch«, sagte er leise. »Ich werde dir alles erzählen. Aber nicht heute. Nicht so zwischen Tür und Angel.« Rachel hatte Mühe, ihn durch das surrende Geräusch der Elektrik zu verstehen. Sie sah, wie er sich straffte, bevor er sich zu ihr umdrehte. Er hatte wieder sein Grayson-Lächeln aufgesetzt. »Ich muss ein paar Sachen packen. Kommst du mit hoch?« Rachel sah ihn verständnislos an. Das konnte doch nicht wahr sein. »Ich will noch etwas für die Uni vorbereiten«, murmelte sie und stieg hinter ihm die Treppe hinauf.

6

Als sie ihre Wohnung betrat, klingelte das Telefon. Ihre Eltern waren dran, beglückwünschten Rachel zu dem erfolgreichen Vorstellungsgespräch und bestanden darauf, ihr umgehend ein Päckchen mit extra Arbeitskleidung und warmer Unterwäsche zu schicken. Nachdem sie aufgelegt hatten, schaltete Rachel sich abwesend durch sämtliche TV-Programme und fing wieder an zu grübeln. Wieso hatten Graysons Eltern sich nach dem Tod ihrer Tochter so von ihrem Sohn entfremdet, statt froh darüber zu sein, dass sie immerhin noch ein Kind hatten? Sie wusste ja, dass sie ihm indirekt die Schuld an ihrem Tod gaben. Aber das war so lächerlich. So unvorstellbar. Es war ein Unfall gewesen. Tragisch. Ja. Aber ein Unfall. Er hätte genauso gut ebenfalls tot sein können! Und statt ihm zu helfen, das Geschehene aufzuarbeiten ... Rachel fröstelte. Sie war genervt. Schrottgenervt sogar. Wieso ließ Grayson immer wieder alles stehen und liegen, wenn sein Vater ihn mir nichts, dir nichts abkommandierte? Wollte er Abbitte leisten? Seinen Vater auf diese Art dazu bringen, ihm etwas zu vergeben, wofür er nichts konnte? Dabei hatte er sich seine Schuld ja ewig lange erfolgreich selbst eingeredet und sich Vorwürfe gemacht. Die waren alle so unglaublich verkorkst! Aufgewühlt schlurfte Rachel zum Kühlschrank, um sich ein Glas Milch zu holen. »Oh!«, rutschte es ihr heraus. Ein Post-it pappte mitten auf der Tür: »Ich liebe dich, Schraubstar!« stand darauf. Und als sie die Tür öffnete, fand sie im mittleren Fach eine Flasche Sekt, zwei Gläser und eine Orchidee. »Ach Grayson«, sagte sie leise. »Ich dich doch auch.«

In der Nacht schlief sie schlecht, aber sie konnte sich nicht an ihre Träume erinnern. Ihr Bett erschien ihr plötzlich riesig. Immerhin duftete das zweite Kopfkissen noch nach Grayson. Nach all der gemeinsamen Zeit war es ein komisches Gefühl, allein aufzuwachen. Es war noch stockfinster, als der Wecker klingelte. Sie wollte die Zeit nutzen und eine Runde joggen gehen, bevor sie den halben Tag wieder drinnen verbringen würde.

Sie wurde dafür mit einem grandiosen Sonnenaufgang belohnt. Der Strand war menschenleer. Nur ein paar Möwen zankten sich um einen Fischkadaver. Auch im Park begegnete sie nur einer Handvoll anderer unverdrossener Läufer. Eine frische Brise blies ihr den Kopf frei und Rachel inhalierte den Duft von See und Wind. Eigentlich ging es ihr doch fantastisch: Sie hatte im ersten Anlauf einen Nebenjob gefunden. Ihr Studium war eine einzige Spielwiese, auf der sie sich kreativ austoben konnte. Es stand eine Hochzeit ins Haus. Sie hatte einen tollen Freundeskreis, eine wunderbare Familie, Grayson liebte sie – und für Freitag war die erste Bandprobe geplant. Sie lebte ein ganz normales, überdurchschnittlich schönes Studentenleben in einer Traumstadt im Herzen Cornwalls.

Beflügelt rannte sie als Abschlusstraining die Stufen zum Schloss hinauf. Humphrey war dabei, den Kies zu harken. »So früh schon so fleißig?«, begrüßte Rachel den alten Mann lächelnd. Er hielt inne und sah sich suchend um. Als er Rachel erkannte, lächelte er flüchtig, nickte ihr zu und schob sich seine Mütze in den Nacken. Umständlich kramte er ein Stofftaschentuch aus der Arbeitshose und tupfte sich über die Stirn. »Das Wetter muss man ausnutzen«, brummte er freundlich und zeigte mit dem Kopf Richtung Park. »Der Rasen ist auch noch mal fällig. Aber um die Tageszeit ist das Gras noch zu feucht. Verklumpt nur den Mäher und macht die Klinge stumpf.« Er musterte sie, wie sie auf der Stelle trat, um sich warm zu halten. »Solltest nicht zu lange bei einem redseligen, alten Kauz stehen bleiben. Kühlst nur aus. Eine warme Dusche wär jetzt eher was für dich als Gartengespräche.«

»Bin schon weg«, erwiderte Rachel und lächelte ihn an. »Danke für den Tipp mit der Oldtimerwerkstatt drüben bei den Docks. Ich hab den Job und freu mich total!«

»Nicht meine Lorbeeren«, brummelte er und griff wieder zu seiner Harke. »Aber immer wieder gern zu Diensten. Und grüß mir Gary und seinen nichtsnutzigen Sohn, wenn du schon da bist.«

Der Unitag verging wie im Flug. Erst plastizierten sie karikierende Köpfe aus Ton, dann ging es um Animationstechniken im Film. In den ersten neun Wochen des Semesters stand quasi alles auf der künstlerischen Speisekarte, was die Fakultät zu bieten hatte. Die Erstsemester konnten und sollten so viel wie möglich probieren, in alles hineinschnuppern und dann später ihren Schwerpunkt finden. Das nächste große Thema, an das sie herangeführt wurden, war Stoffdesign und Mode. Allerdings machte es Rachel bislang noch erheblich mehr Spaß, Entwürfe zu skizzieren, als sie dann umzusetzen. Beim Zuschneiden hatte sie jedes Mal Angst, etwas unwiederbringlich zu zerstören, und die Nähmaschine war auch nicht gerade ihr bester Freund.

Hier lagen ihre Stärken schon mal nicht, aber sie hatte ja auch noch etwas Zeit, ihren Weg zu finden. Fürs Erste musste sie dringend Nachhilfe bei Helen und Kathy nehmen. Die beiden hatten nicht nur ein fantastisches Auge, sondern auch enormes handwerkliches Geschick beim Umsetzen ihrer Ideen – kein Wunder allerdings: Erstens studierten die beiden Modedesign und zweitens waren sie ihr drei Semester voraus.

Dann war es endlich so weit. Rachel beglückwünschte sich zu der Entscheidung, das Rad genommen zu haben, und sauste hügelabwärts in Richtung des kleinen Industriegebiets in der Nähe der Docks.

Die Werkstatt war voll. Auf dem Hof standen verschiedene Fahrzeuge aller Marken kreuz und quer geparkt. In der Halle war gerade ein japanischer Kleinwagen aufgebockt. Zwei Männer standen mit wichtig aussehenden Mienen darunter versammelt und betrachteten den Lochfraß in der Auspuffanlage. Ein älterer Herr in Werkstattmontur stocherte mit einem Schraubendreher darin herum und der, den Rachel für den Kunden hielt, verzog das Gesicht, als ob er beim Zahnarzt wäre. Rachel beschloss, lieber nicht zu stören, und wäre auf dem Weg zur Toilette fast über zwei ansehnlich muskelbepackte Männerbeine gestolpert, die unter einem Daimler herausragten. »Hoppla!«, erkannte sie Ralphs Stimme. »Kannst du mal hierher leuchten? So wird das nix.« Rachel sah sich um und pflückte die Leuchtstofflampe ab, die an einer Werkzeugkiste hing. Zum Glück hatte sie heute Jeans an. Also stellte sie ihren Rucksack ab, kniete sich kurzerhand auf den kalten Betonboden und schob das Licht, so gut es ging, unter den Unterboden.

»Nein, weiter links«, forderte Ralph. »Ja. Besser. Und jetzt brauch ich mal den Siebzehner. ... Nicht mit der Lampe wackeln, ey!«

Rachel verrenkte sich, um beide Wünsche zu erfüllen, und fand das gewünschte Werkzeug zum Glück auf Anhieb.

»Nee, das sitzt zu fest. *Fuck ey.*«

»Probier's mal damit!« Rachel reichte eine Rohrzange unter das Auto. Prompt hörte sie, wie Ralph sich den Kopf stieß. Fluchend kam er unter dem Wagen hervorgerollt.

»Was machst du denn hier?«

»Arbeiten, dachte ich.«

»In den Klamotten? Du hast nicht mal 'nen Kittel an.« Ralph rieb sich den Kopf. Seine Hände waren genauso ölverschmiert wie am Vortag und hinterließen ein interessantes rotbraunes Muster an seiner Schläfe. »Is' schon so spät?« Er lächelte gewinnend.

Rachel nickte und grinste zurück. »Ich bin noch nicht dazu gekommen.«

»Na, mit wem flirtest du denn hier?« Plötzlich stand der ältere Mechaniker neben ihnen. »Willst du mich der netten jungen Dame nicht vorstellen, Sohn?«

Eine Schrecksekunde lang fürchtete Rachel, Ralph hätte gar nichts von ihr erzählt und dass er sie überhaupt nicht ernst genommen hatte. Aber sie täuschte sich. »Dad, das ist Rachel ...?« Hilfe suchend sah er sie an. »Rachel McIntyre«, half sie Ralph auf die Sprünge und streckte seinem Vater die Hand hin. »Humphrey sagt, Sie sind der Beste.«

Er winkte ab. »Gary Willows«, stellte er sich vor. »Einfach Gary. Ja richtig, Sie müssen die kleine Lady sein, die so begeistert von Autos ist. Und mein Sohn sagt, Sie haben sich gar nicht mal dumm angestellt. Lassen Sie sich von dem Bengel bloß nichts gefallen. Er hat 'ne große Klappe, aber nichts dahinter.« Scherzhaft wischte er mit seiner Hand über Ralphs Hinterkopf.

Rachel lächelte. »Wir kommen schon klar. Also. Wo kann ich anfangen?«

»Erst mal umziehen«, befahl Gary. »In der Kammer hängt noch der Blaumann von unserem letzten Lehrling.«

»Keine Angst, ist frisch gewaschen«, ergänzte Ralph augenzwinkernd.

»Und dann nehm ich Sie erst mal unter meine Fittiche«, bestimmte sein Vater mit einem nachdrücklichen Blick und Ralph verschwand wieder unter dem Daimler. »Sie können mir erzählen, wie es meinem alten Freund Humphrey so geht«, sagte Gary, während er sie Richtung Waschraum begleitete. »Ich habe ihn viel zu lange nicht mehr gesehen, seit er seinen Bentley abgegeben hat.«

»Er hat einen Bentley?«, fragte Rachel erstaunt.

»Hatte«, korrigierte Gary.

»Ich hab mich schon gewundert über den MG.«

Gary schüttelte den Kopf. »Der gehörte seinem Sohn. Da darf niemand ran. Er hütet ihn wie seinen Augapfel, seit ...«
Oh nein, nicht noch mehr Tote, dachte Rachel bestürzt.

»Humphrey redet nicht gern drüber. Der Junge ist im Falklandkrieg geblieben«, meinte Gary und bestätigte ihren Verdacht. Kein Wunder, dass er Grayson so ins Herz geschlossen hatte, wenn sie quasi ein ähnliches Schicksal verband. Der hatte den MG immerhin einfach so aus der Garage nehmen dürfen ... na ja, gefragt hatte er nicht wirklich, als sie damals vor Caleb geflüchtet waren. Aber Ärger hatte es auch nicht gegeben. Zumindest keinen, den Rachel mitbekommen hätte ...

Die nächsten zwei Stunden war sie ausschließlich damit beschäftigt, sich das Innenleben von Motorhauben anzusehen, einen Keilriemen zu wechseln, Glühlampen zu tauschen und dabei zu helfen, den Fehler in einer defekten Lüftungsanlage zu suchen. Ralph war gar nicht so übel. Er bewies eine Engelsgeduld und konnte hervorragend erklären. Es war so herrlich, dass sie beinahe die Zeit vergessen hätte – und Graysons Vernissage! Dabei hatte sie ihm doch hoch und heilig versprochen, pünktlich da zu sein, um Fotos zu machen und die Eröffnungsworte mitzuschneiden. Zur großen Verblüffung von Ralph und seinem Vater schwang sie sich direkt in der ölverschmierten Arbeitskleidung aufs Rad und strampelte im Eiltempo bergauf nach Hause. Eine kluge Entscheidung, denn am Fahrradschuppen angekommen, war sie völlig durchgeschwitzt und erledigt. Es dauerte allein zehn Minuten, bis sie sich unter der Dusche die Ölschmiere von den Fingern geschrubbt hatte. Sie musste sich unbedingt eine vernünftige Waschpaste und Aceton besorgen. Noch in Unterwäsche erinnerte sie die Mädels per WhatsApp an ihr Versprechen mitzukommen und schlüpfte in Jeans, Pumps und ein abendtaugliches Glitzertop. Dann schnappte sie sich Schal und Jacke und stürmte los. Noch zwanzig Minuten. »Oh nein!« Siedend heiß fiel ihr Honey ein. Also treppauf statt hinunter! Das kleine Kätzchen begrüßte Rachel schon an der Tür mit vorwurfsvollem Maunzen und umklammerte begeistert mit spitzen Krallen ihr Bein. »Du Arme, hattest du einen langweiligen Tag? Na wie gut, dass ich mich gegen das kleine Schwarze und die Nylonstrümpfe entschieden habe, was?« Mit dem fröhlich fauchenden Fellknäuel am Bein strauchelte Rachel zum Kühlschrank, bemüht, dabei nicht auf den zuckenden Katzenschwanz zu treten. Zügig füllte sie den Futternapf auf und stellte frisches Wasser bereit.

»Oh Honey, es tut mir leid, dass ich's so eilig habe. Ich verspreche dir feierlich, nachher komm ich noch mal hoch und spiele ganz lange mit dir, okay? Und weißt du, was? Dann lassen wir einfach den Geheimgang auf und du hast zwei Wohnungen, durch die du toben kannst. Na, wie klingt das?« Honey hatte sich bereits in einen kleinen Filzball verkrallt und schlitterte damit quer übers Parkett. Rachel brachte es nicht übers Herz, den kleinen Stubentiger sofort wieder allein zu lassen. Sie warf ihr den Ball noch ein paar Minuten lang zu und Honey jagte hinterher. »So, jetzt muss ich aber wirklich los. Es wird nicht lange dauern!« Als ob es ihre Worte verstanden hätte, gähnte das Tierchen herzhaft und zeigte dabei seine Reißzähne. Rachel streichelte Honey noch einmal übers Köpfchen und spurtete los. Als sie die Wohnungstür zuzog, sah sie, dass Honey sich auf Graysons Pullover zusammengerollt hatte.

»Was strahlst du denn so? Ist das der passende Gesichtsausdruck für die Eröffnung einer Ausstellung, bei der dein Freund meilenweit weg ist?« Bruce stand im Sakko am Eingang der kleinen Galerie und nahm Rachel galant die Jacke ab. »Wo sind die anderen?« Er spähte auf die Straße.

»Kommen gleich«, japste Rachel und quetschte sich an ihm vorbei. »Suchen noch einen Parkplatz.« Beinahe die gesamte Clique, bestehend aus Rachel, Helen, Kathy, Josh und Jodie hatte sich in Joshs kleines Auto gequetscht und war gemeinsam ins Zentrum geknattert.

»Schick siehst du aus. Sind wir zu spät?« Bruce schüttelte den Kopf und hängte das Kleidungsstück an eine bereits gut gefüllte Garderobe.

»Oh, Melissa ist auch da!«, freute sich Rachel und begrüßte ihre Mitbewohnerin. »Ich finde das so toll von euch, dass ihr alle gekommen seid.«

Melissa winkte ab und verwies augenzwinkernd auf ihr Sekttablett. »Nebenjob. Man nimmt, was man kriegt. Außerdem bin ich natürlich gespannt, was dein Lover so für Bilder fabriziert. Respekt übrigens. Aber das sag ich dir nur *off records* und weil er nicht da ist.«

Rachel erwiderte das Grinsen. »Oh, gut dass du mich erinnerst. Ich muss das Ding startklar machen.« Sie zückte die kleine Kamera, die Grayson ihr dagelassen hatte, und schwenkte damit einmal durch die gesamte Galerie. Ihr Blick blieb an Professor Ferguson hängen. Sie trug ein elegantes türkisblaues Minikleid mit Applikationen und die üblichen, farblich abgestimmten Megastilettos – und hatte gleich drei Herren im Schlepptau, von denen einer ihr sogar die Tasche trug. Eins musste man ihr lassen: Sie konnte in den Dingern nicht nur gehen, ohne zu stolpern, sondern sich wirklich elegant darin bewegen.

»Was machst du?«, riss Helen sie aus ihren Gedanken und hauchte ihr ein Küsschen auf die Wange. Sie hatte sich bereits mit Häppchen und Sekt eingedeckt und hielt Rachel auch ein Glas hin.

»Ich bewundere den Hüftschwung dieser Frau«, platzte Rachel, ohne nachzudenken, heraus.

Helen giggelte. »Den braucht sie auch. Ab einem gewissen Alter muss man ja von Dellen und Falten irgendwie ablenken, wenn man den Vamp so verinnerlicht hat wie sie.«

»Helen!« Rachel klopfte ihr spielerisch auf den Arm. »Böses Mädchen!«

»Hijaaahh«, machte Helen genüsslich und kicherte in ihr Sektglas. »Macht Spaß, oder? Oh, jetzt wird's ernst.« Professor Ferguson und ihr Tross steuerten ein kleines Rednerpult an und das allgemeine Gemurmel wurde immer leiser, bis man ein Taschentuch hätte fallen hören können.

»Sehr geehrte Damen und Herren, es freut mich, Sie heute Abend hier im Namen der Universität von Falmouth und von Grayson Wolf begrüßen zu dürfen. Der Künstler hat mich gebeten, ein paar Worte an Sie zu richten, da er leider persönlich in einer dringenden Familienangelegenheit verhindert ist ...«

»Und wie ist die inoffizielle Version?«, zischte Helen ihr ins Ohr.

»Psst«, machte Rachel, die Kamera im Anschlag. »Ich filme mit Ton.«

»Oh, hi Grayson«, flüsterte Helen in Richtung des eingebauten Mikrofons. »Wieso bist du nicht da?«

Rachel biss sich auf die Lippen, um nicht loszugiggeln. Professor Ferguson redete unterdessen weiter. »... nun, was er nicht wusste, ich hatte ohnehin eine kleine Laudatio vorbereitet ...« Höfliches Gelächter. »Glücklicherweise sind wir hier ja nicht in Clacton-on-Sea. Wir erkennen einen Banksy, wenn wir ihn sehen, statt ihn überzupinseln.« Mehr Gelächter. Der Graffitikünstler hatte vor einiger Zeit doppelte Schlagzeilen gemacht, weil er eine Gruppe Tauben mit Anti-Einwandererplakaten auf ein Bootshaus gesprüht hatte – ihnen gegenüber ein kleiner grüner exotischer Vogel. Der übereifrige Bezirksrat von Clacton hatte allerdings sofort einen Reinigungstrupp losgejagt. Dumm gelaufen. Rachel fragte sich, ob es allen Ernstes Professor Fergusons Absicht war, Grayson mit einem Künstler wie

Banksy auf eine Stufe zu stellen – oder ob sie viel eher mit ihrem Wortwitz und ihrer Informiertheit glänzen wollte. In der Folge schwärmte sie weiter von Graysons Ausnahmetalent, von Licht und Schatten und ungewöhnlicher Perspektivwahl und dass da wohl noch einiges kommen würde, bla, bla. Rachel hatte den Eindruck, gleich knietief durch Schmalz zu waten, hielt aber tapfer drauf. Irgendwann war es geschafft und sie schwenkte zu Helen. »Darf ich Sie kurz fragen, wie Sie das Oeuvre des jungen Künstlers bewerten?« Helen verschluckte sich prompt und zerrte hustend Tiger vor die Kamera.

»Also die Oeuvres von Kerlen sind ja nicht so mein Ding«, sagte diese völlig ernst und zog die Stirn kraus. »Aber Grayson ist echt okay. Und seine Bilder find ich auch gut.« Helen bekam kaum noch Luft, aber inzwischen vor Lachen. »Was denn?«, fragte Tiger und Helen krähte heiser: »Männeroeuvres, das ist großartig. Herzchen, sie hat dich nicht nach seinen Eiern gefragt.« Rachel musste die Kamera abstellen, weil ihr die Bilder ohnehin vor unterdrücktem Lachen verwackelten. Darauf hatte Jodie die grandiose Idee, ein paar echte Interviews mit Galeriebesuchern zu führen und mitzufilmen.

»So schlagen wir zwei Fliegen mit einer Klappe«, erklärte sie begeistert und riss Rachel mit sich fort. »'ne Filmarbeit brauchen wir schließlich auch noch.«

Anderthalb Stunden später leerte sich die Galerie zusehends und Rachel hatte endlich selbst Gelegenheit, ein wenig umherzustreifen und Graysons Bilder auf sich wirken zu lassen. Sie hatte ihm geholfen, die Auswahl zu treffen, aber eins der Fotos kannte sie dennoch nicht. Es hing ein wenig abseits, eine großformatige Schwarz-Weiß-Aufnahme von ihr selbst. Er musste es in einem unbeobachteten Moment auf Kreta geschossen haben. Im Pool. Ihr Gesicht ganz groß, aber nur halb zu sehen, verdeckt von Strähnen nassen Haares. An ihrem Auge hing ein Wassertropfen und sie sah am Betrachter vorbei ins Leere. »Kreta ist wunderschön um diese Jahreszeit, finden Sie nicht? Wie ich sehe, habt ihr den Pool genossen.«

Rachel zuckte zusammen, sie hatte Professor Ferguson gar nicht kommen hören. »Die anderen Bilder, die er mir gezeigt hat, waren – nun ja – vielleicht nicht ganz so öffentlichkeitskompatibel. Oder adäquat für diesen Raum. Ich habe dieses ausgewählt«, sprach sie weiter. »Ich fand, es gehört unbedingt dazu ... eine wichtige Station in seiner Kollektion.« Sie betonte es eigenartig.

»Äh, ja.« Leider fiel Rachel wieder mal nichts wirklich Schlaues ein, was sie darauf entgegnen konnte. War das jetzt eine versteckte Unverschämtheit? Nein, sie musste besser zuhören, das war bestimmt ein Kompliment. Womöglich hatte sie zwei Gläser Sekt zu wenig getrunken – oder eins zu viel. »Wir haben uns dort sehr wohlgefühlt«, erklärte sie lahm. Boah, sie musste echt noch an ihrem Small Talk feilen.

»Das sieht man.« Täuschte sie sich oder schwang da nicht doch ein wenig Schnippischkeit mit? War ihre Antwort jetzt falsch rübergekommen?

»Also, danke noch mal ... dass Sie das möglich ...«

»Jan? Kommst du?« Einer ihrer Begleiter stand mit einer Nerzstola am Ausgang. Sie trug Pelz? Igitt, das war ja wohl ...

Professor Ferguson bedeutete ihm mit einer knappen Geste, dass sie gleich käme, und musterte Rachel kurz durch ihre aufwendig geschminkten Wimpern. »Kindchen. Wenn ich ihn wollte, bräuchte ich bloß mit dem Finger zu schnippen, aber keine Angst ... Er gehört dir.« Sie zeigte mit den Augen auf das Porträt und sagte lauter: »Jederzeit wieder. Ich fördere gern große Talente.«

Abgang der Mäzenin. Rachel starrte ihr ungläubig hinterher. Hatte sie das wirklich gehört, hatte die das eben tatsächlich gesagt? War das nicht ... das war doch ... oder nicht? Zu blöd, dass sie das nicht aufgenommen hatte. Und von welchen anderen Bildern hatte sie da gefaselt?

»Mach den Mund zu, Mäuschen, es könnte reinregnen«, behauptete Helen, die ebenso plötzlich neben Rachel stand, wie gerade noch Graysons Professorin. »Was wollte Cruella denn?«

»Fronten klären«, sagte Rachel matt.

»Und, sind sie geklärt?«, fragte Helen.

»Schätze ja.« Sie erhaschte einen letzten Blick auf die Professorin, die draußen lachend, Arm in Arm mit einem der gut aussehenden Jungs, im Fond eines Taxis verschwand. »Sie hat wohl ein neues Opfer.«

»Na, dann können wir ja los. Schickes Bild übrigens. Wusste gar nicht, wie fotogen du bist!«

Rachel fläzte sich nachdenklich auf Graysons Sofa und trank Tee. Honey kaute hingebungsvoll an der Kordel ihrer Jogginghose herum und rollte sich irgendwann schnurrend in ihrer Armbeuge zusammen.

Sie wachte von einem monotonen Brummton auf, der sich in Abständen penetrant wiederholte. Ihr Handy. Sie brauchte einen Moment, sich zu orientieren. Honey schlief tief und fest auf ihrem Bauch. Und Rachel war offenbar ebenfalls eingeschlafen. Das Display ihres Handys zeigte halb zwei. Und dass Grayson grade anrief. »Lässt du mich rein?«

»Wo bist du denn?«, fragte Rachel schlaftrunken.

»Draußen. Vor meiner Tür. Du hast den Schlüssel von innen stecken lassen.« Rachel rappelte sich hoch. Honey streckte sich und hakte ihre spitzen kleinen Krallen in Rachels Haut. »Oh, du bist wieder da? Warte!«

Um einiges wacher sprang sie auf, bekam gerade noch ein empört fauchendes rotoranges Fellbündel zu packen und stolperte mit Honey im Arm zur Tür. Tatsache, der Schlüssel steckte und sie hatte sogar zweimal umgedreht. Vorbildlich, irgendwie.

»Hallo Seemann«, begrüßte sie ihn fünf Sekunden später und rieb sich verstohlen etwas Schlaf aus den Augen. Behutsam nahm er ihr direkt im Türrahmen die Katze ab und ließ sie gleichzeitig mit seiner Tasche auf den Boden gleiten. Mit dem Fuß kickte er die Tür zu, seine Arme bereits um sie geschlungen, sein Mund auf ihrem, und trug sie ohne ein Wort ins Schlafzimmer.

7

Es war schon hell, als Rachel am nächsten Morgen hochschreckte. Im ersten Moment fürchtete sie, verschlafen zu haben. Dann dämmerte ihr, dass Samstag war, und sie ließ sich dankbar in die Kissen zurücksinken. »Mach doch nicht so einen Lärm«, murmelte Grayson schlaftrunken. Rachel rollte herum und betrachtete den müden Kerl neben sich. Kratzige Bartstoppeln übersäten sein kantiges Gesicht. Der Farbton seines leicht gebräunten Oberkörpers harmonierte wunderbar mit der bordeauxroten Bettwäsche. Rachel konnte nicht widerstehen. Sanft strich sie über seinen Nacken und folgte der Muskellinie über seinem Schlüsselbein. Auf der Schulter hatte er ein paar Sommersprossen. Sie machte einen vorsichtigen Bogen um eine frische Kratzspur am Hals und überlegte schuldbewusst, ob sie die Verursacherin war. Aber dann fiel ihr Blick auf Honey, die sich gähnend streckte, und sie beschloss, den Schwarzen Peter mit gutem Gewissen weiterzuschieben. Das Kätzchen rieb glücklich, dass endlich jemand wach war, sein Köpfchen an Rachels Kinn. Nachdem Grayson keine Anstalten machte, sich irgendwohin zu bewegen, tapste Rachel mit der Katze auf den Fersen in die Küche, um frisches Futter bereitzustellen. Sie ging vor der zufrieden schmatzenden Samtpfote in die Hocke und sah ihr beim Fressen zu. »Du hast uns ganz schön im Griff, kleiner Racker.« Seufzend stand sie auf und stellte den Kaffeeautomaten an. Sie liebte diesen kleinen Luxus in Graysons Wohnung. In ihrer eigenen musste sie ganz altmodisch zu Filter und Wasserkocher greifen – was aber letztlich auch irgendwie Kult war.

Während sie zwei Tassen aus dem Schränkchen über der Spüle griff, kehrten die Erinnerungen an den Abend und an die Ausstellungseröffnung zurück. Was hatte die blöde Ferguson nur mit den »weniger öffentlichkeitskompatiblen Bildern« gemeint? Was für Fotos hatte Grayson um Himmels willen von ihr gemacht, ohne dass sie davon wusste – und sie dann auch noch seiner Professorin gezeigt? Sie hatte dringenden Aufklärungsbedarf! Denn zum Reden waren sie in der vergangenen Nacht natürlich nicht mehr gekommen. Rachel seufzte leise. Ihre Gedanken schweiften ab zu ihrem Wiedersehen. Sie streichelte sich abwesend über den Bauch. Der Vollautomat zermalmte mit ohrenbetäubendem Knattern die Kaffeebohnen für die zweite Tasse und riss Rachel aus jeder Romantik.

Und er funktionierte auch hervorragend als Wecker, stellte sie gleich darauf fest. Ein müder Wolf tapste mit schweren Schritten in die Küche, fasste sie mit einer Hand zärtlich um die Taille und angelte mit der anderen an ihr vorbei nach der gefüllten Tasse. »Kaffee«, ächzte er schwärmerisch. »Wenn du wüsstest, was die für eine stinkende Brühe auf der Ölplattform servieren.«

»Vielleicht brühen sie Rohöl auf?«, unkte Rachel, löffelte sich Zucker in ihr Getränk und drehte sich zu ihm um. Ihr Lächeln zuckte etwas und sie gab sich alle Mühe, cool zu reagieren, denn Grayson war splitterfasernackt. Natürlich war er das, schalt sie sich. Er wohnte hier. Er kam gerade aus dem Bett und er schlief immer nackt, besonders wenn sie ... Und sie selber hatte auch nur eins seiner Hemden an, weil ihr um die Schultern nachts grundsätzlich kalt wurde.

Er erwiderte ihr Grinsen und kam einen Schritt näher. »Ich traue ihnen jedenfalls alles zu.«

Rachel stutzte. Sie brauchte einen Moment, um ihre Gedanken zu sortieren. Richtig, es ging um Bohrinselkaffee. Dass so ein bisschen männliche Nacktheit sie derart durcheinanderbringen konnte!? Wobei »bisschen« nicht wirklich zutreffend war für ... Sie musste sich sehr anstrengen, nicht genau dort hinzusehen oder hinzufassen oder ... na prima: Schon regte sich etwas in ihrem lustgesteuerten Bauch. Grayson wollte sie küssen, aber sie blockte ihn ab. »Oh nein! Ich weiß genau, wo das wieder hinführt. Lass uns reden, wie in einer normalen Beziehung. Menschen unterhalten sich. Sie unternehmen Dinge. Sie haben nicht ständig Sex.« Sie flüchtete um den Küchentisch herum und setzte sich auf die andere Seite. Außerdem hatte sie noch nicht einmal Zeit gefunden, sich die Zähne zu putzen.

Grayson zog amüsiert die Augenbrauen hoch. »Ist das so?«, fragte er und zog sich einen Stuhl heran. »Eigentlich wollte ich dir nur einen wunderschönen guten Morgen wünschen und dann ins Bad verschwinden und nicht ... aber gut, reden wir. Worüber, meine Schöne?« Er sah sie über seine Tasse hinweg an.

»Erstens: Du hast mir mehr Input über deine dringenden Familienangelegenheiten versprochen, und zweitens: Was sind das für Fotos von mir, die Cruella kennt und ich nicht?«

»Cruella wer?« Grayson sah sie verständnislos an und nun schoss Rachel doch eine leichte Röte ins Gesicht.

»So haben wir Janet Ferguson getauft. Du hättest sie erleben sollen gestern. Ein Vamp wäre nichts dagegen gewesen.«

»Ach, du meinst die Poolbilder aus Kreta«, sagte Grayson und Rachel nickte. »Nein, die kann ich dir nicht zeigen. Ich wollte deine Reaktion bei der Ausstellung abwarten und dir eventuell ein oder zwei davon zu Weihnachten schenken.«

»Na super«, antwortete Rachel. »Sie hat gesagt, die sind nicht öffentlichkeitskompatibel! Heißt das, ich sitze mit meiner Familie unterm Weihnachtsbaum und muss es hochnotpeinlich finden, wenn ich das Geschenkpapier abreiße und sie sehen wollen, was mir mein Freund schenkt?«

Graysons Miene wurde dunkel. »Ich hatte eigentlich gehofft, dass wir Weihnachten zu zweit ...«

»Oh«, machte Rachel. »Siehst du, noch so ein Vorteil von ›Miteinander-Reden‹.«

»Wie findest du das Bild denn überhaupt? Ich wollte dich damit überraschen. Ich hoffe, es war dir nicht peinlich?«, lenkte er ab und trank schnell einen Schluck Kaffee.

»Es ist ... wunderschön«, sagte Rachel leise und streckte ihren Arm aus, um seine Hand zu streicheln. »Grayson, ich wollte dich ohnehin schon ganz lange fragen, ob du nicht Weihnachten mit zu uns kommen magst. Meine Eltern ...«

Er unterbrach sie. »Ich kann nicht. Ich muss nach Schottland.«

Rachel stutzte. »Aber ich dachte, das Thema ist durch. Und eben hast doch noch gesagt, dass du am liebsten mit mir ...?«

»Am liebsten ja, aber es geht nicht. Nicht zu zweit, nicht mit deiner Familie. Und zwar nicht wegen meinem Vater. Es geht um meine Grandma.« Er atmete tief durch und sah an sich herunter. »Hör mal, ich geh schnell duschen und zieh mir was an. Dann redet es sich leichter. Du könntest natürlich mitkommen – oder hast du etwa schon geduscht?« Er zwinkerte ihr zu, erhob sich und trank seinen Kaffee im Stehen aus. Auf einmal waren sein flacher Bauch und die zarte Haut unterhalb seines Nabels genau auf Rachels Augenhöhe. Eine feine Linie aus goldenen Härchen führte von dort abwärts und glänzte in der Morgensonne. Was darunter kam, wurde leider von der Obstschale verdeckt. Rachel reckte sich ein wenig und lugte darüber. »Meinst du denn, es würde sich lohnen?«, fragte sie keck.

Er erwiderte ihren frechen Blick und sagte langsam: »Ich weiß ja nicht, wie schmutzig du bist.« Dabei legte er diesen ganz gewissen Tonfall an den Tag, der allein schon genügte, um Rachels Inneres vibrieren zu lassen. Grayson stellte die Kaffeetasse ab, trat von hinten an sie heran und streichelte ihr über die Haare. Er strich mit seinen warmen Händen an ihrem Hals entlang über das Dekolleté, löste mit einer Hand den einzigen geschlossenen Hemdknopf, schob den Stoff beiseite und küsste sie auf die Schulter. Rachel schauerte wohlig und schloss die Augen, als er sich über sie beugte und das Hemd sanft über ihre Schultern gleiten ließ. Sie fasste nach seinen Armen, während er ihren Nacken mit Küssen bedeckte. Sein warmer Atem auf ihrer Haut löste einen Schauer nach dem anderen aus. Als seine Hände ihre Brüste erreichten, wühlte Rachel sich in seine Haare. Süße Folter. Jede Berührung war wie ein kleiner Stromstoß, der durch ihren ganzen Körper jagte. Grayson drehte sie zu sich um. Er fuhr ihr durchs Haar und ließ seine Finger an ihrem Oberkörper herabgleiten, vorbei am Nabel, wärmer, heiß. Rachel atmete schneller. »Zieh deinen Slip aus«, bat er und sah sie hungrig an.

»Ich trage gar keinen.« Rachel musste wieder die Augen

schließen. Alles in ihr vibrierte, pulsierte, begehrte. Ohne den Blick von ihm zu nehmen, tastete sie hinter sich, rückte fahrig die Obstschale zur Seite und schob sich auf den Tisch. Er biss sich auf die Unterlippe, als sie ganz langsam ihre Beine öffnete und ihn zu sich herabzog, seinen Kopf an ihrem Busen. Verlangend verschränkte sie ihre Beine hinter seinem Po und übte mit den Waden einen leichten, auffordernden Druck aus. Grayson stöhnte. Er bettete ihren Kopf auf seine Unterarme, bedeckte sie mit Küssen und überließ Rachel die Führung. Sein Blick verschleierte sich, als sie ihn zu fassen bekam. »Sehr schmutzig«, keuchte er leise und biss zärtlich in ihr Ohrläppchen. Rachel verging fast vor Lust. Seine Zunge zeichnete ihre Lippen nach, tastete sich vor und Rachel zog ihn im selben Moment in sich hinein, als ihre Münder zueinanderfanden.

»Ich glaube, wir haben gar keine normale Beziehung«, ächzte Rachel angenehm erschöpft, als sie sich eine halbe Stunde später mit nassen Haaren und frisch geduscht in ihre Klamotten vom Vortag quetschte. Grayson hatte noch die Zahnbürste im Mund und nuschelte ein schaumiges »Und dassch isch verdammpp guub schoo, wemmbu mifffraagsss!«. Weil sie sich suchend umsah, reichte er ihr ersatzhalber sein Deo und spülte den Mund aus. Rachel bedankte sich mit einem Lächeln und schmiegte sich an ihn. Sein Herz klopfte wild und regelmäßig unter ihrem Ohr.

Er spielte mit dem Träger ihres BHs und schmunzelte. »Wer will schon normal sein, wenn er mit dir zusammen sein darf?« Rachel streckte sich, um ihn auf die Wange zu küssen, doch er drehte den Kopf schnell genug, um sich einen richtigen Kuss abzuholen. Minutenlang standen sie eng umschlungen, knutschend vor dem Waschbecken, bis Honey mit einem lautstarken Maunzen Protest anmeldete. Die Katze strich schnurrend so lange um ihre Beine, bis sie sich lachend voneinander lösten. Mit vorwurfsvollem Blick galoppierte sie dann in Richtung Tür und sah kläglich miauend wieder zu ihnen zurück. »Was meinst du«, fragte Grayson schmunzelnd. »Ich glaube, sie ist jetzt alt genug für eine Katzenklappe und einen eigenen Eingang, oder?«

Rachel nickte zustimmend. Sie hatten schon kurz nach Honeys Einzug alles Notwendige für einen späteren Umbau von Graysons Wohnungstür besorgt, damit die kleine Samtpfote eigenständig ins Treppenhaus und wieder zurückkonnte. Im Erdgeschoss stand ohnehin immer ein Fenster offen, sodass Honey dann künftig ganz allein bestimmen konnte, wann ihr der Sinn nach frischer Luft stand. Insgeheim hoffte Rachel außerdem, dass sie dann ihr Katzenklo unter dem Waschbecken im Badezimmer auch etwas weniger häufig benutzen würde. Himmel – man ahnte ja nicht, was so eine kleine Katze für Wolken fabrizieren konnte.

»Hast du Hunger?«, fragte Grayson.

»Schon wieder?«, antwortete sie mit verschmitztem Blick. »Leider keine Zeit mehr«, stellte sie bedauernd fest, nachdem sie auf ihrer Armbanduhr gesehen hatte, wie spät es schon war. »Ich kann mich eigentlich gleich schon wieder für die Werkstatt umziehen. Und danach ist Bandprobe.«

»Soll ich dir dabei helfen?«, bot Grayson scheinheilig an und nestelte am Knopf ihrer Jeans herum.

Lachend wehrte Rachel ihn ab. »Besser nicht, wenn ich nicht zu spät kommen will. Sehen wir uns heute Abend?«

Sie huschte unter seinem Arm hindurch in Richtung Wohnungstür.

»Das will ich doch schwer hoffen«, rief er ihr nach. »Wollen wir essen gehen?«

»Wenn du zahlst?! Du bist schließlich bald ein reicher und berühmter Künstler und ich nur eine schwer arbeitende, arme Studentin. Und dann wird endlich geredet!«

»Einverstanden«, lachte er, warf ihr eine Kusshand zu und schloss die Tür. Pfeifend hüpfte Rachel die Treppe hinab und lief in ihre Wohnung, um sich werkstattkompatibel zu kleiden. Sie würde sich unterwegs was vom Bäcker holen. Das musste genügen, wenn für den Abend schon wieder Völlerei angesagt war.

Ralph war nicht da. Schade irgendwie. Vor der Werkstatt tummelten sich ein paar Hobbyschrauber, die gegen kleines Entgelt den Platz und die Werkzeuge nutzen durften. Rachel erhielt von Gary augenzwinkernd einen Kaffee und den Auftrag, darauf achtzugeben, dass kein Schraubenschlüssel plötzlich Beine bekam. Sonst war nicht viel zu tun. Rachel setzte sich auf einen Stapel Autoreifen, legte den Kopf in den Nacken und blinzelte in den Himmel. Die Wolken schienen mit ein paar laut schimpfenden Krähen um die Wette zu toben und der frische Wind kroch ihr kühl unter die Jacke und ließ sie frösteln. Da half auch der heiße Kaffee nicht, aber vielleicht ein bisschen Bewegung. Also beschloss sie, sich nützlich zu machen. »Soll ich Ihnen die Scheiben putzen?«, bot sie einem älteren Herrn an, der mit seinem Sohn gerade Reifen wechselte. Letzterer guckte ein bisschen komisch, aber der Senior drückte ihr nach getaner Arbeit fünf Pfund in die Hand. »Oh, nein, nein, Sir«, beeilte sie sich zu sagen. »Das ist nicht nötig. Mister Willows bezahlt mich.«

»Aber ganz sicher nicht gut genug«, knurrte der Alte und drückte ihr den Schein in die Hand. »Nun steck schon ein. Mein konsumgesteuerter Sohn geniert sich viel weniger als du, einem alten Mann die Pension zu schmälern.«

Hilfe suchend sah Rachel sich um. Doch Gary stand nur lachend in der Ecke und amüsierte sich allem Anschein nach königlich. »Dein erstes Trinkgeld, Rachel. Gib nicht alles auf einmal aus!«

Seufzend wandte sie sich wieder zu dem Rentner um, der befriedigt in sein Auto kletterte. »Na, dann, vielen Dank, Sir, und allzeit gute Fahrt.«

»Hey!«, drängelte da schon der Nächste. »Wenn du nichts zu tun hast, würden sich meine Scheiben auch über eine kleine Putzaktion freuen.« Am Ende ihrer Schicht hatte Rachel beeindruckende siebzehn Pfund fünfzig Pence extra gemacht und spürte ihre Arme kaum noch. Sie grinste den Werkstattchef an. »Wenn ich das meinem Freund erzähle, muss ich heute Abend das Essen bezahlen.«

»Von mir erfährt er's nicht«, ulkte Gary. »Vielleicht sollten wir Autowäsche als zusätzlichen Service mit aufnehmen. Du verstehst es jedenfalls, dich warmzuhalten und dabei Geschäfte zu machen«, meinte er augenzwinkernd. »Und jetzt ab mit dir und hab ein schönes Wochenende!«

Gut gelaunt schwang Rachel sich auf ihr Rad. In ihrer Jackentasche klimperte schwer das Kleingeld, als sie die holprige Abkürzung zum Elektroladen einschlug, in dem Tiger arbeitete. Der Laden hatte schon geschlossen, also lief sie ums Haus herum auf der Suche nach einem Hintereingang. Aus einem gekippten Kellerfenster drangen Licht und Gelächter. »Hey! Habt ihr etwa Spaß ohne mich?«, rief sie durch die Scheibe und klopfte.

»Und wie«, krähte ihr Helens Stimme vergnügt entgegen. »Komm runter, ich lass dich rein.« Im zunehmend schummrigen Dämmerlicht sah Rachel in der angegebenen Richtung eine Treppe, die nach unten führte. Helen riss die Tür auf und zog sie hinein, vorbei an bergeweise leeren Kartons und Verpackungsmaterial, ausrangierten Elektrogeräten, Lampen und einem Wust Altpapier. »Wow!«, bemerkte Rachel. »Ist das etwa der ganze Kram, den wir aus dem Lager geschafft haben?«

Helen nickte begeistert und zog sie mit sich. »Wir haben auf dich gewartet.«

»Sind schon alle da?«, fragte Rachel bestürzt.

»Hörst du das etwa nicht? Dann solltest du mal zum Arzt gehen, Süße!« Helen gluckste. Sie gingen an der Treppe vorbei, die sie beim Einrichten des Probenraumes genutzt hatten, und ab hier erkannte Rachel alles wieder.

»Cool«, entfuhr es ihr, als sie das Zimmer betraten. Seit ihrem letzten Besuch hatte es sich noch einmal verändert. Melissa, Tiger, Jodie, Bruce und Marc waren damit beschäftigt, die letzten Eierpappen an die Wände zu kleben. Die Musikinstrumente standen bereits an Ort und Stelle und hinter ihnen quetschte sich gerade Josh mit zwei Flaschen Cider und einem Armvoll Plastikbecher dazu. »Steht hier nicht so rum, helft mir lieber mal«, schimpfte er übermütig.

»Wie? Schon vor der ersten Probe?«, fragte Kathy und stemmte pseudoentrüstet die Hände in die Taille.

»Ich hörte von so einem Ritual des Einsingens«, behauptete Bruce im gewohnten, ihm eigenen Nerdjargon und wollte zugreifen, aber Melissa kam ihm zuvor. »Dann hast du ja leider Pech, Groupie«, grinste sie, klaute ihm den ersten, gut gefüllten Becher und reichte ihn an Rachel weiter. Rachel ließ sich auf das alte, zerschlissene Ecksofa plumpsen und jauchzte: »Prost, Band!« Alle stießen an und wiederholten den Toast. In diesem Moment jetzt grade war das Leben einfach nur perfekt, fantastisch und wunderwunderschön!

8

Doch das Leben schien manchmal mit dem Schicksal abzuhängen und auf ziemlich schräge Ideen zu kommen, damit man nicht abhob.

Anders konnte Rachel sich nicht erklären, was sie am Montagmorgen draußen auf der Steinmauer vorfand – oder besser, wen.

Rachel hatte sich bei Grayson eingehakt. Zusammen verließen sie das Schloss und wollten mit seinem Wagen nach Penryn fahren.

Grayson schloss die Tür des Herrenhauses ab. Rachel wunderte sich, weil er das sonst eigentlich nie tat. Sie waren bestimmt nicht die Letzten, die zur Uni aufbrachen. Da erst registrierte sie auf der Gartenmauer eine zusammengekauerte Gestalt, ein Bündel Mensch in einer viel zu großen, wattierten Jacke.

Einen Moment lang wunderte sie sich, wie ein Obdachloser sich hierher verirren konnte. Doch dann holte ihre Vergangenheit sie ein, mit einem einzigen Wort. »Rachel?«

Ihr eigener Name ballte sich wie eine Faust um ihr Herz und drückte zu. Rachel blieb stehen. Ihr Arm rutschte kraftlos aus Graysons Armbeuge. Sie japste nach Luft und drehte sich langsam um. Der Anruf. Sie hatte ihn so erfolgreich verdrängt gehabt. Da stand sie vor ihr, keine fünf Meter entfernt. Ein geisterhafter Schatten und doch so real. Schob sich die viel zu große Wollmütze aus dem Gesicht und wiederholte: »Rachel!« Keine Frage diesmal, eine Feststellung, und es klang sogar so etwas wie Freude dabei mit. Rachel empfand aufsteigende Übelkeit, je näher dieses Gespenst ihr kam. Sie hörte die Schritte über den Kies knirschen, auf sie zu, unwirklich laut, genau wie Graysons Atem neben ihr. Es war gut, dass jemand einfach weiteratmete und sie an diesen lebensnotwendigen Rhythmus erinnerte. Doch besser wäre gewesen, er würde sie kneifen, damit sie aufwachte aus diesem Albtraum. Rachel konnte es nicht begreifen, aber da stand sie. Auf Armlängendistanz. Viel zu nah. »Wie hast du mich gefunden?«, fragte Rachel in das zaghafte Lächeln.

»Rachel, hi!«, sagte das Gesicht und sah Grayson an, streckte ihm glatt eine Hand zur Begrüßung hin. »Ich bin Becky!«

Was sollte das? Warum tauchte sie hier auf? »Was machst du hier?«, fragte Rachel mit zitternder Stimme. »Ich glaube, es ist nicht gut, wenn wir uns wiedersehen. Lass uns in Ruhe.« Reflexartig zog sie Grayson mit sich fort. Weg von hier. Schnell. Sie hörte keine Schritte, die ihnen folgten. Aber sie spürte Beckys enttäuschten Blick in ihrem Nacken. Nicht gut, gar nicht gut. Rachel fragte sich, wie sich wohl Menschen in einem Zeugenschutzprogramm fühlten, deren neue Identität aufgeflogen war. Es musste ganz ähnlich sein. Zumindest kam es ihr so vor. Becky war da. Sie hatte sie gefunden.

Grayson sagte nichts. Er wartete damit, bis sie im Auto waren. »Rachel, was ist los mit dir? Wer war das?«

»Ist sie da draußen noch irgendwo?« Rachel hatte die Augen geschlossen, sie saß ganz steif auf dem kalten Ledersitz. Sie hörte, wie Grayson sich umdrehte und nachsah. »Nein, sie ist uns nicht gefolgt.« Sie spürte seinen besorgten Blick und öffnete vorsichtig die Augen. »Rachel, wer war das?«

»Fahr bitte los«, bat sie leise. Und weil sie zumindest irgendetwas hinzufügen sollte, erklärte sie: »Ich will sie hier nicht haben.« Als sie es aussprach, fand Rachel, sie klang wie ein trotziges kleines Mädchen. Aber es war so. Der Satz kam aus tiefstem Herzen. »Ich will sie hier nicht haben!«, wiederholte sie lauter, fester. Und dann kamen die Tränen. Alte, ungeweinte Tränen. Stiegen in ihr auf und überrollten sie wie eine dieser Wellen, die weit draußen so klein aussehen und sich immer mehr auftürmen, je näher sie dem Land kommen.

Grayson fuhr bei nächster Gelegenheit links ran, irgendwo auf halber Strecke. Er stellte den Motor aus und hielt sie, ganz fest. Und wartete stumm. Es tat so gut, dass er da war.

»Was ist denn nur los?«, fragte er nach einer Weile und vier Taschentüchern später und strich ihr eine Haarsträhne aus dem Gesicht. »Geht's wieder?«

Rachel nickte und ließ sich gegen die Lehne plumpsen. »Na komm, fahr weiter. Wir kommen zu spät.«

Grayson ließ stumm den Motor an. Sie reihten sich wieder in den Verkehr ein, Stop-and-go in der morgendlichen Rushhour. Rachel betrachtete die Häuser, die Autos, wurde von Scheinwerfern geblendet. Und spürte, wie nach dem Schock und dem Schmerz langsam die Wut in ihr hochkroch.

Sie wusste, dass es in Grayson arbeitete. Dass er tausend Fragen hatte. Aber wie sollte sie anfangen? Womit? Becky war das schwarze Loch in ihrem Leben. Ja, das traf es gut. Ein energieraubendes, schmerzendes schwarzes Loch, das alles in sich hineinsaugte. Noch nie zuvor war sie von einem Menschen, der ihr wichtig war, derart enttäuscht und verletzt worden.

»Hast du nicht mal eine Freundin namens Becky erwähnt?«, riss Grayson sie aus ihren düsteren Gedankenbildern.

»Vielleicht aus Versehen«, sagte Rachel abfällig. »Wir müssen nicht über sie reden.« Dann weißt du mal, wie das ist, fügte sie im Stillen hinzu, du mit all deinen Geheimnissen. Ich hab nur eins. Und im selben Moment bemerkte sie, dass diese gemeinen Gedanken schon der Rand des schwarzen Lochs waren, diese Wut der Enttäuschung, die man an allem und jedem auslässt. »Tut mir leid«, sagte sie schnell und berührte seinen Oberschenkel. »Ich kann nicht. Später, okay? Und das ist keine Rache oder so.«

»Okay«, erwiderte er nur und drückte ihre Hand.

»Bin ich sehr verheult?«, wollte sie von ihm wissen, als sie sich auf dem Campusparkplatz trennten.

»Geht«, meinte er aufmunternd und küsste sie zum Abschied. Sie wollte sich von ihm lösen und schulterte ihre Tasche, aber er hielt sie noch einmal zurück. »Hey, Große. Ich bin da für dich, klar? Ich möchte nur, dass du das weißt.«

Rachel nickte. Ihre Augen füllten sich wieder mit Tränen und sie machte schnell, dass sie davonkam. Sie musste den Kopf freikriegen. Und das ging am besten, wenn sie als Erstes ihre Eltern anrief. Sie wollte herausbekommen, wie Becky sie gefunden hatte, und dafür gab es eigentlich nur eine wahrscheinliche und logische Erklärung.

Zu Hause in Chelmsford ging niemand ans Telefon und in der Apotheke klingelte es ewig. Endlich nahm eine Mitarbeiterin den Hörer ab und verkündete, dass Rachels Mutter in einer Lieferantenbesprechung sei. »Dann sagen Sie bitte, sie soll mich ganz dringend zurückrufen, ja?« Rachel legte auf. Sie ging in die Waschräume und klatschte sich kaltes Wasser ins Gesicht. Klar denken. Ruhe bewahren. Becky. Rachel betrachtete den erschrockenen Ausdruck ihres nassen Spiegelbildes und schauderte. Ihre heile rosa Wolkenwelt hatte also einen Riss bekommen. Willkommen auf der Erde.

Rachel starrte zum Fenster hinaus. Es stürmte, draußen wie auch in ihr drinnen. Mitten im Seminar vibrierte ihr Telefon. Sie fingerte es aus ihrer Tasche und sah schon auf dem Display, dass es ihre Eltern waren. Entschuldigungen murmelnd griff sie nach ihrer Jacke und stürmte hinaus. Sie brauchte frische Luft. Und Platz. Um denken zu können. Um ein Haar wäre sie auf der Treppe gestolpert, so eilig hatte sie es. Dann war sie draußen. Die Schöße ihrer Jacke wurden von einer Windbö ergriffen und flatterten hoch. Sie atmete tief ein.

»Rachel? Was ist denn los?« Allein die Stimme ihrer Mutter ließ einen dicken Kloß in ihrer Kehle aufsteigen. Sie musste sich räuspern. Dann brach alles aus ihr heraus. Sie sparte sich sämtliche einleitenden Floskeln. »Becky stand heute Morgen vor meiner Tür«, brüllte sie gegen den Wind an. »Wieso habt ihr verraten, wo ich zu finden bin? Mum, ich wollte das alles hinter mir lassen. Es hat einen Grund, warum ich nach Cornwall gezogen bin!«

»Schätzchen, ich verstehe nicht ...?« Ihre Mutter klang hilflos und erschreckend weit weg, aber Rachel wollte sich nicht klein fühlen. Sie musste loswerden, was sie schon den ganzen Vormittag über beschäftigte. »Einer muss es ihr doch gesteckt haben. Du oder Dad. Also, wer war es? Und wozu um Himmels willen? Hat sie euch um den Finger gewickelt? Das kann sie gut, nicht wahr? Aber ich will mit ihr nichts mehr zu tun haben! Ich dachte, ihr versteht das!«

Der Campus war menschenleer. Alle arbeiteten in ihren Ateliers, am Computer oder lauschten ihren Professoren. Nur Rachel nicht, so kam es ihr vor. Sie lief auf und ab. Sie musste sich bewegen.

Der Wind zerrte brutal die letzten Blätter von den Bäumen. Alles war kalt. Rachel klemmte sich das Telefon unters Kinn und schlang die Jacke enger um sich. »Ihr wart doch mal so gut befreundet«, hörte sie die beschwichtigende Stimme ihrer Mutter. »Hat nicht jeder eine zweite Chance verdient?«

Rachel ging gar nicht darauf ein, kehrte stumpf am Ende der kleinen Allee um und marschierte zurück. »Heißt das, du warst es?«

»Das hab ich nicht gesagt. Aber wenn sie den langen, weiten Weg auf sich nimmt ...«

Eine Mischung aus Regen und Tränen lief Rachel übers Gesicht. »Hast du denn alles vergessen, Mum? Das kaputte Schaufenster, dein zerschnittener Fuß, die Beschimpfungen, all das? Sie hat bei uns eingebrochen! Sie hat mich bedroht und immer wieder angelogen! Gedroht, sich umzubringen, mich ständig mitten in der Nacht sonst wohin gehetzt, weil ich gefürchtet habe, dass sie sich was antut! Oder weil sie einfach irgendwo liegen geblieben ist. Und alles nur wegen der Kack-Drogen! Sie hat mich beklaut! Uns! Alle Versprechen gebrochen! Alle! Ich hab ihr vertraut! Ich hab ihr immer geglaubt! Ich war so bescheuert! So doof!« Die letzten Sätze brüllte sie, weil es einfach rausmusste. All der Schmerz, die Angst, die Trauer, die Wut kamen in ihr hoch. Und eh sie wusste, was sie tat, nahm sie ihr Smartphone und schmetterte es, so fest sie konnte, auf den Kies. Drehte sich um und wollte nur weg. Aber ihr stand jemand im Weg. Breitete die Arme aus und fing sie auf, als sie hineinstolperte, blind vor Tränen. »Grayson. Wo kommst du denn plötzlich her?«, schniefte sie, als sie halbwegs wieder Luft bekam.

»Ich hab dich durchs Fenster gesehen«, sagte er leise und streichelte weiter unablässig ihren Kopf. »Es gehört was dazu, bei diesem Wetter draußen herumzumarschieren, als würdest du eine Militärparade abnehmen. Da dachte ich, das schau ich mir besser mal von Nahem an.«

»Wie lange warst du schon da?«, fragte sie und nahm dankbar das Papiertaschentuch entgegen, das er ihr hinhielt.

»Lange genug, um viele Fragen zu haben«, erwiderte er und versuchte ein Lächeln. »Ich komm mir grade vor, als hätten wir die Rollen getauscht. Spielen wir eine neue Runde Wahrheit oder Pflicht?«, fragte er prompt.

In Rachels Kopf ratterte es. »Information gegen Information«, forderte sie mit vorgerecktem Kinn.

»Du bist eine kluge Geschäftsfrau«, fand er und legte den Arm um sie. »Komm mit. Ich weiß da eine ruhige Ecke im Fotolabor. Da können wir reden. Und es gibt sogar Kaffee.« Er zog sie in Richtung des Peter Lanyons, in dem sich die Fotografieabteilung der Uni befand.

»Ich hab meine Tasche noch im Seminar«, fiel Rachel ein und deutete hinter sich. Aber Grayson gab nicht nach.

»Netter Versuch. Aber das lasse ich nicht gelten. Die wird dir schon irgendwer mitgenommen haben.«

»Du denkst, ich will kneifen?« Er wirkte, als ob er das tatsächlich glaubte, realisierte sie empört. Ausgerechnet er! »Da ist mein ganzes Geld drin!«, erklärte sie. »Und meine Autozeitschrift. Da war so ein interessanter Artikel über ...« Sie unterbrach sich, als sie seinen ironischen Blick sah. »Aber dahinten liegt noch mein ...«

»Du meinst das, was von deinem Handy noch übrig ist? Na, wir wollen mal nicht die Umwelt verschmutzen.« Er zog sich den Kragen enger um den Hals, lief zurück und klaubte die Einzelteile ihres Telefons zusammen. »Vielleicht kann Tiger da noch was machen?«, meinte Rachel kleinlaut, als er ihr die sterblichen, nassen Überreste in die Hand legte. Ein zersplittertes Display, der Korpus verbeult, im Plastik ein langer Riss. Irgendwo fehlte eine Ecke. Immerhin sah der Akku aus wie immer.

»Sie kann es auf jeden Fall fachgerecht entsorgen«, erwiderte Grayson. Allerdings klang das wenig tröstlich.

»Siehst du, das ist der Grund, weswegen ich immer noch einen Festnetzanschluss habe«, nickte Rachel in einem Anflug von Galgenhumor. Manche Menschen führten ja Listen mit Dingen, die man erledigen sollte, bevor man starb. Schade, dass sie nicht dazugehörte. So was wie *Unkontrollierten Wutanfall ausgelebt* hätte sie darauf jetzt wunderbar abhaken können. »Mit Sternchen sogar«, murmelte sie leise und steckte den Elektroschrott in ihre Jackentasche.

Im Fotolabor guckten ein paar von Graysons Kommilitonen etwas sparsam, als er ohne Erklärung mit Rachel auftauchte, aber in der ihm eigenen charmanten Art zog er einfach die Tür hinter ihnen zu und sie verschanzten sich mit zwei Kaffeetassen in der Dunkelkammer zwischen Kanistern voller Entwicklerflüssigkeiten und anderen Chemikalien. Rachel ließ sich in knappen Worten erklären, dass der eine oder andere Dozent es immer noch wichtig fand, dass die angehenden Profis auch die Ursprünge der Fotografie beherrschten und zumindest Schwarz-Weiß-Bilder ganz urtümlich mit analogen Kameras, Filmrolle und Papierabzügen herzustellen wussten. »Ich find's gut«, meinte Grayson lächelnd. »Man spürt ein wenig den alten Zauber, wenn das nasse Papier in seiner Wanne schwimmt und ganz langsam die Kontraste darauf erscheinen.«

»Aber es stinkt.« Rachel rümpfte ein wenig die Nase.

»Auch nicht mehr als deine Ölfarben und Fixiermittel«, konterte Grayson trocken. In Ermangelung eines Gegenarguments beschloss sie, lieber ihren Kaffee zu probieren und sich weiter im Zimmer umzusehen. Irgendwie faszinierend. Voll mit Gegenständen, deren Verwendung sie nur erahnen konnte. Fensterlos. Und wenn man zweimal am Lichtschalter zog, der von der Raummitte pendelte, tauchte er alles in ein mystisches, diffuses Rotlicht. »Also, was ist los«, stupste ein rotstichiger Grayson sie an. »Hattest du schon mal Sex in der Dunkelkammer?«, fragte Rachel zusammenhanglos.

Er lachte und zog noch einmal an der Strippe, um das normale Licht wieder herzustellen. »Du versuchst es wirklich mit allen Mitteln, oder?«

»Was?«, fragte sie gekränkt und zog die Knie unters Kinn. Er sah sie abwartend über seine Kaffeetasse hinweg an und sie gab sich einen Ruck. »Ist ja schon gut. Aber danach will ich alles über Großmutter Wolf hören und wieso dein Vater dich erpressen kann.«

»Ich fürchte, dann machen die Feierabend und sperren

uns über Nacht hier ein.« Er musterte sie und gab ihr einen langen, leidenschaftlichen Kuss, der nach Kaffee schmeckte. »... was ja nicht das Schlechteste sein muss, sollte ich deine Frage als Angebot verstehen ...«, ergänzte er und Rachel nahm schnell noch einen Schluck Kaffee, bevor er kalt wurde.

Es dauerte eine ganze Weile, bis sie ihm ihre Kindheit und Jugend, die sie vorwiegend mit Becky verbracht hatte, erzählt hatte. Und was dann aus ihrer Kindergartenfreundschaft geworden war – durch Drogen, Lügen, Diebstahl und Verrat –, gekrönt von Beckys Einbruch in die Apotheke, bei dem ihre Mutter sogar verletzt worden war. Von all den fiesen Nachrichten, die Becky ihr auf der Mobilbox, im Netz und sonst wo hinterlassen hatte, als Rachel sie nicht mehr sehen, nichts mehr mit ihr zu tun haben wollte. »Ich bin ziemlich behütet aufgewachsen. Sie hat mir Dinge an den Kopf geworfen ... in den Schmutz gezogen ... Ich konnte einfach nicht mehr«, endete sie leise. »Ich wollte das alles hinter mir lassen und hier neu anfangen, verstehst du?« Grayson nickte. Er fuhr nachdenklich mit dem Finger einen Sprung in der Glasur seiner Tasse nach. »Mir brauchst du nicht zu erzählen, was Drogen aus einem Menschen machen.«

»Ich weiß«, sagte sie und schmiegte sich an ihn. »Das verbindet uns anscheinend auch noch.«

»Du meinst, neben all dem Sex und Rock 'n' Roll?« Sie grinsten beide.

»So, und jetzt bist du dran. Stunde der Wahrheit!«, forderte Rachel.

Grayson schwieg einen Moment lang. Das Muster in seinem Kaffeebecher schien sehr faszinierend zu sein. »Ich weiß gar nicht, wo ich anfangen soll«, begann er schließlich. Er sah sie stirnrunzelnd an und seine Augen wurden dunkel. Rachel nickte ihm aufmunternd zu und drückte seine Hand. Er holte tief Luft. »Erinnerst du dich an unsere erste Nacht an den Klippen?«

»Die mit Calebs Auftritt im *Cove,* dem fürchterlichen Gewitter und unserem ersten Mal in der Höhle? Als du mich danach abserviert hast wie nach einem schlechten One-Night-Stand? – Nein, ich erinnere mich überhaupt nicht mehr«, scherzte sie.

Grayson lächelte bitter. »Ja, genau die. Während du geschlafen hast, hab ich einen Anruf bekommen. Meine Großmutter hatte einen Schlaganfall und war schwer gestürzt. Offenbar genau zu der Zeit, als wir ... blöder Zufall, oder? Es sah nicht gut aus. Ich bin bestimmt nicht abergläubisch, aber ...«

»Du machst dein Herz einen Spalt weit auf und deine Oma trifft der Schlag«, fasste Rachel zusammen und schüttelte den Kopf. »Grayson, das ist doch ...« Er ließ sie nicht ausreden.

»Ja natürlich war das bescheuert, aber damals ... jedenfalls war das nichts, worüber man nach so einer ersten Nacht spricht, oder? Du, ich muss jetzt los, meine Oma liegt im Koma, aber der Sex war toll. 'ne blödere Story kann man sich ja gar nicht ausdenken.«

»Nee«, gab Rachel ihm ironisch recht. »Lieber gleich Schluss machen.«

»Hey, ich hab dich auch ausreden lassen, ohne zu bewerten«, beschwerte er sich und knuffte sie. Rachel nickte widerwillig. »Ist ja gut. Also weiter.«

»Dad hat dafür gesorgt, dass Granny nach Aberdeen ins

Seniorenheim kam. Spezialpflege, bla, bla. Angeblich, damit Mum und er in ihrer Nähe sind und sich besser kümmern können. Aber es ist eher so, dass er mich auf diese Weise besser kontrollieren kann – zwischen Grandma und mir liegen elf Stunden Autofahrt, viel zu lang für einen Wochenendbesuch. Ich kann sie während des Semesters also nur sehen, wenn ich für ihn arbeite, denn dann lässt er mich mit dem Heli nach Schottland einfliegen. Richtig versnobt.« Er schnitt eine verkniffene Grimasse. »Du hast hier das Paradoxon eines reichen Erben und zugleich normalen Studenten sitzen.«

»Nee, is' klar. Wie war das im Mittelteil?«, frotzelte Rachel. »Du bist reich? Helikopter und so? Cooool! Aber dann muss ich dich jetzt leider verlassen, das ist dir schon klar, oder? Ich steh nicht auf Schnösel.« Grayson blieb erstaunlich ernst. Er kratzte sich am Kopf und meinte: »Ach, was soll's. Wenn wir schon dabei sind ...«

»Aha?«, machte Rachel unsicher und rückte ein Stück von ihm ab. »Kein Witz?« Er schüttelte den Kopf. »Also ...«, begann er und zwinkerte ihr zu. »Die gute Nachricht ist, ich bin wirklich kein reicher Schnösel. Glück für uns. Granny hat Geld. Ziemlich viel, schätze ich, darum legt Dad sich mit ihr so mächtig ins Zeug, weil seine Firma immer auf wackeligen Füßen steht. Ihr gehört auch das Schloss. Alter Familienbesitz.« Er bedachte sie mit einem prüfenden Blick.

»Wow«, machte Rachel geplättet. »Unser Schloss hier? Kannst du mir das ein bisschen genauer verklickern?«

»Grandma traut Vater nicht. Sie war vehement gegen die Ehe meiner Eltern. Aber Mum hat sich durchgesetzt. Wahrscheinlich reiner Trotz.« Er machte eine klägliche Miene.

»Später hat sie's bereut, nicht auf Granny gehört zu haben, glaube ich. Ihre große Liebe war anscheinend jemand anders. Das kommt in den besten Familien vor. Jedenfalls hat es Dad auch nichts genützt, dass er damals sogar Mums Nachnamen angenommen hat. Im Gegenteil. Das machte Grandma erst richtig sauer. Sie hat versucht zu retten, was zu retten war, ihren alten Freund Humphrey als persönlichen Wachhund für das Schloss eingestellt und es später direkt auf uns Kinder überschrieben, damit Dad es nicht zu Geld machen kann. Sie traut ihm alles zu. Mit Recht.« Er grinste gequält. »Er ist geldgierig und im Grunde nur mit seinen schottischen Offshore-Anlagen verheiratet. Mum hat sich irgendwann in ihr Schneckenhaus zurückgezogen und setzt ihm gar nichts mehr entgegen.«

»Aha«, machte Rachel und versuchte, sich zu konzentrieren. Das war ganz schön viel Information auf einmal.

Grayson fuhr fort: »Hast du dich nie gefragt, warum Großmutters Rosen bei uns im Park blühen? ... Oder wieso ausgerechnet ich den Poolschlüssel habe?«

Hubschrauber, Aberdeen, Großmutter, Schloss ... Das musste sie erst mal sacken lassen. Seltsamerweise ergab das alles irgendwie Sinn. »Und die anderen wissen das?«, fragte sie nachdenklich.

»Um Himmels willen, nein! Und das soll auch so bleiben, versprochen?«

»Klar«, nickte sie matt und zuckte mit den Achseln. »Aber wieso wohnen *wir* da jetzt alle und nicht deine Familie?«

Grayson seufzte. »Der Kasten ist doch viel zu groß für so wenige Leute. Grandpa starb, als wir noch ganz klein waren. Da hat Grandma ihren Entschluss gefasst, das Schloss einer Verwaltungsgesellschaft zu übergeben, und ist weggezogen. In die Nähe von Saint Agnes, wo auch unser Cottage ist ... Hier waren zu viele Erinnerungen. Und sie wollte nicht, dass Mum mit Dad hier lebt. Sture alte Lady.« Er grinste. »Also hat sie alles umbauen lassen, die oberen beiden Wohnungen für Amelia und mich frei gehalten, das ehemalige Gästehaus Humphrey und seiner Frau überlassen und den Rest an Studenten vermietet. Tja ...« Er grinste spitzbübisch. »Und wenn ich groß bin und mein Dad es nicht doch noch vorher verzockt – wird das Schloss eines Tages mir gehören.«

»Wieso jetzt doch dein Vater?«, fragte Rachel begriffsstutzig. »Ich denke, da hat sie vorgesorgt?«

»Das hat ja leider niemand voraussahnen können«, erklärte Grayson. »Nach Amelias Tod ist ihr Erbteil an meine Eltern zurückgefallen. Ich bin noch nicht einundzwanzig, also noch nicht volljährig in den Augen meiner altmodischen Großmutter, die festgesetzt hat, dass ich erst dann meinen Teil des Schlosses erben soll – also hat er bis dahin die Kontrolle. Und er hat einen ziemlich pfiffigen Anwalt. Der hat ihm eine Bestallungsurkunde ausgestellt, die seine Verfügungsmacht im Rechtsverkehr bestätigt. Wenn Grandma das herausfinden würde, brächte es sie ins Grab, fürchte ich.«

»Und damit hat er dich in der Hand«, mutmaßte Rachel.

Grayson nickte betrübt. »Deswegen muss der Junge hübsch artig sein und auf Daddy hören. Denn wenn es keine gut fotografierten Imagekampagnen gibt und der alte Wolf sein Unternehmen an die Wand fährt, verkauft er den grauen Kasten und erzählt es Granny brühwarm, damit sie einen Herzinfarkt kriegt. Das ist seine Dauerdrohung. Na ja, und seit der Sache mit Amelia ...«

»Wie mies ist das denn? Das kann er doch nicht tun, oder? Ich meine, scheiß auf das Geld, aber die menschliche Sache. Das ist deine Großmutter!«, entrüstete sich Rachel.

»Du kennst ihn nicht. Glaub mir, da bin ich wie Grandma – ich trau ihm so einiges zu. Also werde ich alles tun, damit sie auf ihre alten Tage nicht noch den Schreck ihres Lebens bekommt.«

»Aber du hast neulich gesagt, es wäre das letzte Mal, dass du nach Aberdeen musst. Wie hast du das gemeint? Geht es ihr denn so schlecht?«, fragte Rachel besorgt und griff nach seiner Hand.

»Sie klagt nicht«, sagte Grayson knapp und stierte ins Leere. »Es geht zu Ende. Ich hab einen Anruf von der Pflegeleitung bekommen neulich ...« Er schluckte. »Sie wollten Papierkram klären und haben Mum und Dad nicht erreicht. Bei dem Telefonat habe ich herausbekommen, dass die beiden schon ewig nicht mehr dort waren. Wahrscheinlich hat Dad begriffen, dass Grandma ihn niemals ins Testament aufnehmen wird, und seine Bemühungen kurzerhand eingestellt. Und Mum hat nicht mehr die Kraft, selbstständig etwas zu machen. Die beiden haben mich angelogen. Wieder einmal.«

Sie sah ihn von der Seite an. »Meine Großeltern sind alle tot«, sagte sie leise. »Ich hab Mums Eltern nie kennengelernt. Sie haben in Deutschland gelebt. An Dads Mutter kann ich mich kaum noch erinnern. Und sein Vater ist schon gestorben, als er ganz klein war.«

Er zog sie auf seinen Schoß und drückte sie an sich. Sie lehnte ihren Kopf an seinen Hals und umarmte ihn fest. Eine Weile sagten sie gar nichts. »Warst du schon mal in

Aberdeen?«, brach er schließlich das Schweigen. Rachel schüttelte sachte den Kopf. »Wie wär's, wenn wir sie bald besuchen fahren? Ich würde euch gern miteinander bekannt machen, bevor ... Ihr werdet euch sicher gut leiden können. Sie ist fantastisch.«

»Das glaub ich sofort.« Verstohlen wischte sich Rachel hinter seinem Rücken eine Träne weg. »Und was machen wir jetzt?«

»Wie war das mit dem Sex in der Dunkelkammer?« Er sah sie mit verschmitztem Augenaufschlag an.

Rachel boxte ihn lachend weg. »Das war eine rein hypothetische Frage!«

Grayson küsste sie zärtlich und sie erwiderte die Liebkosung seiner Lippen, seiner Zunge, seiner Hände, atmete seinen Duft ein. »Schluss jetzt«, schnurrte sie nach einer Weile leise. »Sonst kann ich womöglich nicht mehr aufhören, und das wäre fatal.«

»Wäre es das?«, fragte Grayson kehlig. Seine Hände waren irgendwie unter ihren Pulli geraten und fingerten an ihrem BH-Verschluss herum. »Nein, ernsthaft«, kicherte sie und bemühte sich, seine vorwitzigen Finger einzufangen. »Viel zu viele Zeugen da draußen mit guten Ohren und hervorragenden Digitalkameras!«

Seufzend richtete Grayson sich auf. »Dass du immer so spießig sein musst.«

»Vernünftig nennt man das. Nicht immer, aber immer öfter«, behauptete Rachel frech. »Und darum sollte ich jetzt noch mal ein bisschen Studieren gehen ... meine ersten neun Wochen sind bald um und dann muss ich mich für einen Schwerpunkt entscheiden. Das liegt mir ganz schön im Magen.«

»Ich dachte, du weißt, was du willst?«, fragte Grayson erstaunt. »Nun doch nicht Malerei?«

»Schon«, meinte Rachel und schnitt eine gequälte Grimasse. »Aber Illustration macht auch ganz viel Spaß und ist vielleicht was Handfesteres, weißt du? Oder Design ...«

»Also doch spießig«, grinste Grayson und nahm ihr die leere Kaffeetasse ab. Rachel schlug spielerisch nach ihm, aber er wich geschickt aus und öffnete die Tür.

Der Raum hatte sich geleert bis auf zwei Studenten, die am Rechner Bilder bearbeiteten. Fotografie fand Rachel ebenfalls zunehmend reizvoll, aber irgendwie hätte sie es blöd gefunden, dasselbe wie Grayson zu machen. Zumal er wirklich richtig gut war und sie nicht den Eindruck erwecken wollte, ihn wie eine schlechtere Kopie nachzuahmen.

9

Ihre Tasche bekam Rachel in der Cafeteria zurück. Jodie hatte tatsächlich mitgedacht und sie an sich genommen. Wie immer in der Mittagspause war der Laden gerammelt voll. »Da bist du ja«, wurde sie erleichtert begrüßt. »Ich dachte schon, ich müsste das Ding den ganzen Tag mit mir rumschleppen. Hast du da Steine drin? Kein Wunder, dass deine Oberarme so straff sind!« Rachel bedankte sich mit einem heißen Chai Latte. Helen, Kathy und Jodie hatten einen der begehrten Tische am Fenster ergattert. »Was war denn los?«, wollte Helen wissen. »Auf deinem Handy springt sofort die Mobilbox an. Wir waren in Sorge. Du bist ja nun nicht der Typ, der einfach so aus dem Seminar stürmt.«

»Nein, das bin ich wohl nicht, und ja, ich brauch wohl ein neues«, erwiderte Rachel knapp. »Das Ding ist mir runtergefallen.«

»Glatt gelogen. Ich hab gesehen, wie du es auf den Boden geschmettert hast!«, rief Jodie.

»Streit mit meinen Eltern«, murmelte Rachel. Sie war durch eine Gestalt abgelenkt, die draußen vor dem Fenster stand und sich eine Zigarette anzündete.

»Überraschung!«, meinte Kathy, die ihrem Blick gefolgt war.

»Hey, da ist sie ja wieder«, sagte Helen fröhlich. Rachel sah sie irritiert an. »Becky. Sie hat vorhin schon nach dir gefragt. Ihr kennt euch von zu Hause? Sie sagte, ihr seid zusammen aufgewachsen. Du hast nie von ihr erzählt. Ich hab ihr gesagt, dass du sicher früher oder später hier auftauchen wirst. Aber sie wollte lieber draußen warten. Hol sie doch rein. Sie macht einen netten Eindruck. Und ich glaube, sie friert.«

»Ja, komm, wir rücken zusammen, hier ist noch Platz«, sagte auch Kathy. »Deine Freunde sind unsere Freunde. Was macht sie hier? Wusstest du, dass sie dich besuchen kommt?!« Rachel hörte nur halb zu. Sie war wie in Trance aufgestanden und schob sich langsam durchs Getümmel, dem Ausgang zu. Es hätte ihr klar sein müssen, dass sie Becky nicht loswurde, indem sie sie im Morgengrauen einfach stehen ließ. Jodie rief ihr flehend hinterher: »Aber du kommst zurück, oder? Lass mich nicht schon wieder mit deiner Tasche allein!« Die anderen lachten.

»Was willst du hier?«, fragte Rachel draußen ohne Einleitung. »Rauchen ist auf dem Campus nicht gestattet.«

»Oh«, machte Becky, blies eine blaugraue Wolke über sich und trat den Glimmstängel im Kies aus. Immerhin nahm sie die erloschene Kippe auf und legte sie in einen Blumenkübel. »Prima Dünger«, behauptete sie und lächelte verlegen. Rachel schüttelte emotionslos den Kopf. »Die Filter nicht. Die sind einfach nur giftig.« Am liebsten wäre sie auf Becky zugestürmt und hätte ihr die Kippe in die Hand gedrückt. Himmel, vielleicht hatten die anderen recht und sie war wirklich engstirnig? Und hatte ihre Mutter nicht gesagt, jeder habe eine zweite Chance verdient? Nein, beruhigte sie sich gleich darauf. Es lag nur an Becky. Es machte sie wütend, dass sie hier einfach so auftauchte. Einfach Kathy und Helen anquatschte. Sie sollte nicht mit ihren Freunden reden! »Du solltest nicht hier sein«, sagte sie etwas lauter, als nötig gewesen wäre.

Becky zuckte leicht zusammen. »Ich ...«, setzte sie an und brach gleich wieder ab. Wie immer. Typisch.

Rachel zwang sich, abzuwarten, einigermaßen ruhig zu bleiben. »Ja?«

»Ich«, begann Becky noch einmal und sah sich um. »Können wir nicht irgendwo reden – wo wir ungestört sind?«

»Und dann? Willst du mich anschnorren? Brauchst du Kohle? Ist dir der Stoff ausgegangen?«

Becky schüttelte den Kopf. »Ich weiß, dass du sauer bist. Du hast allen Grund dazu. Bitte, Rachel, ich wollte mich entschuldigen. Hör mich an. Ich bin clean. Du, ich weiß, dass ich ein Riesenarschloch war. Und ein Rindvieh noch dazu. Ich hab alles versaut.« Unsicher schob sie sich die Ärmel hoch.

Rachel sagte nichts. Sie verschränkte die Arme, damit sie nicht dem Impuls nachgeben konnte, Becky versöhnlich zu umarmen, und musterte ihre ehemals allerbeste Freundin. Becky wusste immer noch, wie sie es anstellen musste, sie rumzukriegen. Dackelblick, reuevolle Worte, hängende Schultern. Becky war immer schon mager gewesen, aber inzwischen war sie klapperdürr. Ihre Steppweste und der Pulli wirkten viel zu dünn für das Wetter. Die Klamotten waren vermutlich vor ein paar Jahren modern gewesen, aber immerhin waren sie sauber und ordentlich. Becky war dezent geschminkt. Der fahle Teint und die teigige, aufgedunsene Haut, den sie in den letzten Monaten zu Hause gehabt hatte, waren einer frischen Gesichtsfarbe gewichen. »Ja, das hast du in der Tat«, sagte Rachel. Sie musste sich räuspern.

Beckys blaue Augen glänzten schüchtern, während ein zaghaftes Lächeln über ihr Gesicht huschte. »Wir können hier draußen reden«, hörte sich Rachel sagen und ignorierte geflissentlich die Gänsehaut auf Beckys Armen. Sie würde sich von ihr nicht nach drei Sätzen schon wieder um den kleinen Finger wickeln lassen!

Jemand klopfte von innen an die Scheibe. Helen, die auffordernde Gesten machte reinzukommen.

Rachel schüttelte den Kopf, obwohl sie selber fror, und ging demonstrativ ein paar Meter um die Ecke, damit sie ungestört waren. Drinnen im Warmen wurde ihr Chai kalt. Ganz toll.

Sie hörte, dass Becky ihr mit zögernden Schritten folgte. »Also, was willst du nun wirklich hier?«, funkelte Rachel, so böse sie konnte.

Becky hielt ihrem Blick stand. Wahrscheinlich war sie nicht überzeugend genug. »Ich hab aufgehört. Glaub mir, ich bin durch damit. Das Zeug hat mich fast kaputt gemacht. Ich hab viel zu spät kapiert, dass es mich in ein Monster verwandelt hat. In einen ferngesteuerten Zombie ...« Ihre Augen füllten sich mit Tränen und Rachels Widerstand bröckelte. »Ich hab alles verloren, Rachel. Meine Eltern haben mich rausgeschmissen.«

»Also brauchst du doch Geld«, stellte Rachel trocken fest und fingerte in ihrer Jacke nach einem Taschentuch.

Becky schüttelte den Kopf, wischte sich mit der Hand übers Gesicht. »Ich will mir hier ein Zimmer suchen und ich hab einen Job. Ich will dir alles zurückzahlen.«

»Hier?«, rief Rachel erschrocken.

»Bitte, lass mich ...«, schniefte Becky und ihre Nasenflügel bebten. Früher war Rachel darauf regelmäßig reingefallen.

»Du schuldest mir nichts. Lass mich einfach nur in Ruhe.

Fang woanders neu an.« Sie ließ die Taschentücher stecken und wandte sich zum Gehen.

»Ich weiß, dass ich das Geschehene nicht einfach wiedergutmachen kann«, faselte Becky hartnäckig weiter. »Aber ich möchte deinen Eltern wenigstens die kaputte Glasscheibe ersetzen. Da ...« Sie angelte in ihrer Hosentasche und förderte ein paar Geldscheine zutage. »Hier sind vierzig Pfund. Als Anzahlung. Kannst du es deinen Eltern geben? Ich stottere das Ding ab.« Rachel verdrehte die Augen. Sie spürte, dass sie einknickte. Allmählich tat Becky ihr wirklich leid.

»Das hat doch schon längst die Versicherung übernommen«, sagte sie sanft und reichte ihr nun doch das Taschentuch. »Es geht auch gar nicht um die verdammte Scheibe. Darum ging es nie. Verstehst du das nicht? Ich hab dir vertraut und du hast mich nur verarscht, benutzt, beschimpft und Scheiße über mich erzählt. Und überhaupt. Wieso gibst du es ihnen nicht selber?« Rachel fuhr sich durch die Haare und dachte flüchtig an Grayson und dass er das auch immer tat. Ob es stimmte, dass Paare sich immer ähnlicher wurden? Dann fingen sie ja früh damit an. Ihre Gedanken sprangen weiter. Becky und sie hatten früher sogar den gleichen Gang gehabt. Selbst ihre Eltern hatten sie darin nicht unterscheiden können. Das hatte zu mancherlei Verwirrung im dunklen Flur ihres Elternhauses geführt. Sie roch wieder den Duft nach Apotheke und Chlorreiniger, der sie ihre ganze Kindheit über begleitet hatte. Auf einmal platzte Beckys Stimme in ihre Erinnerungen.

»... weil es mir wichtig ist, dass du es weißt. Und siehst. Und annimmst. Bitte, Rachel. Gib mir eine Chance, dir zu beweisen, dass es mir ernst ist. Ich weiß, dass es zwischen uns nie mehr so sein kann, wie es einmal war. Aber ich bereue das alles so furchtbar. Wenn ich könnte, würde ich alles dafür tun, es ungeschehen zu machen. Aber das kann ich nicht. Ich kann dich nur bitten, dieses Geld anzunehmen. Es ist ein Symbol. Es würde mir sehr helfen.«

»Dir helfen«, murmelte Rachel und sah ihr zum ersten Mal direkt ins Gesicht. »Das habe ich jahrelang versucht. Die wievielte Chance wäre das? Hast du mal zusammengezählt?« Beckys Blick war flehend und sie sah ehrlich reumütig aus. Rachel fühlte sich wie die Eiskönigin. Ihre Zehen starben ab. Sie wollte jetzt ihren Chai. »Und deswegen kommst du den weiten Weg hierher? Wie lange bleibst du? Was ist das für ein Job?« Sie steuerte den Eingang der Cafeteria an und Becky folgte ihr zögernd.

»Ich hab Sozialstunden aufgebrummt bekommen. Na ja. Und da dachte ich mir, lieber nicht in Chelmsford. Und das hier ist ziemlich weit weg. Ideal also.«

»Das dachte ich auch noch bis heute Morgen«, knirschte Rachel.

»Ich fang morgen im Altenheim an. Ende der Woche gibt's mehr.« Becky streckte ihr immer noch die Scheine hin. Vier Fünf-Pfund-Noten und zwei Zehner. Rachel verdrehte die Augen und griff zu. Wider besseren Wissens. Becky strahlte. Und es würde wieder in einer Katastrophe enden. Wie jedes Mal. Sie wusste es genau. Wieso war sie nur so schrecklich leicht weichzuklopfen?

»Die nächste Rate kommt«, verkündete Becky selig, machte auf dem Absatz kehrt und hüpfte davon wie ein kleines Mädchen, das sich einen Lolli kaufen darf.

Sie wirkte so erleichtert, dass Rachel sich bei einem milden Lächeln erwischte. Nachdenklich ging sie wieder hinein. Super, die Mittagspause war fast um, der Chai eiskalt und die anderen hatten ihren Platz vergeben. Immerhin rückte Marc anständigerweise etwas zur Seite und nahm Jodie auf den Schoß, sodass sie doch noch eine Ecke zum Sitzen fand.

»Das sah ein bisschen frostig aus«, stellte Helen fest und blickte Rachel auffordernd an.

»Hmm.« Rachel seufzte. »Sie will alte Schulden zahlen, aber ich weiß nicht, ob ich ihr trauen kann.«

»Eine offene Rechnung begleichen? Das klingt doch gut!«

Rachel zögerte. Sie hatte keine Lust, die ganze Geschichte am selben Tag noch ein drittes Mal aufzuwärmen, um Beckys jungfräulichen Heiligenschein ein wenig andersfarbig auszuleuchten. Rot und schwarz zum Beispiel, mit Hörnchen, Ziegenfuß und Quaste. »Kann sein, dass wir sie öfter sehen in nächster Zeit. Lasst keine Wertgegenstände rumliegen und passt auf eure Kerle auf. Dann wird's schon schiefgehen«, unkte sie mit einem schwachen Grinsen.

»Na, dann bin ich ja fein raus«, feixte Helen. »Oder steht sie auch auf Frauen? Flotter Dreier? Sie sah gar nicht so übel aus. Muss das mal mit Tiger absprechen. – Oder willst *du* mitmachen? Bisschen bi schadet nie!« Sie musterte Jodies Freund herausfordernd. Marc verschluckte sich fast an seiner Cola, als er merkte, dass der Spruch ihm galt. Sein entsetzter Blick war göttlich. Alle gackerten los. Auch Rachel musste mitlachen. Helen hatte wirklich ein Talent dafür, sie aus sumpfigen Stimmungen zu ziehen. »Dann frag sie auch gleich mal, ob sie nicht ein neues Handy für mich hat. Meins kriegt wohl selbst Elektro-Wonderwoman nicht mehr hin.«

»Und ob sie die neuen Noten von Taio Cruz schon besorgt hat«, ergänzte Jodie.

»Och neee … wer hat denn dafür gestimmt?«, beschwerte sich Helen.

»Wir können nicht nur Josh Stone und Lana del Rey singen«, tröstete Kathy. »Und auf unserer Hochzeit sowieso nicht, sonst reicht Josh gleich die Scheidung ein.«

»Habt ihr denn schon einen Termin?«, wollte Marc wissen. »Wir brauchen Zeit zum Üben!«

»Oh, die habt ihr! Wir haben noch gar nicht weiter über einen Termin geredet!«

Rachel atmete tief durch. Becky war also wieder da. Und das Leben ging weiter. Na denn.

Die Woche verstrich. Rachel pendelte zwischen Uni, Bandproben und Werkstatt hin und her und fiel abends meist völlig erschlagen ins Bett. Ob sie sich doch ein wenig zu viel auf einmal zugetraut hatte?

Dann kam ein weiterer Anruf aus dem Pflegeheim und ein kalkweißer Grayson verkündete Rachel, dass seine Großmutter nun tatsächlich im Sterben lag. Er widersprach nicht, als Rachel alle Wochenendtermine absagte und packte, um ihm beizustehen. Gleich nach dem letzten Workshop am Freitag stiegen sie in den Copen und fuhren nach Aberdeen. Unterwegs hielten sie nur, um zu tanken, zur Toilette zu gehen oder einen Kaffee zu trinken. Sie wechselten sich am Steuer ab und erreichten die schottische Ölmetropole in Rekordzeit morgens um vier.

Rachel war erschüttert von dem Seniorenheim. Sie saß einsam im nächtlich ausgestorbenen Flur und wartete auf Grayson, der erst mal mit seiner Grandma allein sein wollte. Eine freundliche Nachtschwester hatte ihr einen starken Tee gebracht und Rachel studierte die Wände, die mit kitschigen Postern von Sonnenuntergängen und Katzenbabys geschmückt waren. In einer Ecke hing ein Fernseher von der Zimmerdecke. Das Mobiliar war unmodern und sollte wohl den Geschmack der alten Leute treffen. An den Türen war auf der Höhe ein wenig die Farbe abgeplatzt, wo Tag für Tag Rollatoren und Rollstühle vorbeischrammten. Aber immerhin war der Raum liebevoll dekoriert. Frische Blumenvasen standen auf bestickten Lochtischdeckchen und zahlreiche Fotos kündeten von gemeinsamen Festen und Bastelaktionen. Es roch nach alten Menschen und Reinigungsmitteln, die den Geruch von vollen Windeln nur unzureichend überdeckten.

Die Tür ging auf und Grayson winkte sie mit einem zittrigen Lächeln heran. Das Zimmer seiner Grandma überraschte Rachel. Hier roch es sehr angenehm. Eine kleine Duftlampe verbreitete einen Hauch Lavendel. Die Wände waren übersät mit Familienbildern und Fotografien, die garantiert überwiegend aus Graysons Kamera stammten. Die Möbel hatten Stil und Charme und auf dem Nachttisch lag eine Ausgabe mit Gedichten von W. H. Auden.

Lady Geneva Wolf wirkte viel kleiner und zerbrechlicher, als Rachel sie sich nach Graysons Erzählungen über die resolute alte Dame vorgestellt hatte. Ihr Kopf war tief in den Kissen versunken. Ein dünner Schlauch, der mit einer Schlaufe um ihre Ohren geführt war, blies aus zwei kleinen Öffnungen Sauerstoff in ihre Nase und endete in einem Kompressor am Fußende des Bettes. Sein monotones Gurgeln und Blubbern erinnerte Rachel an ein Aquarium. Die Haut der Kranken war wie Pergament, durchscheinend und gelblich schimmernd. Rachel glaubte, seine Großmutter schliefe, aber als sie mit Grayson näher ans Bett trat, schlug sie die Augen auf. »Hi, Granny. Das ist Rachel. Rachel, das ist meine Grandma.« Ein erstaunlich klarer Blick glitt begutachtend über Rachel und blieb an ihrem Gesicht hängen. Dasselbe Lächeln, das Rachel von Grayson kannte, huschte kurz über die faltigen Mundwinkel, dann klopfte die alte Lady beinahe unmerklich, nur mit zwei Fingern, neben sich auf die Bettkante. Rachel setzte sich zögernd. »Test bestanden«, flüsterte Grayson ihr ins Ohr und schob sich neben sie. »Hast du Durst?«, fragte er seine Großmutter sanft. Doch die drehte nur unwillig den Kopf zur Seite, als er ihr eine Schnabeltasse anbot. Seufzend stellte er den Kamillentee wieder ab. »Sie isst und trinkt gar nichts mehr und spricht auch nicht mehr wirklich.« Rachel drückte seine Hand.

»Aber sie sieht zufrieden aus«, flüsterte sie. Grayson nickte. Er streichelte seiner Grandma über die Wange und erzählte ihr von der Fahrt und dem Verkehr. Dann plauderte er über das Wetter, über seine erste eigene Ausstellung und darüber, wie er Rachel im Park bei den Rosen kennengelernt hatte. Schmunzelnd stellte Rachel fest, dass er das eine oder andere pikantere Detail dabei unterschlug. »Er hat mich einfach auf den Mund geküsst, ihr Enkelsohn«, fiel sie ihm ins Wort. Ihre anfängliche Scheu legte sich immer mehr. »Ganz schön frech, finden Sie nicht?« Geneva Wolf sagte nichts, aber ihre Augen glitzerten amüsiert. Grayson erzählte, wie Rachel den alten Rosenbusch mit Dünger aus Bananenschalen hochgepäppelt hatte. »Woher weißt du das denn?«, flüsterte sie überrascht und Grayson feixte.

»Humphrey natürlich, was denkst du wohl?«

Die alte Dame lächelte. Und mit diesem zufriedenen Ausdruck auf den Lippen schlief sie irgendwann ein.

Die Stunden vergingen. Sie vertrieben sich die Zeit mit Patiencen. Grayson ging zwischendurch immer wieder nach draußen, um seine Eltern ans Telefon zu bekommen, aber vergeblich. Im ersten Moment war es etwas befremdlich, allein in einem Raum mit einem völlig fremden, sterbenden Menschen zu sein. Aber gleichzeitig war alles so selbstverständlich, so normal. Irgendwie wusste Rachel, dass sie nichts falsch machen konnte. Sie wechselten sich den ganzen Tag am Bett ab, gingen nur raus, um kurz etwas frische Luft zu schnappen. Die Schwestern brachten ihnen sogar Essen ins Zimmer. Eine sagte hinter vorgehaltener Hand, wie traurig es doch sei, dass Grayson der Einzige aus der Familie war, der regelmäßig nach der alten Dame sah, wo doch seine Eltern in derselben Stadt lebten – abgesehen von dem älteren Herrn, der einmal im Monat kam, offenbar auch von weiter her. Rachel hatte so eine Ahnung, um wen es sich dabei handeln könnte, und nahm sich vor, Grayson später danach zu fragen. Irgendwann übermannte sie die Müdigkeit. Die durchfahrene Nacht forderte ihren Tribut und sie rollte sich, trotz der hohen Raumtemperatur fröstelnd in dem großen Ohrensessel neben dem Bett ein. Zwischendurch wurde sie kurz wach, als jemand eine Decke über sie breitete. Sie sah, dass auch Grayson am Bett sitzend eingeschlafen war, Hand in Hand mit seiner Oma, und döste weiter. Das nächste Mal wurde sie davon wach, dass Grayson ein Geräusch von sich gab. Ganz leise nur. Aber tief und schmerzerfüllt. Eine Schwester war zu ihnen in den Raum getreten und hatte ihn offenbar geweckt. Behutsam entfernte sie die Schläuche und stellte das Sauerstoffgerät ab. Rachel benötigte einen Augenblick, um klar zu werden und die Situation zu begreifen. Geneva Wolf hatte im Schlaf einfach aufgehört zu atmen. »Sie hat wohl auf Sie beide gewartet«, meinte die Schwester leise und sprach Grayson ihr Beileid aus. Graysons Oma war gestorben. Benommen stand Rachel auf und nahm Grayson in den Arm. Er weinte nicht, er wirkte wie einer dieser lebensechten Roboter. Mechanisch erwiderte er ihre Umarmung, beantwortete die Fragen der Schwester, ließ sich mit Rachel zusammen vor die Tür schicken, damit die Helferinnen die Verstorbene waschen und neu ankleiden konnten.

Sie saßen auf demselben zerschlissenen rot gestreiften Sofa, auf dem Rachel am frühen Morgen auf Grayson gewartet hatte. Keine achtzehn Stunden war das her – eine ganze Ewigkeit. Sie tranken Kaffee und warteten erneut. Ein Arzt kam, verschwand im Zimmer und drückte Grayson fünf Minuten später einen Umschlag mit dem Totenschein in die Hand. Der Leiter der Abteilung fragte, wann man den Bestatter herbitten solle. Auf den sie danach wieder warteten, diesmal drinnen bei Grandma Wolf, die noch tiefer in die Laken gesunken zu sein schien, wenn das überhaupt möglich war. Die Kerze brannte noch immer. Jemand hatte Lady Geneva ein kleines Rosenbukett in die gefalteten Hände gelegt. Sie trug ein weißes Leinennachthemd mit Spitze. Ihre Hände und das Gesicht sahen aus wie aus Wachs geformt, ihr Ausdruck hatte sich verändert. Sie sah noch entspannter aus, entrückt irgendwie. Was ja auch zutraf, quasi. Für Rachel war es das erste Mal, dass sie eine Leiche aus der Nähe sah, und sie fragte sich, wie Grayson sich fühlte. Im Kino war das alles anders. Vor allem die Stimmung. Sie kam sich vor wie in Watte gepackt. Hilflos beobachtete sie Grayson, der sich wieder ans Bett seiner Großmutter gesetzt hatte und die tote Hand hielt, die bestimmt schon ganz kalt war. Rachel stand unschlüssig im Zimmer. Was konnte sie tun? Wie konnte sie für ihn da sein? »Ich bin okay«, sagte er, als hätte er ihre Gedanken gelesen. »Es ist schön, dass ihr euch noch begegnet seid. Auch wenn ich mir das irgendwie anders vorgestellt hatte.«

»Geht mir genauso«, sagte Rachel leise und stellte sich ganz dicht neben ihn. Sie drückte seinen Kopf an ihren Bauch und streichelte ihn. Zwei Stunden später wurden sie erneut vor die Tür gebeten. Der Bestatter kam und rollte einen dicken Sarg auf einem Gestell an ihnen vorbei. Alles lief routiniert und wie nach einem geheimen Protokoll ab. Händeschütteln, Floskeln, professionelle Trauermienen, die Frage nach dem Totenschein. Nach Graysons Telefonnummer und Erreichbarkeit. Rachel fragte sich, ob man das in der Branche vorm Spiegel übte, so wie kleine Mädchen Popstar mit der Haarbürste als Mikrofon spielten. Sie hatte das Gefühl, ständig jemandem im Weg zu stehen, außen vor und völlig deplatziert, so als hätte man vergessen, auch ihnen beiden das Drehbuch zu geben.

Gerade als man sie wieder hereinbat, um endgültig Abschied zu nehmen, rauschte ein wütender Mann mit polternden Schritten heran, mit etwas Abstand hinter ihm eine aufgelöste Frau in Abendgarderobe, seltsam unpassend, genau wie Rachel sich fühlte. Unwillkürlich sprang sie auf. Grayson versteifte sich.

»Wir waren auf einer Opernpremiere. Da hat man sein Handy aus«, blökte der Mann schon von Weitem, ohne sich vorzustellen. Und auch wenn sie sich kein Stück ähnelten, war Rachel sonnenklar, dass das der donnernde Auftritt von Mister geldgieriger Ölmagnat Wolf war.

»Du bist zu spät«, sagte Grayson kühl. »Mutter …« Seine Stimme wurde etwas weicher, als er ihr zunickte. »Es tut mir leid.« Aufheulend stürzte sich seine Mum an ihm vorbei ins Zimmer, wo Lady Geneva im offenen Sarg auf ihren Abtransport wartete. Rachel wandte sich betroffen ab, als seine Mutter sich schluchzend über die Tote beugte. Das ging sie nichts an. Das war privat. Sie war eine Fremde.

»Wieso zu spät? War der Anwalt schon da?«, fragte Mister Wolf zynisch und Rachels Kopf flog zu Grayson herum.

»Der wird wohl kaum direkt hierherkommen, oder?«

»Ich hab ihn herbestellt«, polterte sein Vater triumphierend. »Er kommt gleich. Kriegt Geld genug, der Halsabschneider.«

»Das ist nicht dein Ernst, oder?« Mühsam beherrscht zeigte Grayson auf den Sarg. Rachel sah, wie seine Kiefermuskeln arbeiteten. »Du hast dich noch nicht einmal von ihr verabschiedet und zählst schon das Geld?«

»Alles hat seine Zeit, Sohn.«

Grayson ballte die Fäuste. Vier Heimbewohner saßen an einem kleinen Tisch im Flur und spielten Mensch ärgere Dich nicht. Drei von ihnen hörten inzwischen gebannt und mit offenen Mündern zu. Wobei Rachel sich nicht ganz sicher war, ob sie vielleicht immer die Münder etwas offen trugen. Der vierte würfelte, als keiner hinsah, und zog mogelnderweise gleich mit drei Figuren auf einmal. Es klang unwirklich laut. »Gewonnen!«, hörte Rachel ihn in der plötzlichen Stille krähen.

Rachel wusste nicht, ob sie lachen oder weinen, geschweige denn, was sie tun oder sagen sollte.

Eine Pflegerin trat zu ihnen und brach das bizarre Schweigen. »Dies ist nicht der richtige Ort, meine Herren, bitte.« Graysons Vater wischte ihren Arm auf seinem fort, ohne sie anzusehen. »Das ist schnell geklärt«, blaffte er und rauschte ins Sterbezimmer seiner Schwiegermutter, Grayson hinterher. Einen Moment lang sah es ganz so aus, als würden sie auch noch die Tür knallen, aber sie fiel ganz leise hinter Mrs Wolf ins Schloss, die sich offenbar gerade vom Sarg der eigenen Mutter hatte hinauskomplimentieren lassen. Rachel wusste nicht, wie ihr geschah. Irgendwie nahm dieser Film eine ganz schräge Wendung. Mit einem Mal stand sie im Flur neben einer verheulten, zarten Mrs Wolf, einer konsternierten Pflegekraft, deren Pieper sie kurz darauf im Dauerlauf zu einem anderen Einsatz hetzte, und zwei mürrisch dreinblickenden Bestattern, denen deutlich der Zeit-ist-Geld-Spruch auf der Stirn abzulesen war. Es fehlte eigentlich nur noch, dass einer der Mensch ärgere Dich nicht-Spieler »Always look on the bright side of life« zu pfeifen anfing. Aber entweder die alten Herren standen nicht auf Monty Python oder ihr Gebiss war pfeifuntauglich. Sie gafften nur teilnahmslos, genau wie sie selbst, wenn sie ehrlich war.

Mrs Wolf neben ihr schniefte leise. Das löste Rachel aus ihrer Erstarrung. Sie kramte in ihrer Jackentasche nach einem Taschentuch und bot es ihr an. Abwesend griff Graysons Mum zu. Sie fixierte die Tür, hinter der ihre frisch verstorbene Mutter lag und in deren Beisein eindeutig, wenn auch mühsam geräuschkontrolliert gestritten wurde.

»Ich bin Rachel.« Keine Reaktion. »Graysons Freundin.«

»Oh«, sagte Mrs Wolf und guckte verhuscht. »Schön, Sie kennenzulernen«, spulte sie bleiern ab.

Rachel nickte. »Mein Beileid übrigens«, sagte sie hölzern und kam sich mächtig dämlich vor. Meine Güte, konnte man den Drehbuchschreiber des Lebens eigentlich verklagen für solche Dialoge?

»Ich wollte gestern mit dem Bus herkommen, weil mein Mann nie Zeit hat, mich zu fahren. Aber er hat mich nicht gelassen. Nun ist es für immer zu spät.« Mrs Wolf sprach so leise, dass Rachel Mühe hatte, sie zu verstehen. Sie suchte nach tröstenden Worten und überlegte, ob sie Graysons Mutter einfach so in den Arm nehmen durfte. Da öffnete sich die Fahrstuhltür und sie sah einen groß gewachsenen, glatzköpfigen Bruce-Willis-Typ im Anzug heraustreten, dessen unwirsche Miene sich etwas aufhellte, als er Mrs Wolf erkannte. Er eilte heran, drückte ebenso einstudiert wie alle anderen sein Mitgefühl aus und klopfte nach einem Fingerzeig von Mrs Wolf an der Tür des Sterbezimmers. Das gebellte »Was ist?« von Graysons Vater ließ ihn resolut die Klinke drücken. Aber Rachel sah, wie er zurückzuckte, als er feststellen musste, dass sie sozusagen nicht nur zu dritt im Raum waren. Sie musste ein hysterisches Lachen unterdrücken. Das Ganze war einfach zu absurd. Kopfschüttelnd setzte sie sich und schenkte eine Tasse Kamillentee ein.

Sie hatte kaum die Tasse an den Mund geführt, da wurde die Tür gegenüber wieder aufgerissen. Grayson kam als Erster heraus. »Gehen wir«, sagte er knapp und schoss, ohne abzuwarten, an ihr vorbei. »Grayson?!«, rief seine Mutter ihm nach, allerdings so leise, dass selbst Rachel sie kaum hörte. Rachel verbrannte sich ihre Lippe am heißen Tee, stellte bedauernd die Tasse wieder ab und eilte mit einer gemurmelten Entschuldigung an Mrs Wolf hinter

Grayson her. Jetzt verstand sie gar nichts mehr. »Was hast du vor?«, fragte sie etwas außer Atem.

»Wir fahren nach Hause«, erklärte er mühsam beherrscht. Er rannte förmlich über den Parkplatz.

»Grayson, warte doch mal«, bat sie und hielt sich die Seite, die wie wild zu stechen angefangen hatte. Endlich blieb er stehen und kehrte mit hängenden Schultern zu ihr zurück.

»Entschuldige, Große. Das ist ein Irrenhaus. Ich hätte dich da nicht mit reinziehen sollen.«

Rachel rang nach Luft. Es war eiskalt hier draußen, ihr Atem bildete Wolken. Sie war mit dem Seitenstechen beschäftigt, während in ihrem Kopf alle möglichen Gedanken durcheinanderkreiselten. »Ich weiß, wie dir das vorkommen muss«, schimpfte Grayson weiter und lief vor ihr auf und ab wie ein Löwe im Käfig, während sie ihre Jacke enger um sich zog. »Vollkommen pietätlos, unmöglich! Mein Vater ist ein Verrückter! Ich muss hier ganz schnell weg ...« Er hielt einen Moment inne, sah sie an und atmete tief durch. »Tja, das ist also der Stall, aus dem ich komme. Ich kann's dir nicht verdenken, wenn du mich postwendend abservierst. Oh, übrigens bin ich doch kein künftiger Schlossbesitzer. Der Anwalt hat sich verplappert da drin. Mein Vater hat es nämlich tatsächlich heimlich beliehen. Jetzt kann er die Hypothek nicht zurückzahlen und damit fällt das Schloss unweigerlich an die Bank. Der Alte hat mich die ganzen Monate über mit nichts als heißer Luft erpresst. Ich habe Granny immerhin ein Wohnrecht bis zum Abschluss meines Studiums zu verdanken. Das hat sie nämlich ins Grundbuch schreiben lassen.«

Rachel konnte es nicht fassen. »Ihr habt euch nicht ernsthaft dadrin über das Erbe deiner Großmutter gestritten, oder?«

Grayson grunzte abschätzig. »Wenn es nach meinem Erzeuger gegangen wäre in der Tat. Aber das Testament wird erst nach der Beisetzung verlesen. Da kann er fluchen, wie er will.« Er raufte sich die Haare, legte den Kopf in den Nacken und starrte in den wolkenverhangenen Nachthimmel. »Das ist alles so unwirklich. Sie ist tot«, sagte er leise. »Mein Vater ist ein gottverdammtes Arschloch und meine Mutter sein stummer Schatten. Was für eine Familie.«

Rachel erschrak, als er sich auf die Knie sinken ließ und auf dem kalten Parkplatzbeton kauerte, wie das buchstäbliche Häufchen Elend. Alle Kraft schien aus ihm gewichen zu sein. Seine Schultern zuckten, dann hörte sie ihn verhalten schluchzen. Rachel hockte sich zu ihm und wiegte ihn wie ein kleines Kind, so gut sie es konnte. »Ich schlage vor, wir suchen uns ein günstiges Motel hier in der Nähe, und bis dahin fahre ich.«

10

In Rachels Träumen ging alles wild durcheinander. Geneva Wolf stand Arm in Arm und quicklebendig mit Humphrey am Rosenstrauch im Schlosspark und winkte fröhlich zu Rachel herüber. Dann sprang Graysons Vater hinter einem Busch hervor und spritzte die beiden mit dem Wasserschlauch nass. Aus dem kam allerdings zähflüssiges schwarzes Öl. Das Öl war plötzlich überall. Es füllte den ganzen Pool aus, in dem Grayson schwamm, und alle anderen. Doch sie kamen in der klebrigen Masse nicht mehr voran. Einer nach dem anderen ging mit stummen Schreien unter und ploppte als Leiche wieder an die Oberfläche. Rachel konnte nichts tun. Sie rannte und rannte, aber sie kam nicht vom Fleck, genauso wenig wie Grayson. Schweißgebadet und doch frierend wachte sie auf. Es war stockdunkel und sie hatte sich die Bettdecke heruntergestrampelt. Weil sie sowieso aufstehen musste, um sie aufzuheben, ging sie, um sich ein Glas Wasser aus dem Bad zu holen. Es schmeckte nach Chlor, aber es kühlte und vertrieb den schlechten Geschmack nach Tod und Ekel aus ihrem Mund.

Graysons Traumwelten schienen Rachels in nichts nachzustehen. Stöhnend wälzte er sich herum und war ebenso schwer zu beruhigen, wie wach zu bekommen. »Ich bin da!«, formte Rachel mit den Lippen, als er sie endlich stumm und mit weit aufgerissenen Augen ansah. Er zog sie in seine Arme und langsam beruhigte sich sein Atem. Eng umschlungen schliefen sie wieder ein. Viel zu früh brach der Tag an.

Das Motel, etwas außerhalb von Aberdeen, war einfach, aber sauber. Es gab sogar ein ganz passables Frühstück mit Porridge, frischem Obst und zwei Sorten Brot. Auf der Rückfahrt redeten sie wenig. Jeder hing seinen eigenen Gedanken nach. Die Ereignisse des Vortages rückten für Rachel mit jedem Kilometer, den sie hinter sich ließen, mehr in die Unwirklichkeit eines bösen Traumes. Aber sie wussten beide, dass das leider nicht so war.

»Wie geht's denn jetzt weiter?«, fragte Rachel leise, als sie am späten Nachmittag die Kiesauffahrt zum Schloss erreichten.

Grayson zuckte mit den Schultern. »Alles wie immer, schätze ich. Oh Gott, da vorne ist Humphrey. Was macht der denn hier am Sonntag?« Seiner Schubkarre voller dürrer Zweige und Äste nach zu urteilen, hatte der Gärtner ein paar Büsche ausgeschnitten. Als er die beiden auf den Parkplatz schwenken sah, winkte er lächelnd – und ahnungslos.

Bestürzt sah Rachel zu Grayson, der den Gruß erwiderte. »Du musst es ihm sagen ...«

Er nickte kummervoll. »Ja. Besser, er erfährt es von mir als dass ...« Er brach ab.

Rachel legte ihre Hand auf seine und schnallte sich mit der anderen ab. »Ich komme mit.« Doch Grayson schüttelte den Kopf und küsste sie sanft. Rachel gab nach. Sie blieb noch einen Moment sitzen und beobachtete durch den Rückspiegel, wie die beiden Männer sich begrüßten, der junge dem alten einen Arm um die Schultern legte und sie mit gebeugten Köpfen beieinanderstanden. Scheißjob. Um nicht untätig herumzusitzen, stieg sie aus und nahm die beiden kleinen Reisetaschen aus dem Kofferraum. Was für ein sonderbarer Wochenendtrip. Es fühlte sich nicht richtig an, zu warten und zu gaffen. Sie ging ins Haus.

»Hey, wo wart ihr?« Helen riss die Wohnungstür auf, als Rachel daran vorbeiging. Sie trug Malerklamotten und hatte einen Farbroller in der Hand. »Los, komm rein. Du musst entscheiden. Mint oder Gelb.«

»Was streicht ihr denn?«, fragte Rachel verwundert.

»Na, unser Schlafzimmer!«, rief Tiger von irgendwo drinnen. »Sag ihr, dass dieses Pissgelb nicht zu meinen Haaren passt. Ich will Flaschengrün oder Schwarz! Sonst zieh ich gleich wieder aus!«

»Schwarz?« Entsetzt riss Rachel die Augen auf und ließ verdattert zu, dass Helen sie am Kragen packte und in die Wohnung zog. »Aber sollte Kathy nicht erst ihre Sachen packen?«

Helen sah sie an, als könne sie nicht bis drei zählen. »Du willst mir jetzt nicht ernsthaft erzählen, dass du das verpennt hast, oder?«

Rachel runzelte die Stirn. Sie hatte ehrlich keinen Schimmer ... und dann dämmerte es schlagartig. Oh nein, Samstag! – Umzugstag! Das war gestern. »Wir wollten doch alle mit anpacken!«, sagte sie zerknirscht.

»*Wir* haben das auch!«, rief Tiger fröhlich aus Kathys Zimmer, das bis in den Flur mit alten Zeitungen und Plastikplanen ausgelegt war.

»Und *du* wirst 'ne verdammt gute Ausrede brauchen, mein Schatz! Ich hoffe, euer Spontanausflug hat sich gelohnt. Kathy ist ziemlich stinkig«, ergänzte Helen mitleidig und hielt ihr zwei Farbstreifen unter die Nase. »Zu deinem

Glück hat Becky dich würdig vertreten. Kann gut zupacken. Also, Mint oder Gelb? Was sagst du?«

»Becky?«, fragte Rachel aufgebracht. »Die war hier?«

»Und hat gut mitgemacht. Respekt.« Helen sah sich suchend um. »Hier irgendwo liegen auch die zehn Pfund für dich. Sie hat drauf bestanden, sie dir dazulassen, dabei war ihre Miete fällig. Ich hab ihr also zwanzig geliehen. Sei nicht so hart zu ihr. Kathy hat sie zur Einweihungsfete übermorgen eingeladen. Ich hoffe, das ist dir recht. Und jetzt sag endlich: Mint oder Gelb!«

Rachel schüttelte verwirrt den Kopf. »Das geht beides gar nicht. Da gebe ich Tiger recht. Aber was war das mit Becky? Wie ...?«

»Siehste!« Tiger streckte gut gelaunt ihren offenbar frisch umgefärbten Haarschopf aus der Tür.

»Pink«, stellte Rachel verdattert fest.

»Ja! Das ist es!«, kreischte Helen begeistert und fiel Tiger stürmisch um den Hals. »Das passt auch fantastisch zu deinen Haaren!«

»Einverstanden«, stimmte Tiger seufzend zu und Rachel zog sich dezent zurück, als die beiden ihre Zungen ineinander verhakten.

Sie verstand nur Bahnhof. Becky kam her, um ihr weitere zehn Pfund zurückzuzahlen, und ging stattdessen mit zwanzig nach Hause. Guter Deal. Und ganz nebenbei schleimte sie sich erfolgreich bei ihren Freundinnen ein. Spitzenmäßig. Ganz genau so hatte sie sich das vorgestellt.

Am nächsten Tag wappnete Rachel sich, Abbitte bei Gary und Ralph zu leisten, weil sie ihre Wochenendschicht so kurzfristig abgesagt hatte. Stattdessen schien Ralph es eher blöd zu finden, dass sie überhaupt wiedergekommen war. Den ganzen Abend über behandelte er sie wie Luft. »Dann hältst du ja doch länger durch, als ich dachte«, erbarmte er sich schließlich zu so etwas wie Small Talk. Rachel sah ihn verständnislos an. »Schade, damit ist meine Glückssträhne wohl schon wieder vorbei. Es war gar nicht so übel, an deiner Stelle das Extrageld fürs Scheibenwischen einzusacken. Aber ich finde es bedenklich, dass die Leute schon anfangen, nach dir zu fragen. Schraub deinen Service lieber etwas runter. Du hängst die Messlatte reichlich hoch, Zuckerpuppe.«

»Ich heiße immer noch Rachel«, korrigierte sie schnippisch und riss ihm den Druckluftschlauch aus der Hand, um einem kleinen Jungen, der draußen schon eine ganze Weile wartete, sein Fahrrad aufzupumpen. »Und wir sind kein Almosenladen«, schimpfte Ralph ihr hinterher. Der Junge wollte ihr fünfzig Pence in die Hand drücken, aber Rachel schloss seine schmutzigen Finger um die Münze und zwinkerte ihm verschwörerisch zu.

Zufrieden sah sie ihm nach, wie er wackelig vom Hof fuhr, wo sein großer Bruder schon auf ihn wartete.

»Rachel, komm und sieh dir das an.« Gary stand unter der Hebebühne, wo er einen uralten Renault R 4 aufgebockt hatte. »Hast du schon mal eine Revolverschaltung von unten gesehen?«, fragte er. Rachel schüttelte den Kopf und kam interessiert näher. »Der Junge macht's dir ganz schön schwer, oder?«, erkundigte Gary sich augenzwinkernd. »Mach dir nichts draus. Er kommt nach seiner Mutter.«

»Tu ich nicht«, erwiderte Rachel und grinste. »Aber er war schon mal lockerer drauf. – Also? Was fehlt dem kleinen Franzosen?« Sie leuchtete mit der Stabtaschenlampe zwischen die Gestänge. »Ziemlich rostig, oder?«

»Jupp«, bestätigte Gary und kratzte zur Bestätigung mit seinem Schraubendreher an der Achse herum. »Dem gefällt unser Klima nicht. Da liegt einiges an Arbeit vor uns, den wieder verkehrstüchtig zu machen.«

Auf dem Nachhauseweg wäre Rachel beinahe in Becky hineingeradelt, die wie aus dem Nichts aufgetaucht war und direkt vor ihr die Fahrbahn überquerte. »Wo kommst du denn jetzt schon wieder her?«, raunzte Rachel unfreundlich.

»Vom Altenheim. Schichtende«, erzählte Becky. »Hast du das Geld gekriegt?« Rachel brummte bestätigend und stieg wieder auf, um ihren Weg fortzusetzen, aber Becky hielt sie ab.

»Du, hör mal: Die anderen haben mich zu ihrer Einweihungsfeier eingeladen. Aber wenn dir das nicht recht ist, dann lass ich mir was einfallen und sag ab. Es tut mir leid, dass ich hier so reingeplatzt bin. Deine Freunde sind echt nett.« Sie sah sie mit ihren großen unschuldigen Beckyaugen an, die im Laternenlicht fast schon unnatürlich glänzten.

»Ja«, sagte Rachel.

Becky zögerte. »Ja, was?«

»Ja, sie sind nett, und ja, es stört mich, wenn du kommst!«

»Oh«, machte Becky und wandte sich zum Gehen. »Okay.«

Rachel verdrehte die Augen und atmete tief durch. »Hey, warte mal.« Sie schob mit dem Fahrrad neben ihr her. »Ich hab's nicht so gemeint.« – »Gelogen!«, krakeelte eine Stimme in ihr. Aber eine zweite skandierte cheerleadermäßig »Zweite Chance, zweite Chance, zweite Chance!« und schwenkte dazu Pompons. Sie hörte sich sagen: »Es ist nicht meine Party und alle Helfer sind eingeladen. Also hast du wohl sogar mehr Recht, dort zu sein, als ich.« Blöde Großherzigkeit, blöde. Die Cheerleaderinnen in ihrem Kopf machten »Yaiiih« und drückten der anderen Stimme die Pompons vors Gesicht.

Becky strahlte so, wie nur Becky strahlen konnte. »Wenn es dir wirklich nichts ausmacht?! Ich freu mich!« Sie wollte Rachel umarmen, aber die wich zurück und nutzte das Fahrrad als Schild.

»Stopp!«, sagte sie eine Spur lauter als notwendig. »Kleine Schritte. Wir sehen uns.« Sie nickte Becky zu und schwang sich auf den Sattel, um ihre Fahrt fortzusetzen. Auf dem Rückweg ärgerte sie sich über sich selbst. Wieso machte sie das? Wieso ließ sie zu, dass Becky einen Fuß in die Tür kriegte? Rachel wusste genau, dass sie sich damit immer weiter ins Zimmer schieben würde. Kleine Schritte, kleine Schritte – was für ein Quatsch! Das war eine Einladung, sich breitzumachen in ihrem Leben – in ihrem Freundeskreis! Aber was, wenn Becky es tatsächlich ehrlich meinte? Sie war von klein auf ihre beste Freundin gewesen. Die, der sie alles sagen konnte. Die immer da war, wenn es sein musste, auch bei strömendem Regen mitten in der Nacht. Die sie nie hängen gelassen hatte, bis – tja bis sie sich in Aufputschmittel und Tranquilizer verliebte.

Rachel donnerte das Rad in den Schuppen und sperrte ab. Sie war also eifersüchtig. Und wennschon! Und dann noch dieser bescheuerte Ralph! Was konnte sie denn dafür, dass der so 'ne kleine Messlatte hatte. Sie musste grinsen. Hübsches Bild. Helen würde sich totlachen. Ahhhh! Trotzdem! Ätzender Tag!

Sie ging schnurstracks an ihre angefangene Acrylarbeit

und quetschte Farbwürmer direkt aus der Tube über alles, was sie bereits begonnen hatte. Sie drückte sie mit dem Spachtel platt und verteilte die Masse schließlich mit den Händen weiter. Chaos im Kopf, Chaos auf der Leinwand. Als die begonnene idyllische Landschaft unter einer dicken Schicht Graubraun und Dunkelblau kaum noch zu erahnen war, ging es Rachel halbwegs besser. Sah gar nicht mal schlecht aus, das Ergebnis. Surreal. Psychedelisch.

Vielleicht hatte Grayson recht. Malen war wirklich ihr Ding. Die Frage war nur, ob man mit den Ergebnissen einer Selbsttherapie seine Brötchen verdienen konnte – und wollte, dass jemand Fremdes sich die eigene Wut übers Wohnzimmersofa hängte ...

In den nächsten Tagen blieb Becky unsichtbar und auch Ralph hielt sich in der Werkstatt zurück – abgesehen von den üblichen Anspielungen und blöden Machosprüchen. Zeit genug für Rachel, sich zu beruhigen, etwas zu verschnaufen, sich um die Uni zu kümmern – und um Grayson, der still um seine Grandma trauerte.

Sie unternahmen Spaziergänge an die See, spielten im Park mit Honey, redeten und schwiegen miteinander. Und studierten. Als sie das nächste Mal gemeinsam in der Galerie vorbeischauten, hatte Grayson sogar schon drei seiner Fotografien verkauft. Auf den Bildern klebten kleine orangefarbene Buttons, und das konnte kein Versehen sein.

»Du warst nicht einmal da!«, freute sich Rachel und hüpfte vor ihm auf und ab. »Du bist ein Star! Darf ich dich noch einfach so küssen oder brauche ich einen Termin? Oh, du – und wo ist überhaupt dein Privatsekretär? Und können wir nicht mit der Limo bei der Fete vorfahren?«

Es war der Abend der Einweihungsfete von Tiger und Kathy und sie hatten in Rachels Lieblingsladen noch kleine Geschenke für die beiden Pärchen besorgt.

»Für den Fuhrpark bist du zuständig«, raunte Grayson ihr ins Ohr und ließ die Tüte mit den Einkäufen auf den Boden sinken.

»Sportwagen oder Stretch? Wollen wir mal was Neues ausprobieren?«, fragte Rachel und knabberte verliebt an seinem Ohrläppchen. Sie standen nur ein paar Meter von der Galerie entfernt, in einer der engen Altstadtgassen. Rachel hatte sich auf eine Stufe gestellt, um auf derselben Höhe mit Grayson zu sein. Laternenlicht fiel ihm ins Gesicht und ließ ihn ziemlich verwegen aussehen. »Sag du's mir«, schmunzelte Grayson und zog sie an den Hosenschlaufen zu sich heran, sodass ihre Hüften sich berührten.

»Hmmmm«, machte Rachel und tat, als müsse sie angestrengt überlegen. »Sechs Gänge, Getriebeschaltung, sportliches Fahrgestell, sehr schicke Optik, perfektes Chassis mit ordentlich PS unter der Haube, hart gefedert, von null auf hundert in wenigen Sekunden – und dann noch dieser Turbo.« Sie hauchte ihm ins Ohr. »Ich würde sagen – absoluter Traum-Sportwagen. Oberstes Preissegment! ... Womöglich Maßanfertigung?«

»Definitiv Maßanfertigung«, raunte Grayson und bedeckte ihren Hals mit Küssen.

»Einzelstück?«

»Garantiert nicht von der Stange.«

Rachel grub ihre klammen Hände in die rückwärtigen Hosentaschen seiner Jeans.

»Ey, habt ihr kein Zuhause!?«, brüllte irgendein vorbeifahrender Autofahrer mit heruntergelassener Scheibe und fuhr hupend weiter. Rachel und Grayson liefen fröhlich zum Schloss zurück, wo die Fete bereits in vollem Gange war.

Schon auf Höhe des Parkplatzes hörten sie aus dem Innern des grauen Kastens die Bässe wummern. Drinnen war die Musik noch um einiges lauter. Josh und Bruce hatten als eingespieltes Team für den perfekten Sound und die ultimative Lightshow gesorgt. Da man sich nicht für eine der beiden einzuweihenden Wohnungen hatte entscheiden können, feierten die Schlossis wie üblich alle gemeinsam in der Eingangshalle. Helen begrüßte die beiden mit einem undefinierbaren Cocktail. »Was ist da drin?«, brüllte Rachel gegen den Lärm an.

»Keine Ahnung«, entgegnete Helen und wies hinüber zu Melissa, die sich hinter der improvisierten Bar zwischen allerlei Flaschen mit einem Shaker, gecrushtem Eis, buntem Zucker, Strohhalmen, Früchten und Schirmchen austobte. »Sieht aber hübsch aus, oder?«

»Und sind da auch irgendwelche nicht alkoholischen Zutaten dabei?«

Helen grinste noch breiter. »Schätzchen, nur weil du die Frage umformulierst, heißt das nicht, dass ich mehr weiß. Aber die Ananas hier ist ziemlich sicher AA-tauglich.« Sie deutete auf den Fruchtspieß, der aufgrund seines üppigen Volumens ein Trinken ohne Strohhalm nahezu unmöglich machte.

»So viel Obst esse ich sonst nicht in einer ganzen Woche«, behauptete Kathy und tanzte ausgelassen singend mit Josh an ihnen vorbei zur Bar, um ihr leeres Glas zu tauschen.

»Vitaminschock«, diagnostizierte Helen, ohne mit der

Wimper zu zucken, und ließ sich von Tiger auf die Tanzfläche ziehen. Rachel und Grayson stellten ihre Getränke ebenfalls auf einem umgedrehten Bierkasten ab und folgten Hand in Hand. Die gute Laune der beiden steckte wie immer an und sie kamen ganz schön ins Schwitzen. Aus dem Augenwinkel nahm Rachel auch wahr, dass Becky am Rand stand. Sie unterhielt sich mit Jodie und trank anscheinend nur Wasser.

Jodie steckte ihr kichernd etwas in die Hosentasche und Becky legte sich bedeutungsvoll einen Finger an den Mund. Was hatten die zwei denn für Geheimnisse? Plötzlich legte Bruce einen langsamen Titel auf. Rachel schmiegte sich eng an Grayson und wiegte sich im Takt. Einige andere fingen an zu murren und verließen die Tanzfläche. Helen flüchtete regelrecht mit Tiger an der Hand zu Becky. Rachel ließ träumerisch ihren Blick schweifen. Helen amüsierte sich mit Becky über irgendetwas, das Tiger anscheinend nicht ganz so komisch fand. Sie konnte auf die Entfernung nur vermuten, dass das eher daran lag, wie vertraut Helen Becky ins Ohr flüsterte, als an dem, was sie sagte. Helen hatte etwas getrunken und war eindeutig in Flirtlaune. Rachel folgte Tigers genervtem Blick. Da sah sie, wie Bruce die sich wehrende Melissa hinter der Bar hervorzerrte und sich über die Schulter warf. Er ließ sie erst wieder herunter, als sie mitten auf der Tanzfläche waren. Melissa wollte gleich wieder flüchten, aber er hielt sie fest und küsste sie, bis sie ihren Widerstand aufgab und ihre Bewegungen dem Rhythmus der Musik anglich. Sie hasste es zu tanzen, aber Bruce hatte offenbar eine durchschlagende Methode gegen ihre Schüchternheit gefunden. »Die Kratzbürste und der Muskelnerd«, grinste

Grayson leise an Rachels Ohr. »Was für ein Paar, wer hätte das gedacht.«

»Trotzdem ist es nicht nett, sie gegen ihren Willen einfach zu entführen«, fand Rachel.

»Sieht aber recht harmonisch aus«, widersprach Grayson schmunzelnd. »Ja, jetzt vielleicht, aber im Prinzip ist das Nötigung.«

»Oh.« Graysons Mundwinkel zuckten amüsiert. »Dann sollte ich dich unbedingt erst fragen, ob ich das hier tun darf?« Er küsste sie zärtlich.

»Natürlich!«, empörte sich Rachel. Sie verließen die Tanzfläche und holten sich zwei neue Drinks. Grayson grinste. »Stell dir vor, ich hätte bei unserer ersten Begegnung keine kleine Grenzüberschreitung gewagt. Ich glaube, es wäre nie etwas aus uns geworden.«

»Das stimmt doch überhaupt ...« Sie brach ab. »Du veräppelst mich schon wieder.« Grayson verbiss sich ein Lachen, indem er schnell einen Schluck aus seinem Becher nahm. Sie sah es genau. »Mistkerl!« Sie knuffte ihn und er rieb seinen Arm.

»He, Gewalt gegen Männer ist auch keine Lösung.« Seine Miene verdunkelte sich wieder. Nachdenklich rührte er an seinem Cocktailspieß.

»Was ist?«

»Heute ist ein Schreiben vom Anwalt gekommen. Die Testamentseröffnung ist gleich im Anschluss an die Beisetzung. Dad hat es so festgelegt, damit er die ganze Mischpoke nicht zweimal sehen muss.«

»Reizend«, sagte Rachel.

»Ja, so ist er«, bestätigte Grayson bitter und drückte sich enger an Rachel, weil Becky sich lächelnd mit drei Drinks in den Händen an ihnen vorbeischob. Rachel nickte kurz und sah ihr nachdenklich hinterher. Becky blieb bei Helen und Tiger stehen. Sie lachten und prosteten sich zu. Die drei schienen sich hervorragend zu verstehen. Eigentlich war es ja schön, wie schnell Becky Anschluss fand. »Macht es dir was aus, wenn wir Humphrey mitnehmen?«, fragte Grayson gerade.

»Nein, natürlich nicht«, erwiderte Rachel. »War er eigentlich sehr eng mit deiner Grandma befreundet?«

Er nickte. »Sie hat ihm garantiert genug vermacht, dass er sorgenfrei leben kann.«

Rachel lachte, befeuchtete provozierend ihre Lippen und rückte ihren BH zurecht. »Dann muss ich mich also an den Gärtner ranmachen, wenn ich reich heiraten will!«

»Untersteh dich!« Grayson drückte der verdutzten Becky, die praktischerweise wieder ganz in der Nähe stand und mitwippend Tiger und Helen beim Tanzen zusah, ihre Gläser in die Hand. Er zog Rachel zwischen die dicht gedrängte Meute, allerdings nur, um unauffällig mit ihr den Raum zu durchqueren. Sichtgeschützt durch die große Yuccapalme, begann er, sie in der Mauernische der Kellertreppe zu küssen. Seine Hände glitten unter ihr Shirt und wanderten in Zeitlupe von der Taille aufwärts, am Saum ihres BHs entlang. »Das hier würdest du doch sicher vermissen, oder?«, erkundigte er sich wispernd und tastete sich noch langsamer hinauf. Rachel machte ein gespielt unentschlossenes Geräusch und spähte verstohlen an ihm vorbei in Richtung der Partygäste. Er schmeckte nach Ananas und Kokos und niemand sah zu ihnen herüber. Sie zog ihn küssend am Hosenbund weiter in die Nische hinein, eine Treppenstufe abwärts und schloss die Augen. »Und das hier?«, flüsterte er, ohne die Lippen ganz von ihren zu lösen. Mit einer Hand öffnete er den Verschluss ihres BHs. Rachel lugte misstrauisch an ihm vorbei. Nur um ganz sicherzugehen. Sie waren im toten Winkel, aber ...

»Grayson, was ist, wenn jemand ...?«

»Schhh«, machte er leise und schob ihr Shirt hoch. Rachel lehnte mit dem Rücken an der kalten Mauer. Sie bekam eine wohlige Gänsehaut. Seine Hände waren warm und trocken, packten in einem Moment zu und streiften dann wieder ganz sacht und kurz die zarten Erhebungen ihrer Brüste. Mit Lippen und Zähnen knabberte er vorsichtig über ihre Kehle, glitt ihr Dekolleté herab, nahm eine kleine, fest gewordene Spitze in den Mund. Kreisend umfuhr er sie mit der Zunge. Dann begann er vorsichtig zu saugen. Rachel unterdrückte ein Stöhnen. Seine Hände, sein Mund schienen überall zu sein. Sie zog seinen Kopf hoch und küsste ihn gierig. »Sollten wir nicht ...?« Weiter kam sie nicht, denn er verschlang ihren Einwand, küsste ihn fort und er schmeckte so süß, so gut, so unwiderstehlich nach Grayson. Der Stoff seiner Jeans schabte über ihre, als er sich zwischen ihre Beine drängte. Ihre Hand glitt wie ferngesteuert dorthin, magisch angezogen, und der verheißungsvolle Widerstand unter ihren Fingern ließ sie erneut aufstöhnen. Er legte sich ihre Arme um den Nacken und knabberte an ihrer Lippe, näherte sich küssend ihrer Schläfe. »Soll ich aufhören?«, fragte er leise und fuhr mit seiner Zunge die Konturen ihres Ohres nach. Dabei öffnete er in aller Ruhe ihren Hosenknopf und zog den Reißverschluss herunter. Reflexartig legte Rachel ihre Hand auf seinen Arm, wollte ihn zurückhalten. Sein Herz schlug pochend gegen ihre Brust, die Bässe wummerten um sie herum und zwischen Rachels Beinen pochte es mit. Sie konnten jederzeit entdeckt werden. Wie unglaublich – reizvoll ..., wenn sie ehrlich war. Aber es brauchte nur jemand mehr Wein holen zu wollen und sie würde im Boden versinken. Mit hochgeschobenem Shirt, seine Hand in ihrer Hose. Und diese Hand hielt nicht still. Sie spürte die Muskeln seines Unterarms unter ihren Fingern, als er sich bewegte, vorsichtig unter den Stoff ihres Höschens glitt. Vor allem spürte sie seine Finger. In ihrem Slip. Suchend, tastend, findend. Wo alles immer stärker prickelte. Sie gab ihren Widerstand auf, verminderte den Druck ihrer Hand. Aus *warte* wurde *weiter, mehr, schneller.* Hitze. Ihr war schwindelig. Seine Hand wusste ganz genau, was sie tat, sie kannte sich aus. Keuchend suchte Rachel Halt. Er legte ihren Oberschenkel auf seinen, knetete ihren Po, streichelte ihre Haut. Küsste. Verlangend, begehrend, erregt. Sie atmete schneller, grub sich in seine Haare, krallte sich in seinen Arm. »Lass uns nach oben gehen.« Sie öffnete halb die Augen, spähte – niemand in Sicht –, wimmerte auf, als er nicht nachließ, kreiste, foppte, süße Qual, fast unerträglich.

»Lass dich gehen.« Heiser. Rau. Sie küsste ihn und lehnte sich ein wenig zurück.

»Nicht aufhören«, bat sie und biss sich in die eigene Hand, um nicht laut loszustöhnen, als er das Zentrum ihrer Lust berührte. Darum herum tanzte mit seinen Zauberfingern. Hinein und heraus, wo es immer heftiger pulste und pochte und zuckte. Bis alles um sie herum verschwamm und sie sich einen goldenen Moment lang in seinen Armen auflöste. Sie küsste ihn leidenschaftlich, lange und ihr Körper hörte nicht auf, wie wild zu beben. Ihre Beine zitterten.

Dann war ihr alles egal. Sie stieß ihn fast. Noch eine Stufe tiefer, zwei. Wo man kaum noch die Hand vor Augen sah. Sie nutzte seine Verblüffung, griff nach den Knöpfen seiner Jeans, schob ihm die Hose über die Hüften, befreite das Ziel ihres Begehrens und beugte sich nach vorn.

Sein erlöster Aufschrei ging im Chorus der Eurythmics unter. Und dann Luft holen, ausatmen. Atmen. Herzschlag beruhigen.

11

Die Atempause stellte sich nur allzu bald als die sprichwörtliche Ruhe vor dem Sturm heraus.

Graysons Geburtstag stand in zwei Wochen an und Rachel hatte keine Ahnung, was sie ihm schenken sollte. Und in zwei Tagen war die Trauerfeier für seine Großmutter angesetzt. Immerhin nicht in Aberdeen, sondern in St. Agnes. Grayson hatte Rachel gebeten, ihn zu begleiten. Ihr war ganz schön mulmig deswegen, aber sie konnte gut verstehen, dass er nicht alleine hingehen wollte. Gleichzeitig wurde kurz vor Semesterschluss auch an der Uni noch mal das Tempo angezogen. Sie musste ein paar angefangene Arbeiten fertig machen, sich für eine Richtung entscheiden, wie versprochen ihre Stunden bei Gary ableisten und mit der Band proben. Schließlich wollten sie ein paar gute Stücke im Repertoire haben, wenn Kathy und Josh ihren Plan umsetzten und die Band tatsächlich für ihre Hochzeit einplanten – wann auch immer die letztlich stattfinden würde. Bei den beiden wusste man nie.

Rachel hatte nicht vor, irgendetwas zu kurz kommen zu lassen. Sie musste nur einfach geschickt organisieren und etwas weniger schlafen, dann würde das schon hinhauen, redete sie sich ein. Und es durfte nichts Unvorhergesehenes mehr passieren.

Vielleicht hätte sie genau daran gar nicht denken sollen, aber was hätte es schon geändert ...

»Oh, da kommt ja wieder unser Fräulein Neunmalklug«,

begrüßte Ralph Rachel, als sie ihr Fahrrad auf den Garagenhof schob und abschloss.

»Hab ich was verpasst?«, fragte sie und winkte Gary zu, der mit einem Kunden irgendwelche Papiere durchging.

»Jedes Mal, wenn ich alleine dusche«, erwiderte er und ließ grinsend seine Grübchen sehen.

»Bitte keine Bilder!« Rachel hielt sich die Augen zu und ging, um sich umzuziehen.

Als sie im Blaumann wieder herauskam, war Ralph mit dem halben Oberkörper im Motorraum eines alten Triumphs verschwunden. Er hatte die Rostlaube in irgendeinem Hinterhof gefunden und seinem Vater so lange davon vorgeschwärmt, bis der sie zum Schrottwert abgekauft und vor einer Woche aufgeladen und hierher gebracht hatte. Nun hatten Vater und Sohn eine Wette laufen. Wenn Ralph den Wagen wieder flott bekam, sollte er ihm gehören. Rachel half ihm, die Karosserie zu schweißen. Es war ein roter Spitfire, ein Zweisitzercabrio, Baujahr 1971. Gary meinte, es sei das perfekte Übungsobjekt, weil Rachel hier nichts mehr kaputt machen könne. Sie hatten sich beide königlich über Ralphs empörte Miene amüsiert und es war dabei geblieben. Inzwischen war sie schon ein gutes Stück weitergekommen. Im Prinzip konnte sie heute mit dem Spachteln beginnen und dann sollte der Wagen grundiert werden, damit er zumindest optisch wieder aussah wie ein Auto ... Fahrtüchtig war er damit noch lange nicht – obwohl Ralph wirklich jede freie Minute daran herumschraubte.

Rachel blieb stehen und studierte die Proportionen von Altmetallkiste und Mensch. Ein schöner Anblick!

Ohne die dummen Sprüche und das alberne Grinsen war

Ralphs Aussehen sogar ziemlich knackig. Rachel feixte. Einen Moment lang war sie versucht, ihm auf den Hintern zu hauen, aber das hätte natürlich neue endlose Sprüche nach sich gezogen. Also widerstand sie dem Impuls und fragte lediglich: »Na, hast du das Problem inzwischen gefunden?«

Ralph schrak hoch und stieß sich scheppernd den Kopf an der frisch ausgebeulten Kühlerhaube. »Was schleichst du dich eigentlich immer so an? Ich konzentrier mich!«

»Oh, 'tschuldigung. Ich wollte dich nicht erschrecken.« Sie biss sich auf die Lippe, es tat ihr ehrlich leid. Ralph fluchte in sich hinein, rieb sich den Schädel und gleich darauf mit dem Ärmel den Schweiß von der Stirn. Er verschränkte die Arme vor seiner Brust. »Sag du mir, was ihm fehlt, vielleicht lass ich dich dann mal fahren, wenn er fertig ist.«

»In hundert Jahren?«, ulkte Rachel. »Dann hab ich meinen Führerschein längst freiwillig abgegeben. Das ganze Ding ist eine einzige Baustelle!«

»Er hat einen neuen Motorblock gekriegt, Zündkerzen, Benzinpumpe und natürlich eine frische Batterie. Es kann nur noch 'ne Kleinigkeit sein, warum er nicht anspringt.«

Rachel schüttelte den Kopf. »Ich bleib dabei. Den kriegst du nie flott!« Sie ließ ihren Blick über den Motorraum gleiten.

»Du vielleicht nicht, ich schon«, behauptete Ralph selbstgefällig. »Weil ich ein Mann bin. Und ein richtiger Mechaniker.« Rachel schnappte nach Luft. Das war ja wohl die Höhe!

»Na, das wollen wir ja mal sehen. Die Wette gilt. Wenn ich den Fehler finde, darf ich 'ne Spritztour machen.«

»Und wenn nicht, krieg ich 'ne kleine Spritztour *bei dir?«* Er ließ seine Zungenspitze anzüglich durch die weißen Zähne blitzen.

Rachel verzog das Gesicht. Vor vier Wochen noch wäre sie vor Scham im Boden versunken und hätte irgendetwas gemurmelt. Aber heute kam er ihr grade recht mit seinem blöden Spruch. »Du bist eine alte Sau, Ralph. Vergiss es einfach oder rechne damit, dass mir das Schweißgerät aus Versehen mal ausrutscht und deine Kronjuwelen abflammt.« Sie schluckte, weil ihr das so, ohne nachzudenken, herausgerutscht war. Aber es schien Ralph zu beeindrucken. Im Hintergrund brach Gary in schallendes Gelächter aus. »Gut so, Rachel!«, jubelte er. »Zeig's ihm!« Nun schoss ihr doch noch das Blut ins Gesicht, weil Gary – wer weiß wie lange schon – alles mit angehört hatte.

»Na gut, ein Bier bei *Pete's* tut's auch.« Ralph kratzte sich verlegen am Kopf und hielt ihr die Hand hin. Rachel schlug ein. Hauptsache, er merkte nicht, dass ihr Lachen nervös klang und ein bisschen zu laut war. Hatte sie das mit den abgeflammten Kronjuwelen eben wirklich gesagt? Du lieber Himmel ... Helen würde vor Lachen einen Erstickungsanfall kriegen!

Als sie nach Schichtende auf ihr Rad stieg, hatte Ralph schon wieder Oberwasser. »Träum von mir heut Nacht, Rachel! Und stell dich schon mal auf 'ne ganz ausgiebige Spritztour ein. Oh, und wenn du auf glatt rasierte Kronjuwelen stehst, ich hab den Wink verstanden. Du kannst dich gleich morgen davon überzeugen!«

»Im Leben nicht, Ralph«, brüllte Rachel ihm gut gelaunt hinterher, als er das Rolltor hinter sich zuzog.

Sie wollte gerade losfahren, als Grayson sich aus dem

Schatten löste. »Oh, wolltest du mich abholen?«, freute sie sich.

»Was ist denn das für ein Arschloch?«, fragte Grayson mit versteinerter Miene und ging einfach an ihr vorbei. Er schien drauf und dran, die Werkstatt stürmen zu wollen. »Ist das etwa Gary?«

Rachel schmunzelte. »Nein, Grayson, das ist nur R... Grayson! Bleib stehen!« Sie ließ ihr Rad fallen und rannte ihm nach. Er hatte etwas Terminatorartiges im Blick, fehlte nur noch der rote Laserstrahl. Sie musste sich ihm regelrecht in den Weg stellen, um ihn davon abzuhalten, Sturm zu klingeln. »Grayson!«, zischte sie und bekam endlich seine Aufmerksamkeit. Mühsam zerrte sie ihn weg. »Du machst dich lächerlich. Und vor allem: Du machst mich lächerlich! Ich kann mich selber wehren und brauche keinen Mann, der mich beschützt. Es ist alles in Ordnung, okay? Lass uns gehen. Ralph macht ständig blöde Sprüche. Aber im Grunde ist er in Ordnung.«

»Das geht ständig so?« Grayson hatte immer noch die Fäuste geballt. »Will er dir an die Wäsche?«

»Bist du eifersüchtig?« Rachel zog überrascht die Augenbrauen hoch. »Du bist eifersüchtig, oder?«

»Seit wann findest du solche Typen in Ordnung? Dem werde ich so was von die Meinung sagen. Der quatscht dich nie wieder von der Seite an.« Grayson schnaubte wie ein Stier und Rachel hatte Mühe, ernst zu bleiben. Immerhin hatte sie ihn wieder dorthin zurückmanövriert, wo ihr Fahrrad lag.

»Hör mal, ich hab wirklich alles im Griff, okay? Misch dich da bitte nicht ein. Ich hab ihm gedroht, seine Kronjuwelen mit dem Schweißbrenner zu bearbeiten. Das hat ziemlich gut gewirkt.«

»Du hast was?«, sagte Grayson und sah sie an, als glaube er ihr kein Wort. Rachel gab es auf. »Seit wann lauerst du mir eigentlich im Dunkeln auf?« Doch sie bereute ihre Bemerkung gleich wieder, denn Grayson war offenbar gerade in der Stimmung, alles in den falschen Hals kriegen zu wollen.

»Oh, bin ich da womöglich in was reingestolpert? Hab ich euer Balzritual gestört?« Er sah abwechselnd von ihr zu der nur noch von einem Bewegungsmelder erhellten Werkstatt.

»Grayson, jetzt werd nicht auch noch zynisch! Es reicht!« Sie nahm ihm das Fahrrad aus der Hand, das er für sie aufgehoben hatte, und marschierte los.

»Mir auch.« Wortlos gingen sie nebeneinanderher.

»Große, ich ...«, begann er, als sie den Torbogen zum Schloss passierten. »Ja, genau, ich bin schon groß!«, schimpfte Rachel und schob ihr Rad die Auffahrt hinauf. »Ich kann ganz allein mit ungehobelten Kerlen fertig werden. Hunde, die bellen, beißen nicht. Und Ralph hat vielleicht ein loses Mundwerk, aber er ist ein guter Lehrer. Oder hast du Angst, dass ich seinen Hintern knackiger finde als deinen?«

»Sein Hintern interessiert mich keinen Penny«, schimpfte Grayson. »Darum geht's doch überhaupt nicht.«

»Doch, genau darum geht's!«, widersprach Rachel. »Niemand hier traut mir anscheinend irgendwas zu. Und jetzt entschuldige mich bitte, ich muss im Internet was über Triumphmotoren und Anlasser recherchieren.« Sie stellte ihr Rad in den Schuppen, knallte die Tür zu und stiefelte ins Haus. Auf halber Treppe begrüßte sie Kathy: »Hey! Musst du nicht zur Bandprobe?« Rachel starrte sie eine Schrecksekunde lang entgeistert an und sah auf ihre Uhr.

»Oh nein! *Fuck!«* Sie kehrte auf der Treppe um und stürmte an Grayson vorbei wieder nach unten.

»Was hat sie denn?«, hörte sie Kathy fragen, aber als Grayson antwortete, war sie schon draußen.

Die nächste Hiobsbotschaft saß in Form von Becky auf einem Verstärker im Kellerstudio des Elektroladens und probierte die zweite Stimme zu Aviciis *Addicted to you.*

»Hi, Rachel! Wir haben dich schon vermisst!«, rief Melissa und jonglierte mit ihren Sticks.

»Scheinbar nicht sehr lange«, brummte Rachel und warf ihren Rucksack in die Ecke.

»Also, wo waren wir?«

»Becky hatte die Idee, ob wir nicht für die Hochzeit von Kathy und Josh auch Leonard Cohens *Hallelujah* einstudieren wollen.

»Zu abgedroschen«, urteilte Rachel und widmete Becky einen Seitenblick. Die lächelte und machte eine beschwichtigende Geste. »Keine Panik, Rachel. Ich werde dann garantiert nicht mehr da sein.«

»Du weißt doch genauso wenig wie wir, wann die Hochzeit ist«, sagte Rachel mürrischer, als sie eigentlich wollte. Vielleicht war *Hallelujah* doch keine so schlechte Idee. Abgenudelt – aber ein Klassiker. Und genau die richtige Portion Kitsch für so ein Fest.

»Das nicht, aber mein Sozialdienst endet in sechs Wochen. Dann hast du's geschafft und bist mich los«, antwortete Becky und riss sie aus ihren Überlegungen.

»Aha«, sagte Rachel.

Aber ihr Kommentar ging im allgemeinen Geheule unter. »Oh, das ist aber schade.« »Echt jetzt?«, und: »Ach, bleib doch, was willst du denn danach machen?«

»Weiß noch nicht. Mir einen Job suchen, schätze ich. Bisschen rumfahren.« Becky zuckte mit den Achseln.

Sie hatte keine drei Wochen gebraucht, um mittendrin zu sein. Immer wieder schaffte Becky es, dass alle sie mochten. War sie etwa eifersüchtig? Rachel spürte Beckys unsicheren Blick auf sich ruhen. »Die Mädels wollten mir morgen ein bisschen Kultur beibringen und Pendennis Castle zeigen. Henry VIII. und so. Magst du vielleicht mitkommen? Wir könnten danach noch alle zusammen in den Pub gehen?«

Rachel versuchte, sich einen Ruck zu geben. »Das ist total lieb von dir. Ein andermal gern. Wirklich. Ich muss zu einer Trauerfeier.« Sie zwang sich zu einem Lächeln, das Becky fast schon glücklich erwiderte.

»Okay, das muss ich wohl gelten lassen.« Rachel fühlte sich an einen geprügelten Hund erinnert. Becky legte ihr vorsichtig die Hand auf den Arm. »Jemand, den du gut kanntest? Kann ich was für dich tun?« Rachel schüttelte den Kopf. Sie spürte, wie das Eis um ihr Herz immer schneller taute und erwischte sich bei dem Wunsch, Becky zu umarmen. Sich wie früher in die Arme ihrer Freundin zu flüchten. Aber sie wusste noch nicht, ob das nun gut oder schlecht war. Die Becky von damals hätte ihr das todsicher beantworten können. Nur die Becky von heute wollte sie um keinen Preis fragen.

Rachel fiel derart müde ins Bett, dass sie sogar das Zähneputzen ausfallen ließ und erst am nächsten Morgen feststellte, dass sie vergessen hatte, sich die Socken auszuziehen. Als sie aufwachte, fühlte sie sich wie gerädert. Alle Knochen taten ihr weh, ihre Füße dampften und irgendetwas hämmerte in ihrem Kopf. Es dauerte eine ganze Weile, bis sie begriff, dass das Hämmern aus Richtung der Tür kam. »Jetzt nicht, Grayson«, brabbelte sie schlaftrunken und starrte auf ihren Wecker. Es hämmerte weiter. Die Zahlen auf der Uhr wollten keinen rechten Sinn ergeben. Da stand etwas von zwanzig vor neun und es war auch schon hell. Wie gut, dass Wochenende war. Moment mal. Es war gar kein Wochenende! Rachel hechtete aus dem Bett. Sie musste in die Uni! Sie hatte verschlafen. Und das Hämmern ging ihr allmählich echt auf den Keks. »Ich kann jetzt nicht, ich hab verschlafen!« In Unterwäsche riss sie die Wohnungstür auf und Helen stürmte in alter Gewohnheit an ihr vorbei an den Küchentisch. »Ich hab heute meine Therapiestunde. Und was hast du für eine Ausrede, deinen zarten Alabasterkörper nicht rechtzeitig nach Penryn zu bewegen? Stundenlangen hemmungslosen Sex mit dem bösen Wolf, Rotkäppchen?«

»Wie hast du mitgekriegt, dass ich noch hier bin?«, fragte Rachel und steckte sich die Zahnbürste in den Mund, um beide Hände für einen frischen Schlüpfer frei zu haben.

»Ich hab Honey im Flur miauen hören und bin fast in Grayson hineingeprallt, als ich nachsehen wollte. Der hatte es ziemlich eilig und er war nicht, wie sonst jeden Morgen, in deiner Gesellschaft.« Sie musterte Rachel belustigt und folgte ihr ins Bad. Rachel spülte sich gurgelnd den Mund aus. Dann fiel ihr Blick auf Paula, die traurig die Blätter hängen ließ. Mitleidig leerte sie ihren Zahnputzbecher in die knochentrockene Erde ihrer Lieblingspalme und goss gleich noch zwei weitere Ladungen hinterher. Das war noch nie vorgekommen, dass sie Paula vernachlässigt hatte. Und verschlief. Vielleicht sollte sie doch mit irgendwas kürzertreten. Na ja, eine Sache gab es da ja aktuell. »Der Mann, ohne den man dich kaum noch antrifft, wirkte irgendwie ... unbefriedigt ... Hängt da etwa der Haussegen schief bei unseren Vorzeigeturteltäubchen?«, nahm Helen mit unergründlichem Gespür und auch irgendwie penetrant den Faden wieder auf. Während Rachel sich abfällig grunzend in ihre Stretchjeans arbeitete, stellte Helen den Wasserkocher an und versenkte Teebeutel in zwei Tassen.

»Ich hab keine Zeit«, ächzte Rachel und zog sich ihren cremefarbenen Rollkragenpulli über den Kopf.

»Deo!«, erinnerte Helen sie freundlich, hielt es ihr hin und zog gleich darauf einen Schmollmund. »Nie ergehst du dich in intimen Details. Immer bin ich auf vage Umschreibungen und Deutungen deiner Mimik angewiesen.«

Rachel sah seufzend auf die Uhr. »Na gut, eine halbe Tasse.«

»Du hast sogar Zeit für eine ganze«, behauptete Helen. »Jodie hat mir vorhin eine empörte Nachricht gesimst, dass du nicht im Bus warst und woher du schon wieder wusstest, dass Mrs Miller heute später kommt, und warum du ihr nicht Bescheid gesagt hast.« Sie sah Rachel herausfordernd an. »Also Grayson sauer, Jodie sauer ... besser du tust dein Bestes, damit Tante Helen nicht auch noch sauer wird.«

»Sitzt du da nicht selber sozusagen ein klein wenig im Glashaus?«

Helen zog fragend die Augenbraue hoch. »Wieso?«

»Na, auf der Party hast du dich ganz schön an Becky rangeschmissen, oder nicht?«

»Ach das.« Sie machte eine wegwerfende Handbewegung. »Tiger weiß doch, dass sie die Frau meines Lebens ist. Es macht einfach ab und zu Spaß, euch Heten ein wenig aus der Fassung zu bringen. Im Ernst. Becky ist supernett – rein platonisch. Das finden wir beide. – Wo soll ich den Teebeutel ablegen?«

»Spüle«, antwortete Rachel und suchte auf einem Bein hüpfend nach einem zweiten Strumpf. »Wann muss ich in der Uni sein?«

»Um zehn. Passt perfekt mit meinem Therapeutendate. Also? Was ist mit dir los?«

»Ach, ich hab einfach ein bisschen viel um die Ohren im Moment.« Sie sah auf die Uhr. »Wieso hast du das mit Mrs Miller nicht gleich gesagt? Dann hätte ich ja doch noch duschen können! ... Entschuldige, anscheinend bin ich leicht reizbar.«

Helen zog die Augenbrauen hoch. »Na ja, wenn ich mir ansehe, wie du Becky behandelst, könnte ich dir glatt zustimmen. Und was hat das mit deinem Süßen zu tun?«

»Er lässt im Moment einfach megamäßig den Aufpasser raushängen. Will mich vor allem und jedem beschützen und fährt die Krallen aus, sobald mir jemand blöd kommt.«

»Nein, ehrlich? Aber das ist ja total süß! *Old fashioned*, irgendwie. Wer ist denn der Jemand? Etwa dieser gut aussehende Machomechaniker?« Rachel funkelte Helen böse an. »Upps, falsche Frage? Okay, warte ... wie wär's damit: Nur ein zahmer Wolf ist ein guter Wolf!« Sie sah Rachel mit schief gelegtem Kopf von unten herauf an und klimperte mit den Wimpern. Rachel musste lachen. »Besser«, gab sie zu und schüttelte gleich darauf den Kopf. »Ich glaube, ich muss wirklich mehr schlafen. Aber diese Chauvi-Art nervt.«

»Probier's mit Sexentzug«, sagte Helen trocken, nahm ei

nen großen Schluck Tee und verzog angewidert den Mund. »Uhh, Pfefferminz? Hast du nichts anderes?«

Rachel vermied den ganzen Tag über Orte und Zeiten, wo sie Grayson potentiell in die Arme laufen konnte. Zwischen Werkstatt und Band schmierte sie sich schnell ein Käsebrot, und als sie danach nach Hause kam, wäre sie fast über ihn gestolpert. »Ich hab grade ein Déjà-vu«, hörte sie ihn irgendwo auf Kniehöhe murmeln, noch bevor sie ihn im Dämmerlicht des Treppenhauses auf ihrer Fußmatte sitzen sah – in der Hand eine Orchideenblüte. Wieso nahmen ihr eigentlich in letzter Zeit alle die Gedanken aus dem Mund, bevor sie sie aussprechen konnte?

»Bist du noch böse?«

»Ziemlich«, gab Rachel freimütig zu und hockte sich zu ihm. »Aber es tut mir auch leid.«

»Das war unser erster richtiger Streit, oder?«

»Hmmh«, machte sie, weil sie sich auf einmal gar nicht so sicher war, ob das tatsächlich stimmte.

»Und bleiben wir hier sitzen oder wollen wir reingehen?«

Da! Er hatte es schon wieder getan. »Grayson, das ist meine Wohnung! Ich bestimme! Wir sind noch nicht offiziell versöhnt.« Und du hast dich noch nicht mal wirklich entschuldigt, fügte sie im Stillen hinzu. Aber darauf musste er selber kommen, dass eine Blume und Stolperfalle spielen nicht ausreichte.

»Ja, natürlich.« Er sah sie verwundert an. »Ich hab doch nur ...«

»Nein, du scheinst es immer noch nicht zu verstehen.« Sie stand auf.

»Ich wollte dich auch bloß fragen, ob es dabei bleibt,

dass du morgen mitkommst.« Jetzt tat er ihr schon wieder leid, wie er mit hängenden Schultern und der wunderschönen Blume dastand. Sie nahm ihm die Orchidee ab, stellte sich auf Zehenspitzen und drückte ihm einen Kuss auf die Wange.

»Natürlich, Dummerle. Ich lass dich doch nicht im Stich, nur weil wir grade streiten.«

»Dann geh ich also nach oben? Es ist spät.« Er sah sie hilflos an.

Rachel nickte. Es war schwer, standhaft zu bleiben. Aber diesmal wollte sie es ihm nicht wieder so leicht machen: ein bisschen Sex und alles wieder gut. »Wann fahren wir morgen früh?«

»Ich hol dich um sieben ab, okay?«

»Einverstanden.«

Mit einem drückenden Gefühl in der Magengegend verriegelte sie die Tür hinter sich. Kein Sex war aber auch keine Lösung. Sie überlegte, ob sie nicht die Schranktür offen lassen sollte. Nur für den Fall, dass Grayson sich in der Nacht ganz spontan durch den Geheimgang zu ihr herunterschleichen wollte. Vielleicht konnte er nicht schlafen, oder so ... oder ihm fiel noch was ganz Wichtiges ein ... dass sie gar keinen Gutenachtkuss bekommen hatte zum Beispiel. »Nein!«, schalt sie sich selbst und versperrte nachdrücklich auch diese Möglichkeit der Inkonsequenz.

Am nächsten Morgen klopfte Grayson ganz pünktlich und artig an die Wohnungstür. »Gut geschlafen?«, erkundigte er sich. Er wirkte immer noch verwirrt und wusste ganz offensichtlich nicht recht, wie er sich verhalten sollte.

Rachel war noch zu müde, ihm die Grundsätze der Emanzipation und Selbstbestimmung von Frauen im Allgemeinen und sehr Speziellen darzulegen. »Magst du noch einen Kaffee, bevor wir starten, oder holen wir uns unterwegs was?«

»Wenn es dir recht ist, würde ich lieber gleich fahren. Keine Ahnung, wie der Verkehr ist.« Er sah sie an wie ein ängstlicher Dompteur, der nicht weiß, ob sein Tiger schon gefrühstückt hat. Rachels Magen knurrte. Wie passend! Sie grinste. »Gut, dann lass uns los. Ich brauche Futter.«

Bewaffnet mit zwei Coffee-to-go, einem Tee und einem halben Dutzend Muffins sammelten sie Humphrey ein, der mit seiner Frau in einem kleinen Häuschen im hinteren Teil des Schlossparks lebte. Obwohl es quasi dasselbe Grundstück war, hatte Rachel sich noch nie hierher verirrt. Die Stirnseite des Hauses war mit Wein und wilden Rosen bewachsen und der kleine Kiesweg noch ordentlicher geharkt als der Vorplatz des Schlosses – falls das überhaupt möglich war. Überall standen Tonkrüge mit Blumen und Grünpflanzen in allen Größen herum. Es war nicht schwer zu raten, dass hier jemand mit einem grünen Daumen lebte.

Humphrey kam gleich heraus, als er den Wagen hörte. Rachel hatte ihn noch nie im Anzug gesehen, geschweige denn in Schwarz. Er trug eine weiße Nelke im Knopfloch und Rachel biss sich auf die Innenseite ihrer Wange. Das brachte sie auf eine Idee. »Wartet!«, bat sie und rannte, so schnell es ihre guten Pumps zuließen, hügelaufwärts in den Park, während Humphrey umständlich vorne einstieg. Sie wollte zum Rosenstrauch, den, wie sie inzwischen ja wusste, Lady Geneva gepflanzt hatte. Mit klopfendem Herzen suchte sie den ganzen Busch ab und gut versteckt, ganz hinten, fand sie tatsächlich eine letzte Knospe. »Danke«, flüsterte sie entschuldigend und brach sie vorsichtig vom Zweig. »Jetzt können wir«, verkündete sie dann ganz außer Atem und quetschte sich hinter Grayson auf den Notsitz des silbernen MGB. Himmel, war das eng. Sie war heilfroh, dass die Trauerfeier nicht in Schottland stattfand, sondern nur eine gute Autostunde entfernt.

Die kleine Kirche war proppenvoll, es passten aber auch höchstens zwanzig Trauergäste hinein. Immerhin, Lady Geneva schien sehr beliebt gewesen zu sein und man erinnerte sich in dem kleinen Dorf offenbar gerne an sie. Vielleicht war es aber auf dem Land auch einfach nur üblich, dass alle kamen, wenn die Glocken läuteten. Rachel hatte keine Ahnung, wie das hier Brauch war. Der Pastor lobte die mildtätige Ader von Graysons Großmutter und sprach von einem langen, erfüllten Leben. Rachel musste natürlich mit fast allen anderen Rotz und Wasser heulen und war froh, dass sie morgens an die wasserfeste Wimperntusche gedacht hatte. Um nicht komplett in Tränen zu zerfließen, ließ sie unauffällig ihren Blick schweifen. Sie saß etwas weiter hinten zusammen mit Humphrey, der sichtlich tief bewegt war, aber wesentlich tapferer und erfolgreicher gegen die Tränen kämpfte. Grayson und die engeren Verwandten hatten in den ersten beiden Reihen Platz genommen und Rachel kam sich ein bisschen verloren vor. Irgendwie hatte sie das Gefühl, dass unzählige Augen sie verstohlen musterten. Aber immer wenn sie an ihrem Gesangbuch vorbeischielte oder vorgab, sich ein Katzenhaar vom dunklen Rock zu pflücken, waren alle anderen mit Naseputzen oder Schniefen beschäftigt.

Irgendwann war das letzte Amen gesprochen und die Verwandten und Bekannten von Geneva Wolf verließen zu Orgelmusik die kleine Kapelle. Rachel hakte sich einem Impuls folgend bei Humphrey ein. Der alte Mann schien dankbar dafür zu sein. Sie salutierten und verneigten sich gemeinsam vor Großmutter Wolfs Foto und Rachel legte ihre Rose ab. Draußen nahmen Grayson und seine Familie Beileidsbekundungen entgegen. Dann fuhr man im Konvoi zu Lady Genevas Lieblingspub, wo der Nebenraum für einen kleinen Imbiss reserviert war. Endlich konnte Rachel Grayson wieder in den Arm nehmen. Zoff hin oder her. Das ganze Geheule war schon für sie schwer zu ertragen, wie musste es ihm da erst gehen?

Graysons Vater ließ der kleinen Gemeinde nicht sehr lange Zeit, sentimental zu sein. Er brachte es tatsächlich fertig, die letzten verbliebenen Gäste seiner verstorbenen Schwiegermutter mit der Aussicht auf eine Lokalrunde im Schankraum nebenan quasi vor die Tür zu setzen. Und ruck, zuck fand Rachel sich mitten in ihrer ersten Testamentseröffnung wieder. »Was macht der hier?«, herrschte Kenneth Wolf den Anwalt an, den Rachel ja schon im Seniorenheim getroffen hatte, und zeigte auf Humphrey. »Erbt er etwa auch 'nen Blumentopf?« Humphrey sagte nichts. Rachel bewunderte wieder einmal die Charakterstärke und Ruhe des alten Mannes. Sie machte sich unwillkürlich etwas kleiner in ihrem Stuhl, aber an ihrer Anwesenheit schien sich niemand zu stören.

»Oder etwas mehr, Mister Wolf. Dazu kommen wir gleich. Bitte setzen wir uns doch erst mal«, bat der Anwalt und begann ohne Umschweife mit dem, was er zu verlesen hatte. Anscheinend fand er seinen Mandanten auch nicht sonderlich sympathisch. Es tat Rachel leid, dass Grayson so einen fürchterlichen Vater hatte, und sie empfand tiefes Mitgefühl mit der blassen, kleinen Mrs Wolf. Ob er schon immer so gewesen war? Und sie? Wohl kaum, sonst hätten die beiden ja nicht geheiratet.

12

Und – wie schlimm war es?«, fragte Helen mitfühlend, als sie wieder zurück waren. »Furchtbar traurig ... und auch ziemlich abgefahren. Und außerdem spüre ich kaum noch meine Füße«, erklärte Rachel mit verkniffenem Gesichtsausdruck und ließ sich gleich unten in der Halle in das große alte Ledersofa plumpsen, das so höllisch bequem war. Sie ließ zu, dass Grayson ihr die Pumps auszog und sich dann mit entschuldigender Geste und Honey im Arm nach oben verzog. »Und sonst?«, wisperte Helen, sobald er außer Hörweite schien.

»Er hat sehr an seiner Oma gehangen«, erklärte Rachel. »Sie war eine tolle Frau, glaub ich.«

»Ja. Aber das meine ich nicht«, meinte Helen. »Immer noch dicke Luft, oder?«

»Woran siehst du das denn?«, fragte Rachel staunend und rieb sich die schmerzenden Zehen.

»Na, er zieht dir die Schuhe aus, massiert dir aber nicht die Füße, zieht sich zurück und gibt dir keinen Abschiedskuss, aber du bist nicht beleidigt wie sonst immer.«

Rachel zuckte mit den Schultern. »Bei dem ganzen Chaos momentan kommt man ja nicht dazu, Dinge vernünftig auszudiskutieren. Und seine Familie hat's echt in sich. Das sag ich dir.«

»Womit wir beim zweiten Teil der Veranstaltung wären. Hauen und Stechen oder ging es halbwegs zivilisiert zu? Bist du jetzt mit einem reichen Erben zusammen?« Sie klemmte sich eins der Sofakissen vor den Bauch und zwinkerte ihr aufmunternd zu. Rachel war sich nicht sicher, wie viel sie von dieser sonderbaren Testamentseröffnung verraten durfte. »Jedenfalls kann Graysons Vater Humphrey nicht ausstehen. Das wurde mehr als deutlich.« In der Erinnerung an den Beinahe-Eklat schüttelte sie den Kopf.

»Erzähl mir alles«, bat Helen aufgeregt. »Aber ich muss aufs Klo. Los, lass uns hochgehen, wenn deine Füße dich schon wieder tragen? Ich wollte eigentlich nur 'ne Flasche Wein holen, als ihr heimgekommen seid. Tiger wird sich eh schon wundern, wo ich bleibe.« Rachel musste gähnen. »Süße, können wir das verschieben? Ich bin echt hundemüde und total durchgerüttelt worden. Der MG ist nicht wirklich dafür gemacht, dass jemand hinten sitzt. Und ich bin nicht dafür gemacht, dieser Jemand zu sein.«

Helen lachte. Arm in Arm schleppten sie sich die Treppe hinauf. »Wie war eigentlich deine Sitzung?«, erkundigte sich Rachel.

»Alles super«, strahlte Helen. »Sie hält mich für ebenso stabil, wie ich mich fühle. Gibt aber ja auch keinen Grund, mich zu ritzen oder Trübsal zu blasen. Tiger tut mir gut, in der Uni läuft's top, was will frau mehr?« Rachel drückte ihr spontan einen Schmatzer auf die Wange. »Und ich gönn's dir von Herzen, das hast du dir nämlich echt verdient. So, ich werd jetzt noch mal nach meiner besseren Hälfte sehen und mir meinen Gutenachtkuss abholen, damit du auch wirklich ruhig schlafen kannst.«

»Na, das wollen wir doch nicht hoffen«, meinte Helen und ließ spitzbübisch ihre Zunge durch die Zähne blitzen. »Was meinst du, warum ich Tiger und mir noch 'ne Flasche Wein geholt hab?« Sie kicherte.

Rachel verdrehte die Augen. »Du bist schlimm, Helen. Wirklich unverbesserlich. Und sexsüchtig noch dazu. Kann deine Therapeutin dagegen nichts machen?«

»Wehe, wenn«, begrüßte Tiger die beiden im Türrahmen lehnend. »Ich hab mich schon gewundert, wo du abgeblieben bist.« Sie zog die quietschende Helen in die Wohnung und winkte Rachel zum Abschied. »Denk an die Probe morgen, Rachel!«

Rachel machte auf dem Absatz kehrt. »He, ihr beiden. Einen Moment noch. Tiger, du hast mir grade 'ne göttliche Eingebung verschafft ...«

»Ein flotter Dreier?«, flachste Tiger. »Da müsste ich erst die Chefin fragen. Aber solange es nicht Becky ist ...«

»Ach, du Schwachnase, bleib bitte mal ernst«, beschwerte Rachel sich im Spaß. »Grayson hat doch bald Geburtstag. Meint ihr, wir kriegen es hin, auf seiner Feier unseren ersten Gig zu spielen? Ich glaube, das wäre ein tolles Geschenk, oder?«

Helen nickte wie wild und Tiger war auch einverstanden. »Wenn du versprichst, dann auch wirklich immer pünktlich zu erscheinen? Klar kriegen wir das hin. Guter Plan. Können wir ja morgen noch mit den anderen besprechen.«

Pfeifend lief Rachel die letzten Meter bis zu ihrem Appartment und schwenkte ihre Pumps im Takt. Was war das für ein Lied? Richtiger Ohrwurm. Oh. Jetzt fiel es ihr wieder ein – das war eins der Kirchenlieder gewesen. Im selben Augenblick hatte sie wieder Grayson und Humphrey und die restliche Trauergemeinde vor Augen. Sie ließ abrupt die Pumps sinken. Das war schon irgendwie pietätlos. Sie musste dringend noch mal nach ihm sehen.

Rachel schlüpfte schnell in ihre Jogginghose und ein

paar dicke Socken und kletterte durch die Rückwand ihres Kleiderschranks. Die schmale Treppe des dunklen Ganges führte zu Graysons Flur. Sie klopfte ein paarmal. Wenn er nicht gerade unter der Dusche stand, musste er das eigentlich hören. Aber vielleicht war ihm heute einfach nicht mehr nach Gesellschaft. Er hatte wirklich müde und niedergeschlagen ausgesehen.

Gerade als sie sich wieder nach unten schleichen wollte, öffnete sich die Tür und er ließ sie herein. Seine Augen waren gerötet. »Kann ich was für dich tun?«, fragte Rachel leise und umarmte ihn.

»Magst du was trinken?«, fragte er zurück und ging vorweg ins Wohnzimmer. Er hatte offenbar auf dem Sofa gesessen und den Brief gelesen, den der Anwalt ihm heute überreicht hatte. Im Prinzip war jeder der Anwesenden von Geneva Wolf mit einem Umschlag bedacht worden. Darin enthalten waren allem Anschein nach persönliche Worte und die Angaben darüber, was sie demjenigen zugedacht hatte. Zumindest hatte Rachel das den beglückten oder nicht so zufriedenen Gesichts- und Kraftausdrücken der Trauergäste entnommen, als sie ihre Schreiben lasen. Grayson und Humphrey hatten sich ihre Briefe für zu Hause aufgehoben und ungelesen eingesteckt. Rachel fand die Idee ziemlich klasse und sehr dezent. Geneva Wolf war eben durch und durch eine Lady gewesen, die es ihren Verwandten *post mortem* selbst überließ, wie viel sie darüber preisgeben wollten, wie hoch ihr Anteil am Letzten Willen der alten Dame war. Allerdings war durch das Gemurmel und die eine oder andere Beschimpfung aus dem Wolfsclan deutlich geworden, dass Humphrey wohl den Löwenanteil zu erwarten hatte.

»Ich wollte dich nicht stören. Wenn du lieber allein sein ...« Sie stand unschlüssig im Türrahmen.

Grayson schüttelte den Kopf. Er räumte den handgeschriebenen Brief beiseite und schenkte ihnen beiden Apfelsaft ein. »Ich weiß jetzt, was ich dir zum Geburtstag schenke«, lächelte Rachel, um ihn auf andere Gedanken zu bringen, und setzte sich neben ihn. »Aber ich sag's dir nicht.«

»Soso«, meinte Grayson und schmunzelte müde. »Das hast du dann mit Granny gemeinsam.«

Rachel sah ihn fragend an. Er wies mit dem Kopf in Richtung des Briefes. »Sie hat da etwas angedeutet.«

»Oh«, machte Rachel und runzelte die Stirn. »Und hast du eine Ahnung, was es sein könnte?«

Er schüttelte den Kopf. »Interessiert mich auch grade nicht besonders, ehrlich gesagt.«

»Tut mir leid. Klar. Das kann ich verstehen. Ich wollte nicht ... taktlos sein.«

»Das weiß ich doch«, sagte er leise, rückte ein Stück näher heran und küsste sie. Rachel schloss die Augen. Es tat so gut, ihn endlich wieder zu spüren. »Danke, dass du mitgekommen bist.«

Rachel nickte stumm. Nicht reden jetzt! Weiterküssen! Sie fuhr mit ihrer Hand durch seine Haare, streichelte seinen Rücken. »Was hältst du davon, wenn wir morgen Abend mal wieder schön essen gehen?«

»Ich kann nicht«, seufzte Rachel und öffnete die Augen wieder. »Ich muss in die Werkstatt und dann ist Bandprobe.«

»Du verbringst ganz schön viel Zeit bei diesen Typen«, maulte Grayson. »Seit wann sind Helen, Melissa, Jodie, Bruce und Tiger ›Typen‹?«

»Nein. Gary und *Ralph* meine ich.«

Seufzend ließ sich Rachel gegen die Rückenlehne des Sofas plumpsen. »Das geht jetzt nicht wieder von vorne los, oder?« Sie beugte sich vor, um Grayson in die Augen zu sehen. »Du bist eben doch eifersüchtig, stimmt's?«

»Quatsch!«

»Doch! Das seh ich!«

»Ich bin es nur nicht gewohnt, dass du so ... du bist so anders, seit du da arbeitest«, wandte er unbehaglich ein.

»Und ist das gut oder schlecht?«, wollte Rachel wissen.

Er seufzte. »Ich liebe dich so, wie du bist. Du musst mir nichts beweisen.«

»Das weiß ich doch«, sagte sie leise und legte ihm ihre Hand auf die Wange. »Aber vielleicht mir selber das eine oder andere.« Sie zog die Stirn kraus. »Und diesem Idioten von Ralph! Der glaubt doch echt, ich würde den Fehler nicht finden ...«

»Verstehe«, schmunzelte Grayson. »Es geht um deine Schrauberehre.«

»Genau!«, nickte Rachel eifrig. »Aber das wär ja gelacht!« Sie sah ihn kampflustig an. »Los, komm schon. Sag. Entschuldigung. Dann sind wir wieder offiziell versöhnt.« Erstaunt zog Grayson die Augenbrauen hoch. »Hab ich das nicht schon längst getan?« Rachel schüttelte heftig den Kopf. »Daran würde ich mich erinnern, du Sturkopf!«

Er küsste sie sanft und lange. »Es tut mir leid«, murmelte er zwischen ihren Lippen. Seine Hände lagen warm auf ihrer Haut. Und er fühlte sich so gut an. Seine Muskeln, seine Haare. Der Duft seines Rasierwassers. »Naaaa guuut«, antwortete Rachel nach einer Weile großzügig. »Dann will ich das mal gelten lassen.« Sie rappelte sich hoch. »So. Bevor du mich nun doch noch in dein Bett schleifst und ich wieder keinen Schlaf finde, mache ich mich lieber davon.« Sie zwinkerte ihm zu. »Heute bleib ich noch mal hart. Ein bisschen Strafe muss sein. Aber glaub mir, auch wenn's schwerfällt – dafür kriegst du ein Hammergeschenk!«

Er sah leidend an sich herunter. »Du grausames Ding! Lässt mich hier einfach so verschmachten.«

»Wir sehen uns in der Uni. Und übermorgen gehen wir essen, versprochen«, flachste sie unbarmherzig und warf ihm aus sicherem Abstand einen Luftkuss zu. Wenn er wüsste, wie schwer ihr das fiel. Seine warmen Hände, seine Haut und das, was da unter seiner Hose auf sie wartete ... Blöde Konsequenz aber auch. Schnell weg und ablenken. Malen? Nein, das verschärfte die Sehnsucht womöglich nur noch. Laufen? Zu spät und zu kalt. Autos? Autos! Das ging immer.

Sie surfte noch bis Mitternacht im Internet und suchte in verschiedensten Reparaturportalen und auf Oldtimerhobbyseiten nach einer Lösung für das Problem des Spitfires.

Dann fielen ihr vor Müdigkeit fast die Augen zu. Nach einer kurzen Katzenwäsche schleppte sie sich ins Bett und dämmerte sofort weg. Im Traum zündete ein wie irre lachender Wolf senior das Schloss an, weil es niemand bekommen sollte. Rachel lud panisch die ganze Clique in den Oldtimer und wollte flüchten. Doch der Wagen sprang natürlich nicht an. Kenneth Wolf kam immer näher und schwenkte drohend einen Benzinkanister und sein Feuerzeug. Sie versuchten es zu Fuß und da sah Rachel, dass der alte Spitfire noch gar keine Reifen hatte. Das war natürlich die Lösung! Wieso hatte sie das nicht gleich gesehen? Doch in der Sekunde, als sie aus dem Bett hochschnellte, war ihr dummerweise klar, dass der schlimme Traum sie übel gefoppt hatte. Keine Reifen. Pah! Wenn's mal so einfach wäre. Enttäuscht ließ sie sich zurück in ihre Kissen sinken. Halb vier. Sie hatte noch zweieinhalb Stunden, bevor der Wecker klingelte, und war kurz davor, den Rechner noch mal anzuwerfen. Wenn sie nur nicht so müde gewesen wäre. Seufzend drehte sie sich um.

Sofort fiel sie wieder in unruhigen Schlaf. Diesmal fand sie sich direkt in der Autowerkstatt wieder. Aus irgendwelchen Gründen lag Grayson auf dem Rollbrett unter dem Wagen und sah ziemlich sexy aus in dem ölverschmierten, eng anliegenden T-Shirt. Rachel wollte zuerst wütend werden. Das war ihre Baustelle, nicht seine! Sie stellte sich über ihn, packte ihn am Gürtel und zog ihn unter dem Auto hervor. Doch es war gar nicht Grayson, sondern Ralph. Er sah sie ganz komisch an. Und als sie an sich herunterblickte, wusste sie auch, warum. Wieso zum Henker trug sie einen Rock? War sie in einen seiner feuchten Träume hineingeraten? Breitbeinig stand sie über ihm und er konnte ihr direkt unter den Rock sehen. »Kommst du immer ohne Unterwäsche zur Arbeit?«, fragte der Traum-Ralph heiser. Rachel wurde heiß und kalt zugleich. Das war jetzt nicht sein Ernst, oder? Mit seinen ölverschmierten Händen fuhr er langsam an ihren Beinen hinauf. Rachel glühte, und zwar nicht nur im Gesicht. Aber sie konnte sich keinen Zentimeter weit bewegen. Irgendwie waren ihre Füße mit den Bremsklötzen fixiert, die sonst die Autos am Wegrollen hinderten. Das war unlogisch. Sie hätte einfach weggehen können. Aber sie blieb, wo sie war. Wie festgeklebt. Neugierig, was er vorhatte. Es war ja nur ein Traum. Und es begann zu prickeln. Ralphs Hände wanderten höher, immer höher, vorsichtig und doch kraftvoll. Lustvoll. Sie kiekste heiser, als seine Finger ihr Ziel erreicht hatten und er sanft darüberpustete. Der Luftzug ließ sie erregt schauern. »Oh Baby, weißt du, wie lange ich mir das schon gewünscht habe«, murmelte er. Plötzlich war sein Rollwagen höhenverstellbar. Er kam immer näher. Sie fühlte ihn zwischen ihren Beinen höher gleiten. Gefangen. Sie kam nicht vom Fleck, konnte ihn nur anstarren. Seine Augen waren irgendwie hypnotisierend. »Ich werde den Fehler schon finden, warum du nicht anspringst«, murmelte er und tauchte mit dem Kopf unter ihren Rock. Seine rauen Mechanikerhände umschmeichelten zarte Haut, fuhren Konturen nach, berührten sanft, fast spielerisch, tasteten sich voran. Forderten. »Na, komm schon, Schätzchen«, lockte er. Und dann spürte sie seine Lippen, seine Zunge, kundige Finger. Heiß und feucht. Sie glühte. Bis zum Zerspringen gereizt, kurz vor der Erfüllung. Stöhnend wachte sie auf. Verdammt! Was sollte das?

Erschrocken setzte sie sich auf. Das Herz schlug ihr bis zum Hals. Erotische Fantasien über Ralph? Und so intensiv, so real, dass sie beinahe ... hmpf. Sie sah auf die Uhr. Viertel vor fünf. Wenn sie jetzt noch mal einschlief und womöglich an derselben Stelle weiter träumte ...? Bloß nicht! Und Bremsklötze! Wie ausgehungert musste man sein, um so einen Müll zu träumen? Warum hatte sie ihn nicht einfach mit einem Siebzehner k. o. geschlagen? Zornig kämpfte sie sich aus dem Bett. Ralph kostete sie also nicht nur den letzten Nerv, sondern jetzt auch noch die Nachtruhe. Und nichts brachte er zu Ende! Jetzt brauchte sie eine kalte Dusche. Und Kaffee. Und eine Runde joggen um den Park. Mann, Mann, Mann ... Sie regte sich auf – und gleichzeitig ließ die körperliche Erinnerung sie angenehm schauern.

Das Städtchen schlief noch. Bis auf die Straßenreinigung, einen Zeitungsboten und den ein oder anderen Autofahrer, der zur Frühschicht musste, lag Falmouth wie ausgestorben da. Selbst den Möwen war es scheinbar noch zu kalt und zu dunkel zum Schreien. Rachel rannte, so schnell sie konnte, ohne Seitenstechen zu bekommen. Es war diesig und die Luft feucht. Als sie den steilen Endspurt zum Schloss hinter sich gebracht hatte, fühlte sie sich endlich besser. Es war immer noch recht dunkel, aber der Bewegungsmelder tauchte den Hof in ein warmes Licht. Hinten am Gartenschuppen raschelte es. Rachel lief hin, weil sie vermutete, dass es Honey war, die ihr Geschäft unter dem wilden Wein erledigt hatte. Doch sie wäre beinahe in Humphrey hineingerannt, der am Vorhängeschloss herumfummelte. »Was machst du denn schon hier, so früh am Morgen?«, begrüßte sie der alte Mann sichtlich erschrocken.

»Das wollte ich Sie auch grade fragen«, antwortete Rachel.

»Konnte nicht schlafen«, brummelte er und fingerte umständlich seine kleine Thermoskanne heraus. »Auch ’n Schluck Tee auf den Schreck?« Rachel lehnte schmunzelnd ab. Sie zog ihre Trainingsjacke über, die sie sich um die Hüfte geknotet hatte, und beobachtete, wie der Gärtner sich einschenkte. Sie wusste genau, dass es seine Spezialmischung in sich hatte. Sein Gesicht sah im Lampenschein noch zerfurchter aus als sonst. Er wirkte sehr müde und abgespannt. »Der Tod von Lady Geneva ist Ihnen sehr nahegegangen, nicht wahr? Es tut mir so leid«, sagte sie mitfühlend.

»Sie war eine große Dame«, sagte er. »Wir standen einander sehr nahe. Aber streng platonisch«, fügte er schnell hinzu. »Alles andere stand nie zur Debatte. Und meine Ruth weiß das. Sie hat sich darum auch nie Sorgen machen brauchen.« Er sah Rachel undurchdringlich an und nahm noch einen Schluck von dem Tee, der bis zu Rachel hinüber nach Rum roch. »Wie nimmt es Grayson?«, fragte er.

Rachel hob die Schultern. »Nicht so gut. Er hat sie sehr geliebt. Und dann die Sache mit dem Schloss ... Er hängt unglaublich an alldem hier. Das geht mir ja schon so, nach der kurzen Zeit. Es wird schwer für ihn, auch noch das zu verlieren. Haben Sie denn schon Pläne? Oder müssen Sie ... werden Sie ...?« Rachel begann zu stammeln. Sie hatte letztlich keine Ahnung, wer Humphreys Arbeitgeber war. Vermutlich war er ohnehin einfach der Verwaltungsgesellschaft unterstellt und für ihn lief alles weiter wie bisher – musste ja –, denn so wie Grayson erzählt hatte, war das Schloss ja schon eine ganze Weile nicht mehr im Familienbesitz.

Humphrey räusperte sich. »Es ist nicht immer alles so, wie es scheint, Mädchen. Gib den Dingen Zeit.« Er hängte das Vorhängeschloss in den Riegel, sperrte seine Werkstatt ab und ließ Rachel stirnrunzelnd zurück. »Ich geh nach Hause«, verkündete er und stapfte davon.

Nach Hause, am frühen Morgen? Wie seltsam. Rachel wandte sich in die entgegengesetzte Richtung und wäre um ein Haar in eine weitere Gestalt hineingerannt. »Becky! Was machst du denn hier und so früh noch dazu?«

»Ich hab einen Morgenspaziergang gemacht!«, antwortete die wie aus der Pistole geschossen. »Äh ... und du?«

»Ich wollte Gänseblümchen pflücken«, gab Rachel mürrisch zurück. Was machte man wohl in aller Herrgottsfrühe draußen, wenn man Joggingkleidung trug und schwitzte? »Außerdem wohne ich hier.« Sie sah Becky prüfend an und wartete auf Teil zwei der Antwort. Als Becky das realisierte, zog sie rasch einen zerknitterten Geldschein aus ihrer Hosentasche. »Hier. Für dich.« Stutzig nahm Rachel das Geld entgegen. »Du kommst so früh am Morgen hierher, um mir zehn Pfund zu geben?«

»Muss ja nicht jeder mitbekommen.« Becky hampelte unruhig von einem Bein aufs andere. »Ich hatte Nachtschicht. Hat gepasst. Gehst du öfter joggen um die Zeit? Ungewöhnlich, oder?«

»Manchmal. Ich konnte nicht schlafen«, erwiderte Rachel. »Magst du auf 'ne Tasse Tee mit hochkommen?«

»Nein danke«, wehrte Becky ab und lächelte entschuldigend. »Ein andermal gern. Ich bin müde.«

»Du siehst auch so aus«, bestätigte Rachel geradeheraus. Zumindest im Schein der Lampe wirkte es, als hätte Becky ganz schöne Augenringe. Doch die winkte ab. »Ach, in ein paar Stunden bin ich wie neugeboren!« Rachel seufzte. »Du Glückliche. Ich würd jetzt auch gern schlafen. Für mich fängt der Tag erst an.«

»Na, dann mach's gut. Wir sehen uns heute Abend bei der Probe.« Rachel nickte und sah ihr nachdenklich hinterher. Im Moment hörte sie anscheinend überall die Flöhe husten. Vermutlich war sie wirklich nur übermüdet. Rachel fröstelte. Und dann galten ihre Gedanken einzig der Vorfreude auf eine schöne heiße Dusche und eine ordentliche Tasse Earl Grey.

13

Während Rachel einen schier endlosen Nachmittag lang in Penryn an ihrem Multimediarechner saß, um eine 3-D-Animation so aussehen zu lassen, dass sie den Namen auch verdiente, hatte sie eine Eingebung. Sie würde ihre Werkstatteinheit einfach auf den nächsten Abend verschieben. Sie wusste, dass es Gary egal war, wann sie kam. Und solange dieser schräge Traum noch so frisch war, dass sie ihn quasi körperlich spüren konnte, war sie echt nicht erpicht darauf, Ralph zu begegnen. In der Pause rief sie Gary an und schickte Grayson eine Nachricht: »Bleibt's bei Essen heute Abend, oder hast du inzwischen was Besseres vor?« Sehnsüchtig klemmte sie die Unterlippe zwischen ihre Zähne und drückte auf Senden.

Sie wusste, dass er mit Professor Ferguson auf irgendeiner Exkursion war, und rechnete erst in ein paar Stunden mit einer Antwort. Aber er simste beinahe postwendend zurück: »Wann immer du willst.«

»Bin abholbereit nach der Bandprobe. R.«

»Werde da sein. G.«

Glücklich steckte sie ihr Handy wieder ein und auf einmal tat auch das blöde Männchen auf ihrem Monitor das, was es sollte.

Diesmal war sie eine der Ersten im Probenraum. Die Stimmung war verhalten und Rachel brauchte eine ganze Weile, um zu kapieren, woran das lag. Die Luft zwischen Tiger und Helen hätte man schneiden können. »Hey, Mädels«, sprach Rachel endlich ein Machtwort. »So kann ich nicht arbeiten. Also, spuckt's aus. Was ist los?«

»Sie macht Becky schöne Augen«, behauptete Tiger grimmig.

»Quatsch mit Soße«, behauptete Helen. »Du wolltest doch, dass sie hier mitmacht.«

»Das ist ein Sozialprojekt. Du siehst doch, dass sie Schwierigkeiten hat.«

»Dann soll sie 'ne Therapie machen.«

»Schhhtt. Sie kommt«, mischte Rachel sich ein, als sie die Kellertür quietschen hörte. Doch es waren Bruce und Melissa. »Becky kann heute nicht. Wir haben sie vorhin in der Stadt getroffen. Sie war ganz aufgelöst und musste dringend wohin, hat aber den Bus verpasst.«

»Du liebe Zeit. Das klingt ja nicht so gut. Was ist denn passiert?«, erkundigte sich Rachel. Melissa hob die Schultern. »Keine Ahnung. Sie wollte nicht drüber reden. Ich hab ihr zehn Pfund für den Zug gegeben.«

»Und du meinst, das siehst du jemals wieder?«, fragte Tiger süffisant und kassierte einen Knuff von Helen. »Ganz bestimmt.«

»Na, dann sind wir ja komplett. Los, lasst uns anfangen, ich hab auch noch was vor«, drängte Marc ungeduldig und knipste sein Keyboard an. »Dabei!«, stimmte Bruce zu. Melissa gab ihm einen Kuss und kletterte hinter ihr Schlagzeug. »Womit legen wir los?«

»Clean Bandit: *Rather be.* Das klappt noch nicht so gut mit den Übergängen«, bestimmte Tiger. »Rachel? Musst du dich noch einsingen?« Nachdenklich verneinte sie und sortierte ihre Notenblätter. »Leute, gibt's da irgendwas, das ich wissen sollte?« Tiger und Helen sahen sich an. »Nein, wieso?«

»Nichts. Schon gut. Wo gehen wir rein?«

»Takt zwölf«, schlug Bruce vor. Rachel fing einen verliebten Blick von Melissa auf, als er in den Chorus mit einstimmte. Er hatte wirklich eine schöne Stimme. »Wow! Ihr klingt toll zusammen«, sagte Melissa nach dem Set. »Viel zu schade, dass wir erst bei Kathys Hochzeit spielen.«

»Wer weiß, wann die sich das Jawort geben.« Das war Rachels Stichwort. »Ach ja, das hab ich total vergessen. Wie wär's mit einem Überraschungsgig an Graysons Geburtstag? Der ist allerdings schon in knapp zwei Wochen.«

»Kriegen wir hin«, fand Marc.

»Coole Idee«, stimmte sogar Melissa zu, bei der Rachel am meisten Bedenken gehabt hatte, wie sie die Idee finden würde. Aber von den alten Ressentiments schien nichts mehr vorhanden. Rachel strahlte und Helen zwinkerte ihr zu.

»Dann also abgemacht. Aber wehe, einer von euch verquatscht sich!«

»Wo feiert er denn? Im Schloss?«

»Das quetsche ich heute Abend aus ihm raus«, versprach Rachel.

»Ih, bist du eklig«, quietschte Helen und ahmte Bruce' übliche Sprechweise nach: »Bitte erspare uns derlei gleichwohl intime wie bildhafte Details über dein hedonistisches Sexualleben!« Alle lachten, obwohl sich Rachel ziemlich sicher war, dass Bruce nicht komplett gecheckt hatte, dass er gleich mit hochgenommen worden war.

Eine Stunde später bereute sie, sich nicht doch eingesungen zu haben. Ihre Stimme verlangte nach Salbeitee mit ganz viel Honig. Sie packten zusammen und Rachel schickte Grayson eine kurze Nachricht, dass sie fertig waren. Tiger nahm sie einen Augenblick unauffällig zur Seite. »Sag mal, muss ich mir Sorgen machen?« Rachel schüttelte verdutzt den Kopf. »Nein, wieso?«, fragte sie und folgte Tigers Blick zu Helen. Oh nein! Tiger war doch nicht etwa auf Becky eifersüchtig?

»Nein, ganz bestimmt nicht. Helen ist 'ne supertreue Seele. Das weißt du doch.«

»Hä?«, machte Tiger verdutzt. Sie schien noch irgendwas sagen zu wollen, aber da waren die anderen schon wieder um sie herum und Helen hakte sich fröhlich bei ihrer Freundin ein. Na bitte, wenn das keine Bestätigung war. Rachel reckte ihren Daumen und lief nach draußen. Sie flog direkt in Graysons Arme und begrüßte ihn mit einem langen Kuss. »Ich hab dich vermisst«, keuchte sie, als sie wieder Luft bekam.

»Großartig. Dann werfen wir alle Pläne um, gehen in den pakistanischen Shisha-Laden mit den Sitzkissen, den Wasserpfeifen und dem Räucherwerk und vergessen das mit Reden und Essen, einverstanden?«

Rachel lachte. »Vergiss es!« Sie sah ihn an und in ihrem Bauch grummelte es nicht nur vor Hunger. »Du weißt schon, dass ich mit dir auch unter einer Brücke leben würde, oder? Es muss nicht teuer sein. Also, bis du berühmt wirst, natürlich nur, und das kann ja nicht mehr allzu lange auf sich warten. Und im Sommer. Oder alternativ in einem warmen Land. Griechenland zum Beispiel ...« Sie zog die Stirn kraus und er küsste sie. »Vielleicht gehen wir fürs Erste griechisch essen. In Erinnerung an einen tollen Urlaub. Was hältst du davon? Die haben auch sehr schöne, verschwiegene Nischen, die mit etwas Fantasie an Brückengewölbe erinnern.«

Sie hatten kaum ihre Bestellung für einen gemischten Vorspeisenteller aufgegeben, da klingelte Graysons Handy. »Das kann ja wohl nicht wahr sein, oder?«, zischte er, drückte das Gespräch weg und legte das Telefon beiseite. Doch noch bevor die Getränke kamen, brummte es ein zweites und ein drittes Mal.

»Mach doch einfach aus! Diese Dinger haben alle einen eingebauten Off-Knopf«, sagte Rachel und nippte an ihrem Ouzo, den sie als Aperitif aufs Haus bekommen hatten.

»Ich weiß was Besseres«, behauptete Grayson. Es sah aus, als ob er aufstehen wollte, um draußen zu telefonieren. Doch offensichtlich hatte er das nicht vor. Mit grimmigem Gesichtsausdruck wischte er über das Display. »Dad. Versuch's gar nicht erst. Ich sitze gerade mit Rachel beim Griechen und um nichts in der Welt werde ich mir dieses Essen und diesen Abend von dir versauen lassen ... Ja, meine Freundin. Du hast sie kennengelernt.« Pause. Grayson lächelte sie an, aber gleich darauf sah er abwesend durch sie hindurch. Seine Kiefermuskeln leisteten Schwerarbeit. »... Oh ja, ich weiß, dass ich dein Sohn bin. Aber ich bin dir nichts mehr schuldig ...« Rachel vernahm die zunehmend wütender werdende Stimme seines Vaters am anderen Ende der Leitung. Grayson redete sich ebenfalls in Fahrt, aber er beherrschte sich und hielt seine Stimme gesenkt. »Und weißt du, was *mir* schon lange gegen den Strich geht? Wie du meine Fotos dazu missbrauchst, von deinen Schweinereien abzulenken. ... Oh nein! ...« Er wurde lauter und zwang sich mühsam, wieder leise zu sprechen, als Rachel ihm beruhigend die Hand auf den Arm legte. »Jetzt hörst du *mir* einmal zu! ... Damit ist nämlich ab sofort endgültig Schluss. ... Woher ich das habe? Grandma hat dich schon lange in Verdacht gehabt und endlich durchschaue ich dich auch. Du hast mich all die Jahre manipuliert und angelogen. Aber seit Granny tot ist, gibt es nichts mehr, womit du mich erpressen kannst. Ruf mich erst wieder an, wenn du deine Umweltsünden wiedergutgemacht hast.« Er atmete geräuschvoll aus und erinnerte Rachel dabei sehr an den stierköpfigen Minotaurus, dessen Porträt auf einer pseudoantiken Scherbe direkt über ihm an der Wand hing.

»Puh«, machte sie und sah ihn abwartend an. Zu ihrem Erstaunen winkte er den Kellner heran und orderte zwei Gläser Champagner. »Auf die Freiheit!«, toastete er in einer Mischung aus Sarkasmus und Befreiung und Rachel erwiderte: »Auf deine Grandma! *Cheers!*«

Anderthalb Stunden, vier Metaxas und einen halben Liter Wein später schlichen sie sich kichernd und glucksend durchs halbdunkle Treppenhaus nach oben zu ihrer Wohnung. Rachel versuchte, Grayson mühsam dazu zu bringen, seine Hände bei sich und über ihrem Rock zu behalten. Sie hatte ihm gerade noch ausreden können, einen Schlenker über den Pool zu machen. Ein mitternächtliches Nacktbad mit einschlägigen Extras hielt sie für keine gute Idee – auch wenn die Vorstellung verlockenderweise sicher die letzten Reste ihres seltsamen Traums tilgen wurde.

Auf einmal strömte helles Licht auf den Gang und Helen baute sich im Türrahmen auf. »Rachel. Hilfe! Komm rein! Ich brauche dich. Wenn du verhindern willst, dass es morgen gegrillten Tiger gibt, dann lass auf der Stelle deinen Wolf los und verhindere ein Unglück!«

»Was ist denn los?«, fragte Rachel irritiert. Außerdem war es ja wohl eher andersherum, dass Grayson sich an ihr festhielt – oder so etwas in der Art.

Aber bevor sie das klarstellen konnte, musste Grayson sich bereits alleine ausbalancieren. Sie konnte ihm gerade noch ein bedauerndes »Ich komm nach!« zurufen, da hatte Helen sie bereits eingefangen und die Tür hinter ihnen beiden zugezogen. »Kann Grayson nicht ...?«, versuchte Rachel es trotzdem, aber das »Nein! Kein Zutritt für Männer!« kam so entschieden, dass sie ihren Satz gar nicht erst zu Ende brachte.

Tiger saß mit einem Gesichtsausdruck in der Küche, der ihrem Namen alle Ehre machte. »Hast du sie schon gefüttert? Oder ist es bereits nach Mitternacht?«, fragte Rachel verunsichert.

»Lieber keine Sprüche«, wisperte Helen, aber es war schon zu spät.

»Ihr steckt also unter einer Decke. Das hätte ich mir gleich denken können. Also, gib's zu!«

»Darf ich erst mal erfahren, worum es hier nun eigentlich geht? Ist jemand verletzt?«

»Noch nicht«, knurrte Tiger. Rachel zog sich einen Stuhl heran und setzte sich mit der Lehne nach vorn, die zur Not auch für etwas Abstand sorgte.

»Sie ist überzeugt davon, dass Becky vorhat, mich Tiger auszuspannen.« Helen hielt sich ihren Zeigefinger an die Schläfe und machte damit kreisende Bewegungen, als sei ihre Herzdame nicht ganz richtig im Kopf.

»Was will sie sonst ständig hier? Warum hängt sie immer mit uns ab?«, herrschte Tiger da auch schon Rachel an.

»Du wirst lachen, das möchte ich auch gern wissen«, antwortete Rachel und das wiederum schien in Helens Augen so gar nicht die richtige Antwort zu sein. Denn nun starrte die wiederum Rachel an, als hätte sie durstig nach einem Strohhalm für die Essigflasche gefragt. »Na, ich denke, sie ist deine Freundin??!«

»Nein!«, sagte Rachel nur.

»WAS?« Beide glotzten sie an, als hätte sie zum Essig nun auch noch ein Stück Seife mit Ketchup verlangt.

»Ist sie nicht mehr. Ich kann nicht so schnell über meinen Schatten springen. Sie war es und vielleicht wird sie es wieder, aber das wird dauern«, stellte Rachel richtig und zumindest Helen lehnte sich erleichtert zurück. »Siehst du«, sagte sie zu Tiger, aber die war noch nicht überzeugt. »Ist sie lesbisch? Oder bi?«

»Vor einem Jahr war sie es noch nicht.«

»Siehst du!«, wiederholte Helen zufrieden.

»Das sagt noch gar nichts«, fauchte Tiger. Und da musste Rachel ihr nach Helens Überraschungsouting ja fairerweise recht geben. Jetzt endlich begriff sie, worum es anscheinend ging. Was doch so ein paar griechische Schnäpse mit der Schnelligkeit der internen Datenautobahn anstellen konnten ... Du liebe Zeit, da hatte sie Tiger ja einen schönen Floh ins Ohr gesetzt. »Also, falls euch das beruhigt, sie ist ganz bestimmt wegen mir hier.«

»Was macht dich da so sicher?«, knurrte Tiger.

»Sie schuldet mir – beziehungsweise meinen Eltern – einen ziemlichen Batzen Geld und hat sich anscheinend in den Kopf gesetzt, es mir zurückzuzahlen.«

»Ach, und deswegen schnorrt sie Helen an?«

»Sie macht was?« Jetzt sah Rachel überrascht von einer zur anderen. »Na ja, neulich ... Ich sollte das nicht an die große Glocke hängen.« Helen war sichtlich unwohl in ihrer Haut. »Das behältst du aber für dich, ja?«

»Das macht doch aber gar keinen Sinn!«

Helen schüttelte den Kopf. »Rachel, sie hatte einfach nur ihren Geldbeutel vergessen und brauchte was für den Bus und einen Burger. Kann doch mal passieren.«

»Na gut«, antwortete Rachel und fand selbst, dass sie wenig überzeugt klang.

Tiger gähnte. »Vielleicht sollten wir das dann einfach mal so stehen lassen. Ich muss schlafen. Aber sag ihr, ich beobachte sie, falls das doch ein billiger Baggertrick war.« Sie deutete abwechselnd sich und Rachel mit Zeige- und Mittelfinger in die Augen.

Rachel schüttelte den Kopf. »Das kannst du mal hübsch selber machen. Bin ich dann also entlassen?«

»Ja los, hau ab zu deinem Wölfchen«, seufzte Helen. »Und danke!« Sie begleitete Rachel zur Tür. »Ich wusste gar nicht, dass Tiger so eifersüchtig sein kann. Wegen dem bisschen Geflirte auf der Party neulich ... Ist sie nicht hammersüß?«

Rachel schnitt eine Grimasse. »Das hab ich gehört!«, fauchte es aus der Küche. Helen schloss kichernd die Tür und warf Rachel noch einen Kuss zu. Kopfschüttelnd ging Rachel die letzten Meter zu ihrer Wohnung. Irgendwie war das alles seltsam. Aber sie war eindeutig zu müde und zu angeschickert, um sich jetzt vernünftige Gedanken dazu machen zu können.

In ihrem Schlafzimmer brannte Licht und quer übers Bett gestreckt fand sie einen schnarchenden, halb nackten Grayson und eine gleichfalls tief schlafende Katze vor, die sich auf seinem Bauch eingerollt hatte und sich mit jedem

Atemzug sanft anheben und wieder absenken ließ. Na super! Kein Platz für sie und auch noch laut. Kurzzeitig erwog sie, in Graysons Bett, ein Stockwerk höher, umzuziehen, aber dann entschied sie sich für ihre Couch. Er murrte leicht, als sie ihm ein Kopfkissen und ihre Decke streitig machte. Na, das waren ja schöne Aussichten!

Am nächsten Morgen wachte Rachel auf und fühlte sich mal wieder wie gerädert. Sie brauchte einen Moment, um sich zu sortieren. Es war ja auch irgendwie sonderbar, in der eigenen Wohnung auf dem Sofa aufzuwachen und mit einem solchen Brummschädel noch dazu.

Sie setzte Kaffee auf und gurgelte nach alter Gewohnheit mit einem herzhaften Schluck Olivenöl. Es tat seine Wirkung und sie wurde den schlechten Geschmack von zu viel Alkohol los. Aber lecker war es nicht. Honey sah maunzend zu ihr hoch. »Wunderst du dich über die Menschen, willst du Futter oder raus?«, fragte Rachel und öffnete bereits eine Dose. Doch Honey tippelte zur Tür. Rachel schlurfte ergeben hinterher und erfüllte den Wunsch. »Du bist auch so eine kleine rote Spitfire. Manchmal glaube ich, deine Pole sind falsch gesteckt. Ist für Katzenkinder nicht Futter das Wichtigste auf der Welt?« Sie schloss die Tür und ihre Gedanken kreisten weiter um die Werkstatt und wo der Fehler bei dem anderen süßen Spitfire liegen könnte. Auf einmal hatte sie eine Eingebung. »Honey! Du Goldstück! Das könnte es tatsächlich sein!«, rief sie laut. Drüben im Schlafzimmer drehte Grayson sich brummend um. Dass sie *darauf* nicht gekommen waren. Sie feixte. Umso besser. Wenn sie richtig lag, schuldete Ralph ihr eine Spazierfahrt mit dem schicksten Flitzer der Welt. Nur schade, dass nicht unbedingt Cabriowetter war. Egal. Erst einmal musste sie jetzt schnellstmöglich in die Werkstatt und rausfinden, ob sie recht hatte. Sie stürzte förmlich ins Bad und unter die Dusche, schlüpfte im Eiltempo in ihre Klamotten und der kleine Kater war so was von vergessen. Dafür hatte sie jetzt keine Zeit. Sie sah auf die Uhr. Jawohl. Das konnte sie noch vor der Uni schaffen. Sie legte Grayson einen Zettel hin und schwang sich aufs Fahrrad. Zum Glück war bereits Freitag.

Gary sah sie kopfschüttelnd an. »Wer hat dich denn vom Schlafen abgehalten?«

Rachel griente. »Das ist eine längere Geschichte. Aber ich glaub ich hab den Fehler beim Spitfire gefunden. Darf ich?«

Gary winkte sie durch, als wäre sie ein Rennwagen. »Klar doch. *Ladys first.* Ralph ist eh noch nicht da. Er hat bis spät in die Nacht geschliffen und den Rostschutz aufgetragen, damit er das Auto morgen zum Lackierer rüberbringen kann. Dann ist das Wrack wenigstens hübsch anzuschauen.« Er zwinkerte ihr zu, aber Rachel bekam es nur halb mit. Sie war bereits auf dem Weg in die Umkleide.

In Gedanken war sie tausendmal alles durchgegangen. Der Motorblock war neu. Daran konnte es nicht liegen. Zündung, Benzingemisch, alles okay. Nur die Ansaugbrücke stand voll Benzin, als ob es nicht in den Brennraum gesogen würde. Und dann immer mal wieder die Verpuffungen. Die Steuerzeiten passten, der Vergaser hatte keinen Riss. Der Druck der Benzinpumpe war zuerst das Problem gewesen, aber jetzt stimmte auch der. Sogar die Schwimmernadel hatten sie kontrolliert: heil. Ralph hatte der Schädel gequalmt. Sie hatten alles rauf und runter gecheckt. Und immer an der falschen Stelle gesucht! Es war so einfach, so billig! So hammergenial! Rachel war sich so sicher, dass es ihr schon wieder Angst machte. Was, wenn ihre Theorie nun doch nicht stimmte? Sie stieg in ihre Arbeitskleidung und klappte mit zittrigen Fingern die Kühlerhaube auf. Gary kam näher und sah ihr über die Schulter, als sie nach dem Zündkabel fischte. Sie änderte die Steckreihenfolge von eins, drei, vier, zwei zu eins, vier, drei, zwei. Aufgeregt sah Gary sie an. »Soll ich mal starten?« Rachel nickte atemlos. Gary quetschte sich behäbig auf den Fahrersitz und drehte den Schlüssel. Beim ersten Mal tat sich nichts. »Noch mal«, bat Rachel und schickte ein Stoßgebet gen Himmel. Wieder nichts. Beim dritten Mal knallte es. Verpuffung, das kannte sie schon. So ein Mist! *»Fuck, fuck, fuck!«*, fluchte sie laut und sah Gary fassungslos an. Ihre Augen füllten sich mit Tränen, die sie wütend zurückdrängte. Sie schlug mit der flachen Hand auf die Motorhaube. Das konnte doch nicht sein! Das durfte einfach nicht wahr sein! Der alte Mann stand auf und kam zu ihr. »Eine Chance hast du ja noch«, meinte er. Rachel wischte sich schniefend über die Augen. »Ach ja?« Wollte er sie etwa wegen Versagens feuern? Sie stand auf der Leitung.

»Na, Mädel. Höhere Mathematik. Es gibt doch zwei Möglichkeiten. Verteilerklappe ist die eine und die andere?«, half er ihr auf die Sprünge. Er kniff verschwörerisch ein Auge zu und Rachel begriff. »Am Motor, na klar.« Noch einmal steckte sie alles um, diesmal am anderen Ende. Dann ließ Gary sie selbst ans Steuer und Rachel versuchte es noch einmal. Beim ersten Versuch gab die Zündung ein heiseres Räuspern von sich. Rachel zwang sich, ganz ruhig zu atmen und einen Augenblick abzuwarten, bevor sie ein weiteres Mal drehte. Und da – bingo! Der Motor heulte auf, weil sie zu viel Gas gegeben hatte. »Er läuft!«, brüllte sie gegen den Fahrzeuglärm an. »Der rote Racker hat's noch drauf! Yehaaaah!«

Auf einmal stand Ralph neben seinem Vater. »Was ist denn hier los?«, knurrte er verschlafen.

»Die Kleine hat's geschafft«, verkündete Gary und schlug ihm tröstend eine Hand auf die Schulter. »Schätze, du bist 'ne Spazierfahrt schuldig.« Ralph kratzte sich ungläubig am Kopf, aber der Motor der Spitfire schnurrte wie eine Katze und Rachel strahlte von einem Ohr zum anderen. Sie hätte um ein Haar vor Glück sogar Ralph umarmen können.

»Lass mal probieren«, bat er und zwängte sich hinter das Lenkrad. Diesmal sprang der alte Roadster schon beim ersten Mal an. In Ralphs Mimik wechselten Begeisterung und Missmut wie ein Sommergewitter. »Und übrigens«, rief Rachel übermütig und hopste auf der Stelle. »Spazierfahrt *mit dir* oder nur einmal um den Block kannst du knicken! Denk bloß nicht dran! Ich hab den Wagen für einen halben Tag, und zwar sobald die Lackierung fertig ist! Also, zack, zack, der Herr. Ich muss in die Uni. Und nicht ein einziger blöder Macho-Spruch mehr aus deiner offen stehenden Luke, klar so weit?« Gehorsam klappte Ralph den Mund wieder zu und sah sie mit einem Gesichtsausdruck an, als hätte seine Schaukel als kleiner Junge zu dicht an der Hauswand gestanden. Und dann gab ihr Gary auch noch bei vollem Lohn frei für den Abend, damit sie den Erfolg feiern konnte.

Rachel bekam das breite Grinsen auf der ganzen Rückfahrt nicht aus dem Gesicht. Während der Seminare lächelte sie glückselig in sich hinein, zeichnete kleine rote Sportwagen in ihren Collegeblock oder tagträumte von einer stilechten Ausfahrt im Siebziger-Jahre-Look. Was trug man damals eigentlich für Klamotten? Schlaghosen und Riesensonnenbrillen? Sie versuchte, sich Grayson in so einem Outfit vorzustellen. Na, ob das so sexy war? Über ein selbst geschneidertes Hippiekleid ließe sich reden – mit Helens und Kathys Hilfe –, aber passte das nun wieder zu so einem Auto? Sie seufzte tief auf und merkte erst da, dass der halbe Saal sie anstarrte und die Dozentin mit einem sehr zerfurchten Faltenlook auf der Stirn plötzlich aussah wie siebzig.

»Habe ich was angestellt?«, fragte sie schüchtern.

»Leider noch nicht. Wir hatten gehofft, dass Sie uns teilhaben lassen an Ihrem Mona-Lisa-Geheimnis. Vielleicht können wir damit ein uraltes Rätsel der Kunstgeschichte lüften? Woran dachte sie und woran dachten Sie?« Rachel überlegte kurz, ob sie Helens Theorie zum Besten geben sollte, dass Leonardo da Vinci nackt gewesen sein könnte während des Malens, aber sie verkniff es sich lieber. »Ich fürchte, da kann es keinen Zusammenhang geben. Ich dachte an einen Sportwagen, Baujahr 1971. Auch wenn da Vinci seiner Zeit weit voraus war, mit Hubschrauberentwürfen, U-Boot und Fallschirm – ich halte es eher mit der Theorie, dass die Dame nicht die war, die man vermutete, sondern ein »der«.

Die Stirnfurchen der Dozentin glätteten sich. »Ich sehe, Sie haben sich mit der Materie und dem Meister beschäftigt.« Ihr Blick schweifte weiter über die Runde. »Und wer kann mir sagen, was es mit der von Rachel angesprochenen These auf sich hat?«

»Glück gehabt«, raunte Jodie ihr belustigt zu, als Rachel erleichtert ausatmete.

»Du hättest mich ja warnen können«, zischte sie zurück.

»Na, dann guck mal, was ich versucht habe«, gluckste Jodie und zeigte auf ein halbes Dutzend Papierkügelchen, die Rachels Arbeitsplatz verzierten. »In welchem Universum warst du denn? Schön da?«

Rachel gluckste nickend. »Ziemlich!«

Und dann war endlich Wochenende.

Summend schob Rachel ihr Fahrrad in den Schuppen und prallte im Dämmerlicht beinahe gegen Becky. »Was machst du denn schon wieder hier? Wird das jetzt 'ne Art Running Gag? Oder willst du dich als Schlossgespenst bewerben?«, fragte sie gut gelaunt. Dann trat ihre Jugendfreundin in den Schein der Hofbeleuchtung.

»Ups. Volltreffer.« Rachel schluckte. »Was hast du denn angestellt?« Becky hatte ein blaues Auge und eine Seite ihres Gesichts war angeschwollen. Außerdem bemühte sie sich angestrengt, nicht zu sehr zu humpeln. »Ich bin blöd gefallen«, behauptete sie. »Im Altersheim hat irgend so ein Trottel seinen Rollator ungebremst abgestellt. Sieht schlimmer aus, als es ist. Berufsrisiko.«

»Aha.« Rachel zog argwöhnisch die Augenbrauen hoch. »Und hat das neulich mit dem Bus gut geklappt?«

»Was? Oh, ja. Jaja. Das ging prima.« Becky wirkte abwesend und irgendwie fahrig. Sie rieb sich über den Kopf und spähte in die Büsche. Rachel begann, sich Sorgen zu machen.

»Sag mal, du bist aber nicht auf den Kopf gefallen, oder?«, fragte sie vorsichtig nach.

Becky gab einen Laut von sich, der wohl ein Lachen

werden sollte, aber sie brach ab. »Scheiße, das tut auch weh«, kommentierte sie mit eingefrorener Miene. Rachel schluckte. Becky jammerte nicht. Das hatte sie nie getan, eine der Eigenschaften, die Rachel auch heute noch an ihr bewunderte. Der Sturz musste also ganz schön heftig gewesen sein. Die miesepetrige Stimme in ihrem Kopf bekam Hausverbot.

»Wann ist das denn passiert?«

»In der Schicht vorhin. Kurz vor Ende.«

»Na, los, komm mit hoch«, seufzte Rachel. »Ich hab zwar kein Steak da, aber so ein Kühlpad wird's wohl auch tun. Und dazu Kekse und 'ne Tasse Tee?«

14

Becky sah sich bewundernd in der Wohnung um, während Rachel Wasser aufsetzte und in ihren Schränken nach einer noch nicht abgelaufenen Sportsalbe suchte.

»Du hast dich hier echt gemütlich eingerichtet. Cool. Ich mag die Lampe.« Sie zeigte auf den quietschbunten Keramikschirm über dem Esstisch.

»Ja, den hat meine Vorgängerin getöpfert.« Becky probierte einen der knarzenden Korbstühle aus und kämpfte sich ächzend wieder daraus hoch. Rachel lachte. »Die sind tiefer, als man denkt. Geht das mit deiner Hüfte?« Becky nickte angestrengt. Sie strich vorsichtig über die Tapete mit den fliederfarbenen Streifen und über die Bordüre, die die untere Hälfte der Wand im offenen Wohn- und Essbereich zierte. Darüber war flachsgelb gestrichen. Rachel hatte nie das Bedürfnis gehabt, daran etwas zu ändern.

»Hat der Palast hier zufällig einen unverheirateten Besitzer, irgendeinen alten Daddy, den man sich noch angeln kann? Oder bist du schon an dem reichen Erben dran?« Rachel hatte endlich die Beinwellsalbe gefunden, die ihre Eltern noch ganz traditionell selbst in der Apotheke herstellten. »Hier. Das sollte helfen.« Sie grinste. »Indirekt hat mir die Salbe übrigens sogar die Wohnung hier beschafft.« Becky sah sie fragend an. »Ein Japaner war ganz dringend an dem Rezept interessiert. Er wollte vor seinem Rückflug unbedingt Cornwall sehen, also hat Dad ihn ein wenig herumkutschiert und dabei sind sie hier vorbeigekommen.«

»Du bist immer schon ein Glückskind gewesen«, fand Becky und hinkte ins Bad, um sich einzureiben. »Und wem gehört nun das Ding?«, rief sie durch die geöffnete Tür. »Ich lade dich auch zur Hochzeit ein, wenn ich mir den Besitzer geschnappt habe.«

Rachel schenkte Tee ein und legte ein Kühlpad bereit. »Keine Ahnung. Meine Miete geht an eine Verwaltungsgesellschaft.«

Becky kam zurück. »Auch komisch, oder?« Rachel zuckte mit den Schultern und schob ihr einen Stuhl hin. Dankbar presste sie sich das Kühlkissen auf das geschwollene Gesicht.

»Zu wem wolltest du denn eigentlich?«, fragte Rachel nach einer Weile, als sie bei der zweiten Tasse Tee und Keksen saßen. Zu langes Schweigen zwischen ihnen war immer noch unbehaglich. Aber es wusste offenbar auch keine von beiden so recht, worüber sie mit der anderen reden sollte. »Schon zu dir«, gab Becky zu. »Es ist mir echt unangenehm. Ich werde wohl ein paar Tage nicht arbeiten können und brauche 'nen gelben Schein vom Arzt. Aber da gibt's Auflagen wegen der Bewährung. Das heißt, ich muss nach Hause fahren, damit die mir das abstempeln, und …«

»Wie viel?«, unterbrach Rachel.

Becky sah sie zögernd an. »Ich wollte dir eigentlich nur sagen, dass es diese Woche nichts wird mit der Rate.«

»Mhmmh«, machte Rachel und rührte in ihrer Tasse. Gut, dann eben nicht. Aber sie würde glatt ihre Spitfirefahrt verwetten, dass sie sich nicht täuschte. Sie kannte Becky immerhin ein dreiviertel Leben lang.

»Du hast es echt schön hier«, schwärmte Becky und deutete

ins Bad. »Ist das immer noch Paula? Sie ist gewachsen. Und du liest auch immer noch deine Autozeitschriften. Ich weiß noch, wie eilig du es freitags immer zum Kiosk hattest.«

Rachel ging nicht darauf ein. Es *war* das alte Spiel. Abstreiten, Honig ums Maul schmieren und so tun, als würde sie sich für etwas ganz anderes interessieren. »Also?«, schlug sie eine Abkürzung des Rituals vor.

Becky druckste ein wenig herum. »Fünfzig?«, fragte sie schließlich. »Aber die kriegst du gleich am Montag wieder, versprochen.«

Rachel winkte resigniert ab. Sie fischte ihren Geldbeutel aus der Jacke, die über der Stuhllehne hing. Kaum hatte sie sich umgedreht, tigerte Becky bereits wieder humpelnd im Zimmer herum und sah aus dem Fenster. »Wirklich ein Traum. Und du weißt echt nicht, wem die Hütte gehört? Du wohnst doch hier! Interessiert dich das gar nicht?« Rachel runzelte die Stirn. »Warum interessiert *dich* das so?«

Becky lachte und machte eine wegwerfende Bewegung. »Ach, nur so. Ich hab da was gehört, aber auf Gerüchte soll man ja nichts geben.«

Rachel verschränkte die Arme. »Nein, soll man nicht«, betonte sie und war froh, dass sie ihr nichts von Graysons Beinahe-Erbschaft erzählt hatte. Ob es das war, worauf Becky angespielt hatte? Hatte sie womöglich eins ihrer Gespräche belauscht?

»Na, wie dem auch sei. Danke für die Schmerzsalbe und das Kühlpad. Ich geh dann besser wieder. Du hast ja sicher auch noch was vor, am Freitagabend.« Sprach's und zog die Wohnungstür für ihre Beschwerden erstaunlich flink hinter sich zu.

Im nächsten Moment klopfte es an ihrer Schlafzimmerschranktür. »War das Becky?«, fragte Grayson und streckte den Kopf heraus. »Ich dachte schon, die geht nie.«

»Du hättest ja auch außen herum spazieren können«, stellte Rachel fest. Grayson grinste breit und kletterte heraus. Er trug nur ein Handtuch und eine Flasche Sekt mit zwei Gläsern. »In dem Outfit?«, fragte er schalkhaft. »Ich dachte, du hättest vielleicht Lust auf ein Glas Sekt am Pool. Deine Nachricht klang, als ob es was zu feiern gäbe. Und wir haben schon lange nicht mehr zusammen gebadet.«

»Soso«, machte Rachel. Über all dem Becky-Chaos hatte sie ganz vergessen, dass sie Grayson geschrieben, aber noch nichts verraten hatte. Sie stützte ihre Arme in die Hüften und ließ ihren Blick an ihm herabgleiten. »Du bist dir deiner Sache wohl sehr sicher?«

»Nein, gar nicht«, gab er zu und sein Lächeln erfasste auch die Augenwinkel. »Aber der Plan ist so weit doch ganz gut, oder?« Er trat einen Schritt auf sie zu.

»Na ja, eine Rose zwischen deinen Zähnen hätte ich mindestens erwartet.«

»Aber so kann ich dich viel besser küssen!«, flüsterte er und demonstrierte, was er meinte. »Das ist meine Überraschung für dich. Und was ist nun deine?« Sein Körper reagierte an gewissen Stellen unter dem Handtuch bereits spürbar auf ihre Nähe.

»Das ist keine Überraschung«, versuchte Rachel zu widersprechen. »Das ist ...« Er küsste sie erneut und zog sie an sich. Seine Hände auf ihrem Po lösten irgendwie eine Kettenreaktion aus. Der Pool musste noch ein klein wenig warten. Ein klein wenig länger sogar. Und sie hatte ihm immer noch nichts von der Ausfahrt und ihrem Sieg über Ralph und den Spitfire erzählt.

Am nächsten Morgen schien die Sonne und eine frische Brise hielt den Himmel wolkenlos. Rachel und Grayson gingen zusammen einkaufen und aus einer Laune heraus setzten sie sich mit einem Pappbecher Chai Latte in den Schlosspark, um das Wetter zu genießen, das eigentlich viel zu warm war für die Jahreszeit. Grayson zauberte eine alte, karierte Decke aus der Werkstatt hervor und legte sie auf eine der Steinbänke vor dem Blauregen, der immer noch ein wenig Laub trug. Rachel bettete ihren Kopf in Graysons Schoß und versuchte, aus dieser Perspektive eine Bleistiftskizze von ihm in ihren kleinen Block zu zeichnen. Er streichelte ihr übers Haar, sah in die Ferne und nippte an seinem Tee. Es war ein wundervoller, fauler Vormittag. Nur Honey jagte einem misslungenen Entwurf, den Rachel zusammengeknüllt hatte, hinterher. Sie fegte mit dem Papierknäuel zwischen ihnen herum, kletterte wild miauend auf die Bäume und rannte mit buschigem Schwanz übers ordentlich geharkte Gras. Humphrey stapfte schwer atmend über den Hügel und kam auf sie zu. Er hatte keinen Blick für die kleine Katze. »Habt ihr den Postboten gesehen?«, fragte er schon aus einiger Entfernung. »War er heute bereits im Schloss?«

Rachel richtete sich auf und Grayson stellte reaktionsschnell ihren Teebecher beiseite, damit er nicht abstürzte. Der alte Mann schnaufte, als er bei ihnen war, tippte sich grüßend an die Mütze, aber ließ sie nicht wirklich zu Wort kommen. »Bei mir war er immer noch nicht. Dabei ist schon elf Uhr vorbei. Das ist ungewöhnlich, oder?«

»Ist alles in Ordnung, Humphrey?«, erkundigte Grayson sich freundlich und beugte sich zu ihm vor.

»Was soll schon sein?«, schnauzte der alte Mann. Grayson zuckte zurück und Humphrey schien prompt über sich selbst erschrocken. Auf eine Geste Graysons setzte er sich neben die beiden und klopfte ein paarmal unbeholfen und entschuldigend auf dessen Knie. Rachel rückte ein Stück. »Nein, die Post war noch nicht da, glaube ich. Erwarten Sie etwas Wichtiges?«

Humphrey sah sie mit ungeduldiger Nachsicht an. »Wird wohl so sein. ... Also nichts, ja? Auch gut.« Er kratzte sich verlegen am Kopf und wandte sich wieder zum Gehen. »Genießt das Wetter. Gibt Sturm. Mein Ischias weiß das«, rief er über die Schulter.

»Was war das denn?«, murmelte Rachel, als er hinter dem Hügel verschwand. Sie nahm einen Schluck Tee und verzog das Gesicht. »Kalt.«

Grayson legte ihr abwesend einen Arm um die Schulter und rubbelte sie ein wenig warm. »Ich glaube, er steckt das mit Granny nicht so gut weg.« Rachel lehnte sich nach hinten und goss den Blauregen mit ihrem Chai. »Wie mag das für seine Frau sein?«, überlegte sie laut.

»Wie meinst du das?«, fragte Grayson verwundert.

»Na ja, wenn ich mir vorstelle, da wäre noch eine andere Frau in deinem Leben und die würde plötzlich sterben und ...« Sie brach ab. Das klang zu sehr nach Amelia und dem, was tatsächlich zu ihrer Geschichte gehörte. »Anders: Wenn ich einen sehr engen Freund hätte, also neben dir quasi, mit dem nichts laufen würde, aber der mir total wichtig wäre ...« Sie suchte nach Worten und spürte, wie Grayson sich versteifte.

»So wie Caleb vielleicht, bevor du gemerkt hast, was er für eine dunkle Seite hat?«

Rachel verdrehte hilflos die Augen. »Müssen wir immer

von dem anfangen? Nein, natürlich nicht. Ich meine doch nur ... Ach, vergiss es. Ich habe mich bloß gefragt, ob ...« Er zog sie wortlos an sich und küsste sie. »Denk nicht immer so viel, Rachel. Soweit ich weiß, haben Grandma und Ruth sich gut verstanden. Da gab es keine Leichen im Keller.« Rachel knetete nachdenklich ihre Unterlippe. Als er das sagte, war ihr plötzlich der peinliche Ausrutscher eingefallen, den sie sich im betrunkenen Zustand geleistet hatte, als sie glaubte, Grayson hätte etwas mit Professor Ferguson angefangen. Ob das schon als Leiche galt? Jedenfalls bereute sie es zutiefst, mit diesem Dings – sie hatte doch glatt seinen Namen vergessen! – ein bisschen rumgeknutscht zu haben. Und dann noch dieser erotische Traum mit Ralph ... sie war ein ganz schönes Flittchen, wenn ihr Hirn ausgeknockt war. »Was denkst du?«, wollte Grayson wissen.

»Besser nichts«, seufzte sie aus vollem Herzen. »Dass du völlig recht hast. Und dass ich dich liebe und keinen sonst.«

»Na, da bin ich aber beruhigt«, schmunzelte Grayson unbesorgt und küsste sie auf die Nasenspitze. »Kalt«, kommentierte er. »Sollen wir besser reingehen?« Rachel nickte und packte ihre Sachen zusammen.

Suchend sah er sich um. »Hast du Honey gesehen?« Rachel verneinte. »Die ist bestimmt schon nach oben gelaufen und plündert ihren Futternapf«, vermutete sie. Sie hob die leeren Pappbecher auf. »Ich werfe die hier nur schnell weg, dann komm ich nach.«

Rachel ging ums Haus herum zu den Unterständen, in denen die Müllbehälter so untergebracht waren, dass sie die Außenansicht des alten Herrensitzes nicht verschandelten. Aus dem Papiercontainer roch es brenzlig. Rachel rümpfte die Nase und entriegelte den Deckel. Die Teebecher waren ohnehin zu groß, um sie durch den schmalen Schlitz zu stopfen. Als sie die Luke aufzog, stieg ihr Rauch in die Nase. Kleine Aschefetzen stiegen empor und auf dem Boden glimmte es durch die plötzliche Sauerstoffzufuhr rötlich. Zum Glück war nur der Boden mit Papier bedeckt, der Container musste am Vortag geleert worden sein. »Welcher Idiot hat denn hier seine Kippe reingeschmissen?«, fluchte sie und sah sich nach etwas Brauchbarem zum Löschen um. Glücklicherweise stand eine Gießkanne vor dem Schuppen. Rachel goss den Inhalt schwungvoll hinein. Das Ergebnis war eine stinkende Qualmwolke, die sie husten ließ. Sie fächerte sich Luft zu und spähte ins Innere des Kastens. Papier- und Aschereste schwammen in einer trüben Suppe. Aber immerhin kokelte nichts mehr. Rachel überlegte, wer der Schlossbewohner rauchte. Aber ihr fiel niemand ein, es sei denn, jemand qualmte heimlich. Da fiel ihr Blick im Halbdunkel auf die Reste eines zerrissenen Briefumschlags. War das nicht Humphreys Anschrift? Sie beugte sich weit in den Behälter, um besser sehen zu können. Vorsichtig stocherte sie mithilfe ihres Pappbechers in dem Papierbrei herum. »Bestätigung ... Anfrage erhalten«, entzifferte sie mühevoll. Rachel hielt sich die Nase zu. Puh. Jetzt wusste sie auch, was so gestunken hatte. Da unten klebte verbranntes, verschmurgeltes Plastik. Wenn das mal nicht Helens eingeschweißte Modezeitschrift war – beziehungsweise deren sterbliche Überreste. Ein paar Reklameflyer und die Wochenendgratiszeitung konnte sie auch noch identifizieren, kein großer Verlust. Allerdings war auch die Tageszeitung von heute dabei – und die sah nicht so aus, als hätte sie der Abonnent bereits gelesen.

Der Rest war nur noch undefinierbare Kohlenstoffpampe. Da war nichts mehr zu retten, Rachel hoffte, dass nichts Wichtiges dabei gewesen war oder ein Schlossi umsonst auf Omas Brief mit Taschengeldzuschuss wartete. War das jetzt einfach Zufall? Oder hatte jemand mutwillig die Post fürs Haupthaus und die Gärtnerwohnung abgefangen und abgefackelt? Aber wer kam auf eine so bescheuerte Idee? Und wieso?

Nachdenklich ließ sie ihre Pappbecher in den Container platschen und zog die Luke wieder zu. Auf dem Weg ins Schloss traf sie auf Humphrey, der offensichtlich nach seiner Gießkanne suchte. Sie machte auf dem Absatz kehrt, denn beim Altpapier würde er sie wohl kaum suchen, geschweige denn finden.

»Humphrey, hier! Suchen Sie die? Stellen Sie sich vor, das Altpapier hat gebrannt, und ich glaube, die heutige Post war tatsächlich mit dabei. Anscheinend auch was an Sie. Hoffentlich war es nicht wichtig. Und vorhin haben Sie noch danach gefragt. Seltsam, oder?«

»Die ist leer!«, sagte der Alte missbilligend und nahm ihr die Kanne aus der Hand. »Ich hab doch nicht den ganzen Tag Zeit, Kinder.«

»Ja sicher, damit hab ich gelöscht.« Beinahe hätte sie noch »Haben Sie nicht zugehört?« angefügt. Aber etwas in Humphreys Gesichtsausdruck bremste sie aus. Sie verstand die Welt nicht mehr. Erst machte er halb England verrückt und dann tat er, als ginge ihn das alles nichts an, und war noch nicht mal neugierig. Verwirrt sah sie Humphrey nach, der bereits mit energischen Schritten zum nächsten Wasserhahn stapfte.

»Ich glaube, du hast recht«, endete sie ihren Bericht oben in Graysons Küche bei ein paar Spiegeleiern auf Toast. »Er ist ganz schön komisch geworden.« Grayson sah sie betrübt an. Dann drehte er sich schnell weg und stellte die benutzte Pfanne in die Spüle, bevor er sich wieder neben sie setzte.

»Ich glaube, wir sollten ein Auge auf ihn haben. Er wird ziemlich vergesslich. Mir macht das auch Sorgen. Hat er nach Qualm gerochen?«

Rachel sah ihn erstaunt an. »Willst du damit sagen, *Humphrey* könnte derjenige sein, der hier heimlich raucht?« In ihrem Kopf ratterte es kreuz und quer durcheinander. »Nein ... das glaube ich nicht ... Oder doch? Vielleicht soll Ruth davon nichts wissen ... genau wie von seinem Tee mit Schuss ... und er hat aus Versehen selber die Post ... dann hätte ich ihn ja mit meiner Konfrontation in eine ganz blöde Lage gebracht ... aber ...«

Grayson stand auf. »Das würde immerhin seine Reaktion erklären. So, ich muss mit meiner Masterarbeit vorankommen.« Er sah sie zerknirscht an. Rachel seufzte und sah auf ihre Uhr. »Oje, ich muss auch los. Wir sehen uns heute Abend?«

»Unbedingt.« Sie griff ihre Jacke von der Stuhllehne, küsste Grayson zum Abschied und beschloss, Helen noch einen kurzen Besuch abzustatten und von der verkohlten Zeitschrift zu erzählen. Und dann wollte sie endlich in die Werkstatt und sehen, wie Ralph inzwischen mit der Hiobsbotschaft umging, dass ein Mädchen besser war als er. Da war es wieder, das verräterische und höchst eigenwillige Grinsen in ihrem Gesicht.

Helen reagierte erstaunlich gelassen auf die Nachricht,

dass ihre geliebte Modezeitschrift zu Staub und Plastikkrümeln zerfallen war. »Ich hab eh überlegt, das Abo zu kündigen«, verkündete sie im Türrahmen lehnend. Rachel konnte sie nur verdutzt anstarren. »Im Ernst, das bremst mich total aus in meiner eigenen Inspiration und Kreativität. Es ist voll kontraproduktiv, sich immer die tollen Entwürfe von namhaften Designern anzuschauen. Wie soll ich mich da frei entwickeln? Also ab in den Müll damit.« Sie machte eine wegwerfende Geste über die Schulter.

Rachels Augen wurden immer größer. »Du hast was?«

»Ich hab das Ding entsorgt«, bestätigte Helen achselzuckend. »Gleich heute Morgen. Ich hab gar nicht erst reingeschaut gestern. Ist das ein Staatsverbrechen?«

Rachel verwarf ihre Verschwörungstheorie. Sie machte ihrer Enttäuschung auf einem Nebenkriegsschauplatz Luft. »Du hast sie mitsamt der Folie ins Altpapier geschmissen. Fahr mal nach Deutschland, die bringen dir Mülltrennung bei«, rügte sie.

Helen grinste gutmütig. »Muss ich dann auch Sauerkraut essen und mir Lederhosen anziehen?«

»Wenn's dich inspiriert?!« Rachel verabschiedete sich. Nur eins wollte sie dann doch noch wissen. »Du rauchst aber nicht heimlich, oder?«

Helens entrüsteter Blick sagte alles.

»Schon gut«, wehrte Rachel schmunzelnd ab. »Ich häng meine Detektivlaufbahn an den Nagel.«

»Mal Bilder und reparier Autos. Das kannst du richtig gut«, rief Helen ihr nach und schloss die Wohnungstür. Wieder besser gelaunt packte Rachel ihre Sachen und machte sich auf den Weg, um genau das zu tun. Na ja, und um ein bisschen mit Ralph zu frotzeln.

Der hing tatsächlich leicht frustriert in der winzigen Schreibstube herum, die, durch eine Glasfront abgeteilt, das Büro der kleinen Werkstatt bildete. »Na, was geht?«, begrüßte Rachel ihn und bemühte sich vergeblich, das Grinsen aus ihrem Gesicht zu tilgen.

»Läuft«, behauptete er, und als sie nicht ging, schob er mürrisch nach: »Hast du nichts zu tun?« Rachel zuckte feixend mit den Schultern. »Wenn du noch ein anderes Auto hast, mit dem du nicht klarkommst?«

»Der Lack ist spätestens Freitag durchgetrocknet. Dann fahr, wohin du willst und mit wem, aber wehe, du bringst mir meinen Wagen nicht heil und sauber zurück. Und jetzt schieb los und lass mich in Ruhe.« Lachend zog sie ab und ließ sich von Gary eine Arbeit zuteilen. Heute griff sie sogar freiwillig zum Besen, fegte durch und kochte Kaffee für alle. Ralphs Gesicht war besser als jeder Stundenlohn. Aber am Nachmittag hatte sie ihn so weit, dass er wieder normal mit ihr umging. Normal im Sinne normentsprechend normaler Menschen sogar – seine Sprüche hielten sich wirklich in Grenzen.

Beschwingt radelte Rachel nach Hause. Nicht einmal der feine Nieselregen trübte ihre gute Laune.

Und dann kam endlich das nächste Wochenende. Bis zum Schluss fürchtete sie, Ralph könnte in letzter Sekunde einen Rückzieher machen oder dass der Triumph nicht rechtzeitig fertig war. Aber als sie zur vereinbarten Zeit an der Werkstatt ankam, stand der Spitfire feuerrot und schick wie am Tag der Erstzulassung auf dem Hof. Bewundernd strich Rachel über die Kotflügel.

15

Wind vom Atlantik trieb schon seit Tagen sommerliche Luft ins Land und bestimmte das Wetter. Es war viel zu warm, selbst für das vom Golfstrom verwöhnte Cornwall. Alles schrie förmlich nach einer Tour mit dem schnittigen Cabrio. Mit zittrigen Fingern nahm Rachel den Schlüssel entgegen, drückte dem verdutzten Ralph ein Küsschen auf die stoppelige Wange und klemmte sich hinters Steuer. »Lass ihn langsam kommen, sonst würgst du ihn ab«, mahnte er besorgt. Rachel musste sich ein Kichern verkneifen. Wenn Ralph wüsste, wie sehr sie seinen Rat beherzigen wollte – allerdings etwas anders, als er gemeint hatte. Sein verständnisloser Blick allerdings war göttlich.

»Alles gut«, tröstete sie mitleidig. »Ich hab das im Griff.« Ralph wirkte nicht sonderlich überzeugt. Er gab erst dann und sichtlich widerstrebend den Weg frei und nahm seine Hände von der Fahrertür, als Gary ihn väterlich nach hinten zog.

»Wenn du um fünf nicht wieder zurück bist, lass ich dich mit der Polizei suchen! Und keine Flecke auf die Polster! Essen und trinken verboten, hörst du? Tu nichts, was ich nicht auch tun würde!«, brüllte er ihr nach, als sie den Wagen wendete.

»Also Sex?«, rief Rachel lachend und fuhr winkend vom Hof. Leider konnte sie sein Gesicht im Rückspiegel nicht gut genug erkennen. Aber ihre Vorstellung von seiner entsetzten Miene war bildhaft genug.

Sie hatte einen kleinen Picknickkorb vorbereitet, den sie nur noch aus der Garage im Schloss zu holen brauchte – und Grayson natürlich. Und umziehen musste sie sich noch. Am Morgen hatte sie sich ein paar Sachen herausgelegt, damit sie den Wagen nicht allzu lange unbeaufsichtigt herumstehen lassen musste. Sie beschloss, dass es den Anschiss definitiv wert war, ignorierte den Parkplatz unterhalb des alten Herrenhauses und fuhr auf dem Kies direkt bis vor den Eingang. Dann schnell nach oben, ab in die Klamotten und Grayson entführen. In ihrem Schlafzimmer stand sie hadernd zwischen drei Wäschesets. Sie wollte einen dreiviertellangen Rock mit raffinierten Schlitzen anziehen, den sie mit Helens Unterstützung selbst geschneidert hatte. Dazu halterlose Strümpfe, Stiefel und ihre Lieblingsbluse. Aber welcher BH und welches Höschen passten dazu? Nachtblau, Tiefrot oder Dunkelgrün? Spontan entschied sie sich noch einmal komplett um, griff ein Spitzenbustier mit Rosen aus dem Wäscheschrank und eilte unter die Dusche. Zehn Minuten später klingelte sie an Graysons Tür und zerrte ihn aufgeregt nach draußen. »Jacke, Schlüssel, Mütze?«, checkte sie. Bevor sie die Haustür aufriss, musste er die Augen schließen. »Überraschung!«, verkündete sie atemlos, als sie vor dem Wagen standen. »Das ist das Werk meiner zarten Frauenhände und der Wettgewinn, von dem ich dir erzählt habe. Bereit für eine kleine Probefahrt?«

Grayson ging bewundernd um den Triumph herum. »Baujahr?«

»1971«, verkündete Rachel stolz. Grayson pfiff anerkennend durch die Zähne, strich über den Lack und beugte sich hinein, um einen Blick aufs Armaturenbrett zu erhaschen. »Aber den hast du nicht allein restauriert, oder?«

»Nein, natürlich nicht«, sagte sie. »Hab ich dir doch erzählt. Das ist Ralphs Wagen, ich habe ihm geholfen und vor allem: *Ich* habe den Fehler gefunden!«, ergänzte sie triumphierend.

Grayson versteifte sich kurz, als sie den Namen erwähnte. Rachel stellte sich auf die Zehenspitzen, schlang ihre Arme um seinen Nacken und küsste ihn. »Ich hab dir gesagt, dass ich das allein regeln kann, und das habe ich. Hat sich doch gelohnt, oder?«, wisperte sie kurz vor seinem Mund. Grayson nickte ergeben und erwiderte ihren Kuss.

Es fiel ihr schwer, sich von ihm zu lösen, aber sie hatte ja schließlich mehr vor, als knutschend auf dem Schlosshof zu stehen. Außerdem zog es empfindlich unter ihrem Rock. »Los, lass uns einsteigen«, schlug sie vor.

»Und wohin geht's?« fragte er.

»Lass dich überraschen«, bat sie vielsagend und setzte sich ans Steuer. Es war ein gigantisches Gefühl, in diesem Cabrio zu sitzen, es aus Falmouth hinaus und über die hügeligen Landstraßen zu steuern. Das Meer hatte milde zwanzig Grad mitgebracht, die sich eher nach Frühling als nach November anfühlten, und Rachel war euphorisch. Sie fuhr nicht allzu schnell, sie wollte die Strecke genießen. Und doch schien es, als flögen die Felder und Wiesen an ihnen vorbei. Ihr Kopftuch flatterte. Eigentlich hätte es so rot wie der Wagen sein müssen. Das Rotkäppchen entführt seinen Wolf, schoss ihr in den Sinn. Das Motorengeräusch vermischte sich mit dem Brausen des Fahrtwindes. Im Radio lief gute Musik und der Mann ihrer Träume saß neben ihr, hatte die Augen geschlossen und hielt die Nase in die

Sonne. Sie schlug den Takt auf dem Lenkrad mit. Das Leben war leicht und wunderbar.

Ein Abzweig verkündete, dass sie gleich da waren. Viel zu schnell eigentlich. Rachel hatte bei einer ihrer Joggingtouren einen wunderschön gelegenen Parkplatz an den Klippen entdeckt. Zu Fuß war er gar nicht so weit weg, mit dem Auto musste man ein ganzes Stück außen herum fahren, aber das war ja auch der Sinn einer Spritztour. »Da wären wir, was sagst du?«, fragte sie strahlend.

»Wow«, machte Grayson und blinzelte in die Sonne. »Schönes Plätzchen.«

»Hast du Hunger?«, fragte Rachel. »Wir hätten Lachs und Pastete, gekochte Eier, Baguette, Kräuterbutter, Käse, helle Trauben, alkoholfreien Sekt – weil ich ja noch fahren muss – und Orangensaft, Schokolade und Kuchen.« Grayson zog staunend die Augenbrauen immer höher, je mehr sie aufzählte. »Wann hast du denn das alles vorbereitet?«

Rachel feixte. »Es lebe der Supermarkt. Aber die Eier hab ich selber gekocht und mit einer Creme aus Eigelb, Senf, Meerrettich und Kräutern gefüllt. Ich bin selber gespannt, wie's geworden ist!«

Sie breiteten die Picknickdecke auf einer moosig weichen Stelle aus. Ein paar Ginsterbüsche und der Wagen gaben ihnen Windschutz. Kein Mensch war weit und breit, kein störendes Geräusch zu hören. Nur die immer präsenten Möwen, ein paar Krähen, das Meer, der Wind in den Gräsern und das leise Ticken und Knacken des abkühlenden Motors. Grayson öffnete den Sekt mit einem leisen Plopp und schenkte ihnen ein. Sie stießen an und sahen sich so lange in die Augen, bis Rachel dem Blick ausweichen musste, um ihren Herzschlag wieder unter Kontrolle zu bringen. Sie lenkte sich ab und packte das Essen aus. Als Erstes hielt sie ihm gleich ein halbes Ei hin. »Probier mal!«

»Das würde ich ja gern, aber du bist ja mit Essen beschäftigt«, antwortete Grayson eindeutig zweideutig und seine Mundwinkel zuckten amüsiert. Er krabbelte auf sie zu, nahm ihr Gesicht in beide Hände und küsste sie sanft. Zärtlich. Lange. Rachel kam sich vor wie Butter in der Sonne, und weil sie in der einen Hand das Sektglas und in der anderen das Ei hielt, musste sie stillhalten. Nicht, dass sie das nicht gern tat, aber noch lieber wäre sie jetzt ihrerseits mit den Händen unter sein Hemd getaucht, um seine Muskeln, seine Wärme, seinen ganzen Körper zu spüren. Sie schluckte trocken. »Aber erst essen wir«, beharrte sie kehlig, als sie endlich wieder Luft bekam. Und damit Grayson auch nicht widersprechen konnte und sie es endlich los war, stopfte sie ihm schnell das Ei in den Mund. Er aß grinsend und revanchierte sich mit einem Stück Pastete. Rachel griff sich eine Traube und ein Stückchen Käse und ließ ihn danach schnappen. Als er schließlich das Obst erobert hatte, hielt er es mit den Zähnen fest, sodass Rachel davon abbeißen konnte. Ihre Lippen berührten sich und Grayson tastete blind nach der nächsten Traube. Zärtlich schob er sie ihr in den Mund. Er schloss die Augen und zog sie seufzend an sich. Rachel fuhr die Linie seines Mundes mit einem Stückchen Käse nach und beobachtete, wie er kaute. So ging das eine ganze Weile mit Trauben und Käse, Sekt und Küssen hin und her. Irgendwann ließ sie sich auf den Rücken fallen und atmete tief ein. »Herrlich hier, oder?« Grayson beugte sich zustimmend brummend über sie und küsste sich ihren Hals hinab bis zum Schlüsselbein. Zärtlich nestelte er an ihrer Bluse herum und öffnete die obersten Knöpfe. »Warte«, bat Rachel und stützte sich auf die Ellbogen. Sie hatte ein Geräusch gehört. Grayson hielt inne. Und tatsächlich, zum ersten Mal seit vermutlich dreihundert Jahren tauchte hier noch jemand auf. Ein altes Ehepaar in Wanderausrüstung stapfte auf dem kleinen Klippenweg heran. Ihr kläffender Hund jagte ihnen um Längen voraus. Zielstrebig raste er auf das kleine Büfett zu und stoppte erst wenige Meter vor der Decke. Ob aufgeregt oder wütend bellend, konnte Rachel nicht definieren. Jedenfalls hatte er sein Nackenfell zu einer imposanten Bürste aufgestellt. Und das energische »Brutus, hierher!« seiner Besitzer scherte ihn herzlich wenig. Immerhin wedelte er mit dem Schwanz. Das war doch ein freundliches Zeichen, oder?

»Perfektes Timing«, knirschte Grayson.

»Wäre dir fünf Minuten später lieber gewesen?«, ulkte Rachel und zog sich ihre Jacke über.

»Der tut nix«, japste Brutus' Frauchen ganz außer Atem. »Der will nur spielen.« Ihr vierbeiniger Begleiter betrachtete derweil äußerst interessiert und beständig weiterbellend die Lebensmittel auf Rachels Decke.

»Oh, ein Picknick«, freute sich auch sein Herrchen. »Die Idee hatten wir auch. Zu schönes Fleckchen hier.«

»Ja«, antwortete Grayson freundlich. »Aber wir wollten leider gerade gehen.« Er stupste Rachel beinahe unmerklich an und unter den Argusaugen des schwarz-gelben Hundes packten sie ihre Schätze ganz langsam und unauffällig zurück in den Picknickkorb.

»Wie schade«, meinte die ältere Dame und ließ sich auf die naturbehauene Bank ein paar Meter weiter sinken, während ihr Mann ächzend seinen Rucksack abstellte. »Es ist aber genug Platz für alle hier. Brutus, aus jetzt! Wunderbarer Tag heute, nicht wahr?«

Brutus tropfte Geifer aus dem Maul. »Ja, das Wetter ist traumhaft«, erwiderte Rachel höflich und stand ganz vorsichtig auf. Der Hund machte eine Art Verneigung vor ihr und winselte. Die Zunge hing ihm sabbernd aus dem Maul. Sie spürte einen Lachreiz in sich aufsteigen, weil die Situation einfach zu absurd war.

Endlich fand der Vierbeiner das Spiel langweilig und raste zurück zu seinen Leuten auf der Bank. Dort wurde gerade der Rucksack ausgepackt. »Hmmm. Corned Beef, lecker Feinerchen«, koste die Frau mit Quietschestimme und der Hund rastete schier aus vor Freude, als sie ihn ein Bröckchen von ihrer Hand schlabbern ließ. Rachel sah Grayson an, der bereits die Decke zusammengerollt hatte und zusammen mit dem Korb in den Kofferraum packte. Sein Gesichtsausdruck sprach Bände. Als sie den Wagen langsam rückwärtsrollen ließ und Grayson das freundliche Winken der beiden Herrschaften erwiderte, konnte sie kaum noch an sich halten. Mühsam beherrscht wendete sie und legte den zweiten Gang ein. Dann prustete sie los. »Du hättest dein Gesicht sehen sollen«, kiekste sie, als sie außer Sichtweite waren.

»Sehr lustig«, meinte Grayson, aber dann musste er doch mitlachen. »Du sahst aber auch ziemlich erschrocken aus.«

Rachel nickte japsend. »Wohin jetzt?«, fragte sie und wischte sich ein paar Lachtränen aus dem Gesicht.

Grayson zuckte mit den Schultern und seufzte. »Der Appetit ist mir jedenfalls vergangen. Hast du gesehen, was sie mit dem Corned Beef gemacht hat?« Rachel betrachtete ihn aus dem Augenwinkel und richtete ihren Rückspiegel. Ganz beiläufig sagte sie: »Also, wenn du keine Lust mehr hast, ist das natürlich völlig okay. Ich meine ja auch nur ... aber ... hast du eigentlich mitbekommen, dass ich kein Höschen anhabe?« Einen Augenblick lang war sie sich nicht sicher, ob Grayson sie gehört hatte und ob das vielleicht eine furchtbar blöde Idee gewesen war. Im Radio lief gerade Werbung für irgendeine Tütensuppe. Sie würde sich eine Blasenentzündung holen und sonst nichts, und alles wegen dieses doofen Hundes und seinen Leuten. Allmählich wurde ihr kühl und ...

»Nein«, sagte Grayson unvermittelt und sah sie von der Seite an. Sie spürte seinen Blick und auf einmal spielte es nur noch eine untergeordnete Rolle, dass die Triumphwerke im vorigen Jahrhundert noch keine Sitzheizung kannten. »Also, was machen wir jetzt mit dieser Information?«, fragte er kehlig. Allein seine Stimme löste einen wohligen Schauer in ihr aus. Sie packte das Lenkrad fester.

»Keine Ahnung«, sagte sie und räusperte sich. »Was wär denn deine Idee?« Sie schaltete in den vierten Gang herunter und fuhr ein wenig langsamer. Vielleicht gab es ja irgendwo in der Nähe einen Feldweg, auf den man abbiegen konnte? Da war auch schon eine Abzweigung. Das kam ja wie gerufen! Sie setzte den Blinker. Der Weg schien direkt in ein kleines Wäldchen zu führen. Da gab es hoffentlich keine unverhofften Besucher. Grayson schien Ähnliches zu denken. »Vielleicht sollte ich mal nachschauen, ob es überhaupt einen Handlungsbedarf gibt ...« Er legte ihr die Hand auf den Oberschenkel und begann, mit dem Saum ihres Rockes zu spielen und den Stoff höher zu schieben. Diese einfache Berührung löste eine Gänsehaut auf ihren Oberschenkeln aus. »Grayson, ich fahre noch.«

»Ganz genau«, sagte er und stellte mit der anderen Hand das Radio aus, in dem gerade von Baumärkten und Fliesenreiniger die Rede war. »Konzentrier du dich ganz auf den Weg. Ich tu nix. Ich will auch nur ein wenig spielen. Kümmer dich am besten gar nicht darum.« Seine Hand glitt unter ihren Rock und strich ganz langsam an der Innenseite ihres Schenkels aufwärts. Rachel rutschte unruhig auf dem Sitz herum und versuchte halbherzig, die Knie zusammenzupressen. Als sie nicht weiter nach hinten ausweichen konnte, ohne unkontrolliert zu viel oder zu wenig Gas zu geben, bremste sie ihn mit der Hand zwischen ihren Beinen. Doch er ließ sich nicht beiseiteschieben. Sie musste schalten, wenn sie den Wagen nicht abwürgen wollte, und das wusste er genau. Er lächelte wissend. Sein Finger war kühl und trocken, als er sie berührte. Ihre Hand umklammerte den Schaltknüppel. Rachel stöhnte auf. Doch ebenso unverfroren, wie Grayson seine Erkundung begonnen hatte, zog er sich wieder zurück. »Na warte«, sagte Rachel heiser. Vor ihnen war ein Berg Holz aufgetürmt, aber kein Waldarbeiter, kein Fahrzeug weit und breit. Sie konnte ebenso gut hier stehen bleiben. Sie zog die Handbremse an und schaltete den Motor aus. Stille. Dann wandte sie sich zu Grayson. Bevor er wusste, wie ihm geschah, kletterte sie rittlings auf seinen Schoß. Küssend öffnete sie seine Hose und bahnte sich mit der Zungenspitze ihren Weg in seinen Mund. Während er noch den Sitz zurückstellte, hatte sie ihn bereits vollkommen in der Hand. So hatte sie das geplant. Genau so und nicht andersherum. Es fühlte sich gut an. Sie bewegte ihn, ließ zu, dass er ihre Mitte streifte, setzte sich immer nur beinahe über ihn, ein Spiel von Nähe und Distanz. Sein Atem war heiß an ihrem Ohr, sein

Stöhnen jagte ihr einen Schauer nach dem anderen über den Rücken. Grayson keuchte schneller, als sie ihn zärtlich mit den Fingerspitzen folterte. Drängend, begehrlich, so wie seine Hände an ihrem nackten Po. Er wollte sie ganz auf sich ziehen, aber sie gab nicht nach. »Rache ist süß«, flüsterte sie ihm ins Ohr. »Nicht so schnell, mein Freund.«

»Du bist ein böses Mädchen. Was ist nur aus Rotkäppchen geworden«, beschwerte er sich mit rauer Stimme, als sie sich aufrichtete und mit den Beinen rückwärtstastete. »Sag einfach, wenn ich aufhören soll«, flüsterte sie lächelnd und rutschte zwischen seinen Beinen in den Fußraum. Widerstandslos ließ er sich die Jeans etwas weiter über die Hüften ziehen. Fasziniert umschloss sie ihn. Als sie mit ihrer Zunge sanft zu kreisen begann, jede kleine Erhebung mit der Spitze erforschte, saugte, kitzelte, war er es, der Mühe hatte, ein Stöhnen zu unterdrücken. Er bebte unter ihren Händen und ihrem Mund, kämpfte um seine Kontrolle, als sie den Druck erhöhte und wieder zurücknahm. Wenn sie die Augen öffnete, sah sie, wie er hilflos die Fäuste ballte. Sie fühlte, wie sein Blut pulsierte, wie die Hitze immer größer wurde. Er zog sie hoch und küsste sie. Sie wollte wieder auf ihn klettern, aber Grayson fingerte blind nach der Autotür, manövrierte sie beide irgendwie aus dem Wagen und trug Rachel in einem ungelenken Tanz zur Motorhaube. Vertrauensvoll ließ sie sich rückwärtssinken. Er beugte sich über sie, bot ihr mit einem Unterarm ein Kissen und stützte sie mit der anderen Hand. Die Kühlerhaube fühlte sich warm an unter ihrem Rücken. Ihr Rock war bis zur Taille hochgeschoben und das nahm ihr die Sicht auf das, was weiter unten geschah. Dafür spürte sie es umso deutlicher. Seine Hand fragte zart und vorsichtig um Erlaubnis.

Ungeduldig drängte sie ihm entgegen. Genug der Folter. Sie wollte ihn. Sofort. Unbedingt. So nah es ging, so eng es ging. Der Wald verschwamm vor ihren Augen. Wenn jetzt irgendwo ein Brutus oder ein Förster aufgetaucht wäre, komplett egal. Sie schloss die Augen. Schmeckte ihn. Fühlte ihn. Ihre Bewegungen waren aufgeheizt, ihr Tempo schnell und heftig. Sie wusste nicht, ob sie ihm wehtat, als sie sich in seine Arme krallte. Sie explodierte, dachte nichts mehr, konnte nichts mehr steuern. Es war wie ein Rausch. Sie öffnete kurz die Lider und meinte, Sterne funkeln zu sehen, klammerte sich an ihn, als er schwer atmend, schweißnass über ihr, in ihr zusammensank. Küssend, zuckend, ertrinkend und schwebend. Alles zugleich. Vollkommen betört, erfüllt.

Eine ganze Weile waren sie nur mit Atmen beschäftigt. Dann schreckte Rachel hoch. »Oh Gott, ist es schon fünf? Ich muss den Wagen rechtzeitig zurückbringen.«

Grayson lachte leise. »Wird Cinderellas Auto sonst wieder in eine Nuss zurückverwandelt?«

»Falsches Märchen«, grinste Rachel und lehnte sich noch einen Augenblick lang an seine Brust. Wie sie sich hob und senkte. Sie lauschte seinem Herzschlag. Es gab ihr ein Gefühl von Geborgenheit und Frieden.

Ein paar Tage später machte Grayson im Park ein paar Fotos von Rachel für seine Mappe. Sie musste in komischen Verrenkungen unter den Säulen und hinter dem Rhododendron posieren. Im Nachhinein wollte er die Bilder dann mit allerlei Retusche und Effekten surrealistisch verfremden. Auf der Terrasse saßen Jodie, Becky, Helen und Melissa und spielten Karten. Tiger hatte sie aus der Wohnung dirigiert, weil Becky wieder angefangen hatte zu rauchen, und nun saßen sie alle mit einer Thermoskanne Tee, eingemummelt in ihre Decken auf den Liegestühlen und beobachteten die beiden sprücheklopfenderweise. »Die da drüben solltest du mal fotografieren«, lästerte Rachel, als Gelächter zu ihnen herüberschallte. Die amüsierten sich offenbar königlich über ihre unbeholfenen Versuche, sich so verzückt unter den Blauregen zu stellen, als ob es von da Sterntaler regnete.

Zum Glück wurde Grayson einen Moment lang durch Rumpeln und Quietschen abgelenkt. Rachel massierte dankbar ihren steifen Nacken und hauchte Leben in ihre kalten, fast bewegungsunfähigen Finger.

Es war Humphrey, der ächzend eine schwer beladene Schubkarre voller Laub über das feuchte Gras manövrierte. Und es sah ganz so aus, als wäre es nur noch eine Frage sehr kurzer Zeit, bis entweder der alte Mann oder die Karre stürzen und im Dreck landen würden. Schmunzelnd drückte Grayson ihr die Kamera in die Hand und lief hinüber, um dem Gärtner über eine Bodenwelle zu helfen. Rachel war mehr als froh über die Pause, streckte ihren kechernden Freundinnen die Zunge heraus und zog sich fröstelnd ihre Winterjacke über. »Los komm rüber, du Supermodel, wir geben dir 'nen Schluck heißen Tee aus!«, rief Helen und winkte. »Kekse haben wir auch. Oder darfst du die jetzt nicht mehr essen, am Beginn deiner traumhaften Grazienkarriere?«

»Ihr habt gut reden in euren dicken Decken«, knurrte Rachel und leistete der Einladung allzu gern Folge. Trotzig steckte sie sich gleich zwei Schokoplätzchen in den Mund. Model zu sein, war ganz und gar nicht so schaumig leicht, wie es auf den schicken Hochglanzbildern immer aussah.

»Dass ihr's nur wisst: Bei frischen Temperaturen sommerlich fröhlich aus der Wäsche zu schauen und sich für die Ästhetik alle Gräten zu verrenken, ist ein ziemlicher Knochenjob!«, schimpfte sie mit vollem Mund. Und bei der Gelegenheit schielte sie unauffällig aufs Display von Graysons Kamera. Mit dem Rücken zu ihm war dies eine prima Gelegenheit, heimlich das Bild zu löschen, auf dem es aussah, als hätte sie ein dreifaches Doppelkinn. Künstlerische Freiheit war das eine, aber das Recht am eigenen Bild die andere Seite. Zufrieden nahm sie einen großen Schluck aus Helens Tasse. Beinahe hätte sie sich dabei den Mund verbrannt. Aber zu spüren, wie die heiße Flüssigkeit die Kehle hinunterrann und den Magen wärmte, war genau das, was sie jetzt brauchte. »Tut gut«, sagte sie und zwinkerte Helen zu.

»Immer wieder gern«, erwiderte die Freundin und grinste. »Braucht ihr denn noch lange? Wir wollten nachher alle zusammen in den Pub. Kommt ihr mit?«

Rachel hob die Schultern. »Mir ist ehrlich gesagt hiernach mehr nach Sauna oder einem heißen Bad.«

»Auch schön«, erwiderte Becky und lächelte. Rachel erwiderte den Kontaktversuch freundlich. Seit Beckys Sturz im Altenheim konnten sie wieder Small Talk miteinander führen und Rachel ertrug es, dass die anderen Becky offenbar mehr oder weniger aufgenommen hatten. Nur zwischen ihnen, im Schatten, waren ein paar hartnäckige Eispfützen geblieben. Und Tiger schien es ähnlich zu gehen.

Das Quietschen verriet, dass die Männer näher kamen. Rachel gab Helen mit einem tiefen Seufzer die Tasse zurück und schlenderte betont unauffällig zu den beiden hinüber. »Wie lange willst du den Knochenjob eigentlich noch machen?«, fragte Grayson gerade und lächelte den Gärtner so warmherzig an, dass ihr ganz kribbelig ums Herz wurde. »Hast du von den Wolfs nicht allmählich genug? Jetzt wo Grandma tot ist, bist du doch ein freier Mann, oder nicht?«

Rachel fiel ein undurchdringlicher Blick zwischen Humphrey und Becky auf, als der alte Gärtner antwortete. »Ich hab's deiner Großmutter versprochen und das halte ich auch. Ich passe hier auf.«

Rachel sah zu Becky hinüber, aber die senkte rasch die Augen und sortierte ihre Karten. »Passe«, murmelte sie und es klang wie ein Echo.

Rachel runzelte die Stirn. Schräg. Anscheinend waren sie schon drei, die Becky mit einer gewissen Portion Misstrauen begegneten. Ein Anflug von schlechtem Gewissen plagte sie. Hoffentlich hatte sie nicht unbewusst Vorurteile geschürt? Bloß weil sie nicht gegen die Vergangenheit ankam – das war auch nicht fair. Becky drückte ihre Kippe achtlos auf dem Terrassenboden aus und Rachel wusste, bevor sie es sah, dass Humphrey darüber ebenso dachte wie sie.

Eine halbe Stunde später war Grayson endlich zufrieden mit dem, was als Bildauswahl zusammengekommen war. Außerdem wurde das Licht bereits schlecht. Rachel meinte, ihre Füße in den hochhackigen Stiefeln nicht mehr zu spüren. Auch die Mädels packten zusammen. Rachel half ihnen, froh, sich durch die Bewegung ein wenig aufwärmen zu können. Humphrey kam mit einem Besen zurück. Schlecht gelaunt drückte er ihn der verdutzten Becky in die Hand. »Und frag jetzt nicht, wozu du den brauchst«, knurrte er, machte auf dem Absatz kehrt und eilte davon.

Bei der für sein Alter erstaunlich schnellen Bewegung

rutschte ihm mit leisem Klirren sein Schlüsselbund aus der Hosentasche. Doch bevor Rachel sich danach bücken konnte, war Becky schon dabei, ihn aufzuheben und dem alten Herrn hinterherzutragen.

»Ich kann das nicht. Was ist das denn für ein bescheuertes Patent?«, quäkte Jodie und Rachel ließ sich durch ihren verzweifelten Versuch, einen der Liegestühle zusammenzuklappen, ablenken. Sie eilte ihr zu Hilfe und im nächsten Moment schraken sie alle zusammen, weil Humphrey lautstark Becky anschrie: »Du glaubst wohl, ich merke das nicht, oder? Da fehlt einer!«

»Was soll ich denn mit deinem bescheuerten Schlüssel, Alter?«, keifte Becky zurück. Sie schüttelte seine Hand von ihrer Schulter und wandte sich zum Gehen.

»Was ist denn da los?«, fragte Helen verdutzt. Sie rannten auf die beiden zu.

Doch Becky winkte nur ab. »Das hat man dann von seiner Hilfsbereitschaft.« Mit grimmiger Miene stapfte sie davon. Rachel starrte Humphrey an.

Die Augen des alten Mannes glitzerten kampflustig. »Hört auf zu glotzen. Ich würde das Früchtchen an eurer Stelle auch ein bisschen besser beobachten. Hier passieren sonderbare Dinge in letzter Zeit.« Er griff mit zittrigen Fingern nach seinem Rechen, den er an die Terrassenmauer gelehnt hatte, und stiefelte in Richtung seines Geräteschuppens davon.

»In der Tat«, murmelte Helen kopfschüttelnd. Und Rachel verstand ebenfalls nur Bahnhof. Irgendwie wurde Humphrey immer kauziger.

16

In den nächsten Tagen beschlich Rachel zunehmend das Gefühl, dass mit Humphrey wirklich irgendetwas nicht stimmte. Er schien ihr auszuweichen. Als sie Grayson darauf ansprach, gab er zu, dass es ihm ähnlich ging.

Und dann verschwand Honey.

Als sie aus der Uni kamen, war das kleine Kätzchen wie vom Erdboden verschluckt.

»Sie sitzt sonst immer auf der Treppe und wartet auf uns«, widersprach Grayson, als Rachel versuchte, ihn aufzuheitern.

»Bestimmt kam einfach nur 'ne tolle Mäusereportage im Katzenfernsehen. Oder sie hat sich mit einem Freund verquatscht.« Aber in ihrem eigenen Bauch regte sich ebenfalls ein mulmiges Gefühl.

»Honey nicht«, fasste er dumpf in Worte, was sie dachte. Sie hatten bereits beide Wohnungen abgesucht, alle Schränke und Schubladen aufgerissen, gerufen und lockend mit der Futterpackung geraschelt. Nichts.

Entschlossen kramte er in der kleinen Kommode in seinem Flur nach einer Taschenlampe. »Ich geh sie suchen. Ich hab so eine blöde Ahnung.« Rachel nickte. Es war mehr als ungewöhnlich, dass die kleine Samtpfote ihnen nicht schon an der Schlosstreppe um die Beine gestrichen war und maunzend und schnurrend daran erinnerte, dass sie kurz vorm Verhungern stand.

»Ich frag im Haus rum. Vielleicht hat sie jemand aus Versehen in einer der WGs eingesperrt«, bot sie an. Doch niemand, der ihr öffnete, hatte die Katze gesehen. Wo keiner zu Hause war, drückte sie sich lauschend das Ohr an der Tür platt – aber ebenfalls ohne Ergebnis. Kathy und Jodie zogen sich die Winterjacken an und halfen ihr draußen bei der Suche.

»Miezmiezmiez, kittykittykitty!«, lockte Rachel in höchsten Tönen und tastete sich im Dunkeln hinter dem Schuppen entlang. Immer wieder blieb sie stehen und lauschte. Aber außer den Stimmen und Schritten der anderen hörte sie nichts. Ein leises Scharren ließ sie plötzlich aufmerksam werden. Zuerst dachte sie, es wäre nur der Wind, der die Zweige einer Kletterpflanze an die Fassade der Werkstatt bewegte, aber dann hörte sie es noch einmal. Und so etwas wie ein kurzes Schwappen. Entsetzt hob Rachel die große Gießkanne hoch und tunkte suchend ihre Hand hinein, egal wie unwahrscheinlich es schien. Doch alles, was sie zu fassen bekam, war glitschiges Laub. »Honey, bist du hier irgendwo?«, flüsterte sie und stieß dabei an die Regentonne. Im Innern meinte sie, ein leises Kratzen zu hören, und war das nicht ein klägliches Miauen gewesen? »Grayson? Grayson!«, brüllte sie und riss den Stein herunter, der den Deckel beschwerte – eigentlich, um Tiere vorm Hineinfallen zu bewahren. Doch hier wäre er um ein Haar zur tödlichen Falle geworden. »Grayson, komm doch!«, schrie sie noch einmal und fischte im Dunkeln in dem eisigen Wasser herum. Himmel, war das kalt. Ihre Finger schmerzten und wurden taub. Da war aber irgendetwas. Ein Stück Holz. Sie bekam es nicht zu fassen. Ein Brett? Und Fell. »Oh Gott, bitte, bitte nein«, flehte sie und griff zu, bevor es ihr wieder aus den Fingern glitschte. Sie hob das kalte, nasse Bündel heraus und drückte es an ihre Brust. Dann hörte sie rennende Schritte von vielen Füßen. Das Licht von Graysons Taschenlampe blendete sie und sie kniff die Augen zusammen. »Lebt sie noch?«

»Ich weiß es nicht«, wimmerte Rachel. Alle drängten sich um sie und plapperten durcheinander. »Vielleicht muss man sie beatmen?«

»Wie macht man Mund-zu-Mund bei einer Katze?«

»Hat sie Wasser geschluckt?«

»Wie ist sie da überhaupt reingekommen?«

»Geht doch mal beiseite.« Sie liefen zur Haustür. Zurück ins Warme und ins Licht. Endlich meinte Rachel, unter ihren klammen Fingern eine zarte Bewegung zu spüren. Herzschlag. Und ein leises Fiepen. Jodie reichte ihr ihren Schal und Grayson fing an, damit an dem kleinen Katzenkörper herumzurubbeln, noch bevor sie das Sofa in der Halle erreicht hatten. »Wir bringen sie ins Schwimmbad«, schlug er vor.

»Hat sie nicht schon genug Schwimmübungen gemacht?«, fragte Kathy, aber Rachel verstand, was er bezweckte.

»Da ist es warm. Gute Idee. Aber wir brauchen trotzdem eine Wärmflasche oder so was.«

»Mach ich«, versprach Jodie und sprang los. Kathy hielt ihr die Tür auf und Rachel trug das kleine Kätzchen in den Poolbereich. Keiner achtete darauf, seine Straßenschuhe auszuziehen. Grayson fischte ein trockenes Handtuch aus dem Regal und tauschte es auf der warmen Steinbank gegen Jodies Schal aus. Honey sah fürchterlich aus. Wie eine explodierte Zigarre. Nach einer gefühlten Ewigkeit begann das Kätzchen, sich zu regen. Es zitterte erbärmlich und Grayson steckte sich das Fellbündel kurzerhand unter den Pulli auf die nackte Haut. Rachel und Kathy hockten bangend daneben. Niemand sagte etwas. Rachel erwachte zuerst aus ihrer Schockstarre. Es war wirklich brutwarm hier drin. Nach und nach legten alle ihre Jacken ab. »Jetzt wird es besser«, flüsterte Grayson nach einer Weile und setzte sich behutsam in eine etwas bequemere Position. Ganz außer Atem kam Jodie herangeeilt, eine Wärmflasche mit violettem Plüschbezug in der Hand. »Ist das gut so?«, fragte sie.

»Perfekt«, meinte Grayson, schob sich die Wärmflasche zusätzlich unter den Pulli und lächelte sie dankbar an.

»Wie konnte das nur passieren?«

»Keine Ahnung«, erwiderte Rachel nachdenklich und tauschte einen Blick mit Grayson. »Der Stein lag auf dem Deckel und der Deckel war zu. Wenn dieses Brett nicht da drin rumgeschwommen wäre ...«

»Sie lebt. Sie ist nicht ertrunken. Aber mit so einer Unterkühlung ist nicht zu spaßen«, unterbrach Grayson. »Ich fahre lieber noch mal zum Tierarzt mit ihr.«

»Ich komme mit«, sagte Rachel sofort. Aber Grayson bremste sie aus. »Wenn mich nicht alles täuscht, wolltet ihr doch Musik machen. Lass die anderen nicht hängen. Wir kommen schon klar.« Er küsste sie sanft. »Danke.«

Rachel zögerte, aber sie spürte, dass er allein sein wollte, und musste das akzeptieren. Vielleicht wurde sie ja allmählich erwachsen.

Trotzdem war sie bei der Bandprobe nur halb bei der Sache. Natürlich hatte sich die Sache mit Honeys Unfall bereits herumgesprochen und alle löcherten sie. Selbst Becky wurde aschfahl, als sie davon hörte, was passiert war. Anscheinend war sie doch nicht so hart gesotten, wie sie immer tat.

Am nächsten Morgen wurde Rachel davon wach, dass Grayson schon in aller Herrgottsfrühe aufstand. Es war noch nicht einmal richtig hell. Hatte sie schon wieder verschlafen? Rachel fuhr auf und sah auf ihren Wecker. Dann fiel ihr ein, dass heute Projekttag war. Eigenständiges Arbeiten, eigenes Tempo. Und Grayson war durch seine Masterarbeit sowieso vogelfrei. Ihr nächster Blick galt Honey, die sich erschöpft zwischen ihnen zusammengekugelt und die ganze Nacht nicht wegbewegt hatte. Die Tierärztin hatte ihr prophylaktisch ein Antibiotikum gespritzt und Wärme verordnet – und das Kätzchen hielt sich strikt an die Bettruhe.

»Was ist los?«, fragte Rachel schlaftrunken und ließ sich wieder in ihr Kissen zurücksinken.

»Ich will mit Humphrey reden«, sagte Grayson und schlüpfte in seine Hose.

»Hältst du das für eine gute Idee?«, fragte Rachel sorgenvoll.

»Ich möchte hören, was er dazu sagt, bevor ihn irgendwer sonst mit der Sache konfrontiert«, erklärte Grayson. »Es muss eine einfache Erklärung dafür geben. Er muss vergessen haben, den Deckel draufzumachen. Und hat nicht bemerkt, dass Honey reingefallen ist. Aber so eine Nachlässigkeit ist doch überhaupt nicht seine Art.« Er fuhr sich durch die Haare und setzte sich neben sie. »Wie siehst du das denn?«

»Ich hab die halbe Nacht darüber gegrübelt«, gab Rachel zu. »Was, wenn es gar kein Unfall war?«

Grayson zuckte zurück. »Humphrey würde nie ... warum ...?«

Rachel erschrak. »Nein, nein. Das glaube ich auch nicht ...«, stammelte sie. »Aber der Stein … jemand muss den Deckel mit Absicht geschlossen haben.«

»Doch bestimmt nicht im Wissen, dass eine kleine Katze in die Tonne geplumpst ist.« Er stand auf und ging ins Bad. Rachel biss sich auf die Lippen. Natürlich nicht. Sie glaubte ja auch gar nicht, dass Honey mit Absicht hineingeworfen worden war. Wer könnte denn einer kleinen, süßen Katze etwas so Schreckliches antun?

Sie ließ sich nicht davon abhalten, Grayson zu begleiten. Humphrey war unten an der Auffahrt damit beschäftigt, Kies zu harken. Als er die beiden kommen sah, hielt er inne und schraubte den Verschluss seiner kleinen Thermoskanne ab, um einen ordentlichen Schluck zu nehmen.

»Ist was passiert?«, fragte er, als er Graysons ernste Miene sah.

»Kann man wohl sagen«, antwortete der düster. Rachel legte ihm bremsend die Hand auf den Arm. Sie fürchtete, er würde gleich lospoltern, aber Grayson riss sich zusammen. »Humphrey, wir müssen reden.« Er atmete tief durch. »Hast du schon mitbekommen, dass Honey fast ertrunken wäre? Weißt du irgendwas darüber?« Der Gärtner stützte sich auf seine Harke und rieb sich mit seinem großen Stofftaschentuch über Stirn und Nacken.

»Kein Wetter für meinen Ischias«, murmelte er und nickte dann bedächtig. »Gerüchte verbreiten sich immer schnell auf diesem Anwesen. Wie geht's dem kleinen Tiger? Gut weggesteckt den Schrecken, will ich hoffen.«

Rachel nickte. »Humphrey, haben Sie irgendwas gesehen?«

Er sah sie aus wässrigen, geröteten Augen an und Rachel fiel auf, dass er in letzter Zeit eigentlich immer sehr müde und erschöpft wirkte. »Nichts, was verwertbar wäre«, sagte er dumpf und richtete sich ächzend auf. »Ich weiß nur, dass hier eine ganze Menge nicht mehr stimmt in letzter Zeit.« Rachel strich ihm mitfühlend kurz über die Hand und Humphrey sah sie verwundert an. Der Ärmste litt wirklich sehr unter dem Verlust.

»Wann hast du denn das letzte Mal Wasser aus der Tonne geholt?« Verwirrt musterte er Grayson.

»Wieso fragst du mich das?«

»Weil der Deckel auf der Tonne war und mit einem Stein beschwert, so wie du es immer machst, damit kein Tier hineinfällt.«

»Ganz genau«, bestätigte Humphrey. »Damit nicht mal 'ne Maus ertrinken kann. Schon *ein* totes Tierchen verseucht mir das ganze Wasser. Und aus dem Grund hab ich auch meinen Zapfhahn an der Tonne. Ich fasse den Deckel nur an, wenn ich den Bottich reinige. Versuchst du, mir irgendwas zu sagen, Grayson Wolf?« Rachel sah, wie Humphreys Schlagader am Hals bedenklich anschwoll. Doch Grayson hatte nicht vor, klein beizugeben. »Und hast du ihn gereinigt gestern?«

»Nein!«, bellte Humphrey unvermittelt los. »Aber wenn ich es hätte – glaubst du nicht, ich würde merken, wenn da eine Katze rumschwimmt?«

»Ich bin mir nicht sicher«, sagte Grayson.

»Du bist dir nicht sicher?« Humphrey starrte ihn ebenso entsetzt wie ungläubig an. Rachels Blick flog von einem zum anderen. »Leute ... das ist nicht der richtige Weg. Humphrey, bitte verstehen Sie das nicht falsch. Wir wollten doch nur wissen, ob ...« Er ließ sie nicht zu Wort kommen.

»Glaubst du allen Ernstes, dass ich schon so verkalkt bin?

Ich habe meine sechs Sinne immer noch weitaus besser beisammen als so einige andere hier. Also hüte deine Zunge und überlege dir gut, was du sagst. Ich habe in meiner Laufbahn noch nicht einen einzigen Maulwurf erschlagen, geschweige denn eine Katze ersäuft. Ich habe hohen Respekt vor dem Leben, vielleicht mehr als manch anderer, den dieser graue Kasten schon hat kommen und gehen sehen. Vielleicht solltest du besser in einer anderen Richtung nachforschen.« Damit drehte er sich erstaunlich schnell um für jemanden, der ischiasgeplagt war, und stampfte davon. Grayson sah ihm grimmig hinterher. Rachel war zu erschrocken, um irgendetwas zu sagen. Und dann mussten sie beide mit ansehen, wie der alte Mann plötzlich strauchelte. Er geriet ins Taumeln und stürzte. »Oh Gott, Humphrey!« Zwei Sekunden später waren sie bei ihm. Grayson bettete den Kopf des alten Mannes auf seinen Schoß und Rachel lockerte seinen Kragen, damit er besser Luft bekam. Er war bei Bewusstsein, aber er hatte offenkundig Atemnot. »Ich rufe einen Krankenwagen.« Wie in Trance setzte sie einen Notruf ab und blieb bei Humphrey hocken, während Grayson losrannte und eine Decke holte. Sie hatten ihm Graysons Jacke unter den Kopf geschoben, sodass sein Oberkörper etwas erhöht lag. »Nicht sprechen, es wird alles gut«, flüsterte Rachel, als Humphrey unruhig wurde. Auf seiner Stirn stand kalter Schweiß. Er bewegte die Lippen und sie musste sich weit zu ihm hinabbeugen, um ihn halbwegs verstehen zu können.

»Ich habe der Katze nichts getan«, wisperte er.

»Ich weiß, Humphrey«, sagte Rachel so beruhigend sie konnte und drückte seine Hand. »Und Grayson weiß das auch. Es tut mir so leid. Er war nur aufgeregt. Wir machen uns alle Sorgen.« Humphrey versuchte zu nicken. Das Sprechen schien ihn sehr anzustrengen, aber er wollte unbedingt noch etwas loswerden.

»Erpressung ...«, wisperte er und hustete. Dann setzte er noch einmal an. »Ich werde bedroht ... Jemand hat wohl mit...mitbekommen, ... dass es bei mir ... neuerdings ... was zu holen ... gibt.« Er atmete schwer. »Ich ... hätte nie gedacht ... dass sie so weit gehen.«

»Sie?«, fragte Rachel verwirrt nach. »Wer ...?« Humphrey deutete unwirsch ein Kopfschütteln an und rang wieder nach Atem. »Man muss seine Familie doch schützen.« Dann dämmerte er weg und Rachel wurde panisch. Wie war das noch mal im Erste-Hilfe-Kurs gewesen? Wann musste man beatmen? Nein, er atmete ja. Oder Herzdruckmassage machen? Da war irgendwas mit *Stayin' Alive* von den Bee Gees. Das war der Rhythmus, richtig. Ruhig bleiben, Rachel. Wenn es drauf ankommt, dann kannst du auch das. Aber brachen dabei nicht sogar die Rippen? Oh Himmel, das war doch hoffentlich nicht nötig, oder? »Humphrey? Humphrey! Nicht einschlafen! Humphrey!« Sie klopfte ihm leicht gegen die Wangen. Sie fühlten sich wächsern und dünn an und der Schweiß auf seiner Stirn klebrig und kühl. Das war bestimmt nicht gut. Rachel verrenkte sich, um ihm das Ohr auf die Brust legen zu können. Sie wollte hören, ob sein Herz noch schlug. Doch gerade da war Grayson wieder zur Stelle und er brachte nicht nur die Decke, sondern auch schon einen Notarzt mit.

»Er war gerade zwei Straßen weiter«, keuchte Grayson zur Erklärung. »Was für ein Glück.«

Sie fuhren Humphrey mit Blaulicht ins nächste Krankenhaus und Rachel schlotterte. Nicht nur vor Kälte, sondern auch, weil das Erlebnis wie ein fürchterliches Déjà-vu von Helens Abtransport war. Und wieder fühlte sie sich irgendwie schuldig und hilflos.

Sie durften nicht mitfahren, weil sie keine Verwandten waren. Grayson nahm es auf sich, über den Hügel zu rennen und Humphreys Frau darüber zu informieren, was vorgefallen war. Rachel fühlte sich feige, doch sie war insgeheim froh, dass er sie nicht gefragt hatte, ob sie mitkam. Aber jetzt war sie allein. Das war wohl der Preis dafür. Ihr war eiskalt und das machte auch die Decke nicht besser, die sie zusammen mit Graysons Jacke vom Boden aufhob und sich um die Schultern legte. Außerdem roch sie modrig. Rachel ging langsam zum Schloss hinüber. Sie hatte keine große Lust, jetzt irgendwem zu begegnen. Aber da bis jetzt noch keine Fenster aufgerissen worden waren, hatte offenbar niemand das Drama im Hof mitbekommen. Kein Wunder, die meisten schliefen wohl noch. Rachel beschloss, in der Halle auf Grayson zu warten.

Der Notarzt hatte etwas von Schwächeanfall und Kreislauf gesagt, offenbar nicht das Herz. Immerhin. Trotzdem. Humphrey war ein alter Mann und all die Aufregung der letzten Zeit ... das war ganz bestimmt nicht gesund. Und was sollte sie von dem halten, was er ihr da auf dem Boden liegend anvertraut hatte? Wer sollte einen alten Mann damit erpressen, dass er eine Katze ertränkte?

Das Hupen eines Autos riss sie aus ihren Gedanken. Ziemlich rasant pflügte es durch den Kies und kam kurz vor ihr zum Stehen. Grayson saß am Steuer. Er hatte eine ältere Dame neben sich, die sich ein bisschen verängstigt an ihrer Handtasche festklammerte. Das musste wohl Ruth sein. Rachel folgte seiner Geste und stieg hinten ein. »Ich bringe Ruth ins Krankenhaus und dachte mir, du willst bestimmt mit«, erklärte er kurz. Rachel nickte und stellte sich vor. Ruths Hand lag angenehm warm und resolut in ihrer. Aber ein kalter Fisch hätte auch nicht zu Humphrey gepasst.

Im Krankenhaus mussten sie eine ganze Weile warten, bis man sie informierte, geschweige denn zu ihm ließ. Rachel holte Tee für alle. Sie tranken stumm. Er schmeckte nach der Pappe der Becher, aber er war heiß. Humphreys Frau brach als Erste das Schweigen. »Er ist schon eine ganze Weile irgendwie sonderlich. Vielleicht haben die Ärzte ja dafür eine Erklärung«, sagte sie und seufzte schwer. »Manchmal erkenne ich ihn kaum wieder.« Sie drehte den Pappbecher in ihrer Hand immerzu im Kreis herum und Rachel musste wie gebannt auf ihre Hände mit den zart apricotfarben lackierten Nägeln starren. Sie runzelte die Stirn, aber ihr fiel nichts ein, was sie darauf erwidern konnte.

»Ich mache mir Vorwürfe«, sagte Grayson. »Wenn ich ihn nicht provoziert hätte, dann ...« Ruth hörte plötzlich auf, den Becher zu drehen, und Rachel war einen Moment lang irritiert.

»Grayson. Er arbeitet einfach zu viel. Er läuft vor irgendetwas weg. Seit Wochen schon. Er ist fast nie zu Hause, und wenn, dann verschwindet er im Hobbykeller. Neulich habe ich es nicht mehr ausgehalten und bin zu Freundinnen zum Bridge gefahren. Ich musste einfach mal raus. Als ich wiederkam, stand die Polizei vor der Tür.« Sie zupfte eine imaginäre Fluse von ihrem Mantel und schüttelte resigniert den Kopf.

»Bitte was?«, rutschte es Rachel entgeistert heraus und

Grayson gab ihr mit einer Geste zu verstehen, dass er davon ebenfalls keine Ahnung gehabt hatte. Warum hatte Humphrey niemandem davon erzählt? Ruth winkte kraftlos ab. »Es war falscher Alarm. Er hat den Herren erzählt, dass bei uns eingebrochen worden wäre. Man hätte ihm die Zahnbürste gestohlen. Völliger Blödsinn.« Sie zog die Augenbrauen hoch. »Ich habe keine Erklärung dafür, warum ›jemand‹ bei uns im Wohnzimmer und im Bad alles auf den Kopf gestellt und die Schränke durchwühlt haben sollte. Jedenfalls hat weder etwas gefehlt, noch gab es Einbruchsspuren.« So, wie seine Frau »jemand« betonte, klang es ziemlich nach »Humphrey«, meinte Rachel herauszuhören.

»Vielleicht waren das ein paar Jugendliche? Aus Freude am Vandalismus?«, fragte sie zögernd nach. Aber Humphreys Ehefrau schüttelte resigniert den Kopf. »Dazu hätte doch jemand einen Schlüssel gebraucht. Es wurde ja nichts zerstört. Nur allerlei durcheinandergeworfen, als ob jemand eilig etwas gesucht hätte und nicht wusste, wo. Die Polizei meinte, das würde alles keinen Sinn ergeben, und hat erst gar keine Anzeige aufgenommen. Wegen einer Zahnbürste ...« Sie schüttelte den Kopf und fing wieder an, hoch konzentriert den Teebecher zu drehen. »Humphrey hat wirres Zeug geredet und schließlich sogar zugegeben, dass er selber das meiste durcheinandergebracht hat, weil er meinte, dass etwas fehlt. Zum Glück haben sie uns den Einsatz nicht in Rechnung gestellt.« Sie seufzte wieder schwer. »Aber was die Nachbarn jetzt denken ... Ich mache mir wirklich Sorgen um ihn.« Sie sah unsicher von Rachel zu Grayson.

»Na ja, Nachbarn sind wir schließlich auch!« Grayson

versuchte, munter zu klingen. Aber Rachel sah, dass ihm das Lächeln knapp unterhalb der Mundwinkel abschmierte. Sie schluckte ebenfalls. Wenn ältere Leute dement wurden, kriegten sie manchmal Anfälle von Verfolgungswahn. Das hatte Rachel in der Apotheke ihrer Eltern ab und zu mitbekommen, wenn sie in den Ferien an der Kasse ausgeholfen hatte. Aber Humphrey und senil? Das passte nicht. Humphrey doch nicht! In ihrem Kopf ratterte es. Zu Krankheitsschüben kam es meist verstärkt durch Stress. Und die wilde Erpressungsgeschichte würde dann auch Sinn machen. Na super. Wenn also doch etwas dran war? »Man muss seine Familie schützen«, murmelte Rachel nachdenklich.

In diesem Moment kam der Arzt und bat Ruth mitzukommen. Natürlich durfte seine Frau als Erstes hinein. Sobald sie mit dem Arzt davongetrippelt und aus dem Wartebereich verschwunden war, zischte Grayson: »Hast du davon gewusst?«

»Ich hatte keine Ahnung! Womöglich ist es ein Segen, dass er eingeliefert wurde«, antwortete sie nachdenklich. Grayson starrte sie entsetzt an. »Nein«, beeilte sie sich zu erklären. »Ich meine nur ...« Sie zögerte, es tatsächlich auszusprechen. »Mir hat er vorhin erzählt, dass er erpresst wird und jemand wohl deswegen Honey in die Tonne gesteckt hätte. Vielleicht steckt ein organisches Problem dahinter. Dann ist es doch nur gut, wenn sie ihn jetzt gründlich untersuchen.«

Grayson setzte an, als ob er etwas erwidern wollte, aber er atmete nur tief aus und klappte den Mund wieder zu. Rachel legte ihre Hand auf die seine und er erwiderte die Geste. »Das ist alles ganz schön irre«, sagte er schließlich.

»Wahrscheinlich hast du recht. Aber erst die verbrannte Post, dann Honey. Er hat ja wirklich ziemlich viel geerbt. Wenn das jemand mitbekommen hat? Wir sollten die Augen offen halten. Ich glaube allmählich nicht mehr an Zufälle.« Rachel nickte und griff fester nach seiner Hand. Gruselig. »Willkommen in meiner Welt«, stöhnten sie zeitgleich. Und darüber mussten sie immerhin schon wieder lächeln. Im Moment passierte wirklich ziemlich viel auf einmal.

Das bestätigte sich gleich am Abend erneut.

Als Rachel durchgefroren und entnervt von einem Ölbad wider Willen aus der Werkstatt zur Bandprobe kam, saß Becky in der Mitte ihrer Freundinnen und ließ sich schminken. Die Jungs saßen mit Tiger auf dem Sofa und schickten sich übers Handy irgendwelche Tunes hin und her und nickten ihr nur kurz zu. Die Mädels bemerkten sie gar nicht. Rachel entschied sich, erst einmal nichts zu sagen, warf ihre Jacke über die Couchlehne und packte grimmig ihre Noten aus. Auf den zweiten Blick allerdings erkannte sie, dass Becky nicht wirklich auf Stylingtipps aus war, sondern eher Hilfe bei der Schadensbegrenzung benötigte. Wenn sie das richtig erkannte, bemühten sich Jodie und Helen gerade um das Verdecken von blauen Flecken und Kratzspuren an Gesicht und Hals. »Bist du etwa schon wieder in einen Rollator gerauscht?«, erkundigte sich Rachel und verzog das Gesicht. »Oder laufen eure Senioren gerade Amok?«

»Sozusagen«, meinte Becky und verzog den Mund zu einem schiefen Grinsen. »Still halten«, befahl Helen und erklärte an ihrer Stelle: »Einer von den Bewohnern des Seniorenheims hat ab und zu mal Ausraster.«

»Tut nicht sehr weh«, behauptete Becky und lächelte tapfer, bevor Jodie ihr das Kinn mit Puder überstäubte.

»Mhm.« Rachel nickte und sah auf die Uhr.

»Los, lasst uns anfangen«, kam Becky ihr jedoch zuvor und klopfte sich den Make-up-Staub von der alten Lederjacke. »Das reicht doch bestimmt schon. Danke.« Sie nickte den Mädchen zu und die verstauten beinahe widerwillig ihre Schminksachen.

»Hey, macht ruhig weiter«, bat Rachel. »Ich will euch echt nicht stören. Nicht falsch verstehen. Ich hab mich nur ein bisschen abgehetzt, um hier zu sein, und hätte gern noch geduscht, um den Ölwannenmief aus der Nase zu kriegen. Aber kein Thema. Weitermachen!« Sie wollte sich setzen, doch Helen zog sie in der Bewegung wieder hoch.

»Kann ich dich mal kurz sprechen?«, bat sie plötzlich und zerrte sie am Kragen auf den Flur. Rachel registrierte, dass die Kartons weg waren. Das war ihr noch gar nicht aufgefallen. »Hat die irgendwer weggeräumt?«, fragte sie überrascht.

»Lenk nicht ab«, schimpfte Helen und baute sich ein paar Meter weiter mit verschränkten Armen vor ihr auf. »Hör mal. Sei nicht so feindselig zu Becky. Die hat's grade echt schwer, weißt du? Ich möchte mich jedenfalls nicht für ein Taschengeld mit kampflustigen Opas anlegen müssen. Ist dir mal aufgefallen, dass sie ständig zwischen den zwei ewig selben Outfits wechselt, die inzwischen schon ganz schön verschlissen aussehen? Ich hab ihr einen meiner Pullis und 'ne Jeans geschenkt, in die ich eh nie mehr reinpasse. Du hättest sehen sollen, wie sie sich gefreut hat.«

»Das hat sie sich aber alles selbst eingebrockt. Schon vergessen?«, erinnerte Rachel sie liebevoll. Na gut, ein bisschen Sarkasmus schwang da schon in ihrer Stimme mit. Becky hatte es also nicht leicht. Sie konnte nicht ständig Klamotten shoppen gehen. Na bravo! »Und wie findet deine bessere Hälfte inzwischen dein Engagement als Streetworkerin? So richtig glücklich sah sie nicht aus dadrinnen. Fällt dir gar nicht auf, dass unsere Katastrophenlady sich ganz geschickt immer mehr in den Mittelpunkt der Welt rückt?«

Helens Augen verengten sich zu Schlitzen. »Rachel, lass Tiger da raus. Wir haben das geklärt. Warum bist du so gemein und herzlos? Dich haben wir doch auch aufgenommen, als du hier neu warst.«

»Das ist doch ganz was anderes. Und sie wird hier außerdem nicht bleiben. Glaub das doch nicht! Sie haut bald wieder ab und dann hinterlässt sie einen Scherbenhaufen. Ich kenne das alles schon, verbrannte Erde. Immer! Gewöhn dich nicht zu sehr an sie und glaub bloß nicht an best friends forever. Es bricht dir nur das Herz.« Sie blähte kampflustig die Nasenflügel.

»Ach, daher weht der Wind!?« Helen legte den Kopf schief und sah Rachel prüfend in die Augen. Auf einmal spürte sie einen Kloß im Hals. Wo kam der denn jetzt her? »Du bist immer noch verletzt und eifersüchtig, oder? Lieber keine Gefühle aufkommen lassen? Bloß nicht dran rühren? Vielleicht solltet ihr euch mal aussprechen. »Reden hilft«, sagt man. Da haben clevere Leute sogar eine Therapieform draus gemacht! Aber womöglich färbt dein einsamer Wolf zu sehr auf dich ab.«

»Der ist doch gar nicht mehr so«, verteidigte Rachel Grayson lahm. Helen kannte sie einfach zu gut. »Und wenn du wüsstest, was wir so alles um die Ohren haben.«

»Ja, das wüsste ich in der Tat gern, Süße. Du machst dich allerdings mehr als rar. Das kommt noch dazu.«

Rachel ließ die Schultern hängen. Voll erwischt. »Verdammt, Helen. Du hast recht. Wie machst du das nur?« Sie seufzte schuldbewusst. »Es ist wirklich alles ein bisschen viel grade. Graysons Oma, sein Vater, die Werkstatt, Humphrey, die Band, Becky, die Uni ... Wir müssen endlich mal wieder in Ruhe quatschen. Ich bin gefühlt nur am Rennen und krieg von euch gar nichts mehr mit.«

Aus dem Probenraum drangen die schiefen Geräusche von Musikinstrumenten, die gerade gestimmt wurden.

»Meine Rede«, bestätigte Helen in versöhnlichem Ton und sah zur Tür. Sie nickte und legte ihr lächelnd den Arm um die Schulter. »So, jetzt gehen wir wieder rein und proben freundlich und offen für Kathys Irgendwann-Hochzeit und Graysons Bald-Geburtstag. Und du bemühst dich, fair zu Becky zu sein. Gut?«

»Gut.« Rachel nickte. Sie nahm es sich wirklich vor. Aber es war nicht leicht. Immer noch nicht. Und sie ärgerte sich selbst darüber, dass es ihr partout nicht gelingen wollte, einen endgültigen Strich unter die Vergangenheit zu ziehen.

17

Grayson hatte sich mit Freunden im Pub verabredet und Rachel nutzte die Zeit für sich. Bis spät in die Nacht klatschte sie in blindem Eifer Farben auf die größte Leinwand, die sie in ihrem Malzimmer herumstehen hatte. Sie spachtelte, schabte, hieb mit der Faust in die Kleckse, dass der Keilrahmen ächzte, und tobte sich mit Fingern und Handflächen aus, bis sie kaum noch die Augen offen halten konnte. *Das* war Therapie! Reden wurde dagegen völlig überbewertet. Eine aufkeimende Restwut spritzte sie mit dunkelblauem Acryl direkt aus der Tube und leider auch etwas über die Bildfläche hinaus. Das war der Moment, als ihr klar wurde, dass sie Becky jetzt womöglich sogar noch Dank dafür schuldete, dass sie gerade ihre Entscheidung über ihren weiteren Studienweg getroffen hatte. Und für einen tiefblauen Farbspritzer auf der Wand.

In der Nacht hatte Rachel einen Albtraum. Der blaue Fleck mutierte zu einem Acrylwesen, das sich schleimig von der Wand löste und zu einer dreidimensionalen ultramarinblauen Becky wurde. Mitleid heischend und hilfsbedürftig jammernd kroch sie vom Fußende her unter ihr Bett. Dort verströmte sie eisige Kälte und mutierte zu einer Hydra, die auch noch schauerlich zu heulen begann. Die kalte, gallertartige Beckyschlange kreischte immer mehr wie eine Kreissäge und wurde nur zwischendurch von einem ruhigeren Brummen unterbrochen. Das Brummen verknüpfte

Rachel irgendwie mit Grayson. Aber es klang sehr weit weg. Rachel strampelte sich angewidert die Bettdecke von den eisigen Füßen, um das Monster loszuwerden. Endlich wachte sie davon auf, dass sie entsetzlich fror. Bibbernd tastete sie nach Grayson, doch seine Bettseite war zwar noch warm, aber leer. Das Kreischen in ihrem Kopf hatte anscheinend nicht mitbekommen, dass sie aufgewacht war. Es wollte immer noch nicht aufhören. Im Gegenteil, es schwoll immer mehr an. Benommen knipste Rachel die Nachttischlampe an. Draußen dämmerte es gerade erst und sie hätte so gern ausgeschlafen – endlich wieder Samstag. Sie griff nach dem halb vollen Wasserglas neben ihrem Bett und trank es in einem Zug aus. Einen Moment lang war Ruhe. Dann konnte Rachel die Geräusche zuordnen. Das erneut einsetzende Geschrei und wütendes Gekeife kamen aus dem Treppenhaus. Eine zornige, sich überschlagende Frauenstimme, Türen schlagen und ein paar neue Stimmen, genervte, die wohl ebenso geweckt worden waren wie sie. Das hallte ja auch so ätzend in dem riesigen Treppenhaus. Auf den Eisklumpen, die wohl mal ihre Füße gewesen waren, tapste sie bibbernd um das Bett herum, warf die Decke zurück auf die Matratze und schloss das Schlafzimmerfenster. Irgendwer ließ unten gerade die Haustür ins Schloss knallen, dass die Scheiben bis hier oben klirrten, und rannte über den Kies davon. Aber es war zu dunkel, um mehr als eine weibliche Silhouette zu erkennen. Immerhin hatte das Gebrüll endlich ein Ende. Rachel krabbelte schnell noch einmal unter die fluffigen Daunen, um sich aufzuwärmen. Während sie noch überlegte, wer sich in aller Herrgottsfrühe auf dem Flur streiten musste, hörte sie Schritte. Grayson steckte den Schlüssel ins Schloss, schaltete das Flurlicht an und kam mit frischem Brötchenduft herein. »Oh, du rettender Engel!«, rief Rachel begeistert in Richtung Küche. Sie zog die Knie an und stopfte die Daunendecke um sich herum fest, damit das Entfrosten ihrer Eiszehen etwas schneller ging. »Bist du da draußen in ein Handgemenge tobender Furien geraten? Wollten sie dir an die Brötchen?«

Grayson streckte den Kopf durch den Türrahmen. Er sah wild aus und gar nicht zum Flirten aufgelegt. »Deine Becky hat echt 'ne Schraube locker«, platzte er heraus und verschwand wieder in der Wohnküche. Rachel hörte ihn mit Schranktüren und Tellern klappern und es klang ganz so, als sollte sie schleunigst das Bett verlassen, wenn sie ihre Einrichtung halbwegs unversehrt behalten wollte. Sie schlüpfte rasch in ihre Pantoffeln und schlappte in ihrem spitzenbesetzten Nachthemdchen zu ihm. »Was ist denn los?«, fragte sie und schnitt ihm den Weg zwischen Kühlschrank und Eierkocher ab. »Und warum sagt eigentlich alle Welt *meine* Becky!? Das ist nicht *meine* Becky! Ich will sie hier wohl von allen am allerwenigsten!«

Grayson zeigte mit einem rohen Ei auf sie. »Irrtum. Du bist jetzt auf Nummer zwei!« Er schnaubte. Der Minotaurus war zurück.

Rachel setzte sich lieber. »Und das heißt im Klartext?«

Grayson setzte die Eier auf, stellte den Wasserkocher an und ließ sich neben sie auf einen Stuhl plumpsen.

»Die spinnt doch total!«, brauste er auf.

»Das ist mir nicht neu«, stellte Rachel sachlich fest. »Und woran machst du das aktuell fest?«

»Eben grade im Treppenhaus. Du hast die Schreierei doch gehört ...«

»Ach, das wart ihr? Und ich dachte noch, irgendwie kommt mir die Stimme bekannt vor ... aber da war ich noch im Halbschlaf. Ich hatte einen echt üblen Traum ...«

Grayson unterbrach sie ungeduldig. »Sie wollte mich anschnorren. Angeblich, damit sie dir Geld geben könne. Wie unlogisch ist das denn bitte?« Rachel holte Luft, um etwas zu erwidern, aber Grayson sprudelte weiter. »Als ich ihr keins geben wollte, hat sie sich mir an den Hals geworfen. Spinnt die? Ich hab sie weggeschubst. Aber sie hat mich echt nicht in Ruhe gelassen. Und als ich sie immer wieder von mir weggeschoben habe, fing sie auf einmal an zu krakeelen, dass das Körperverletzung wäre und ich schon noch sehen würde, was ich davon habe, und bei meinem Vorstrafenregister und bla, bla, bla ... dann kamen die anderen und sie rannte völlig hysterisch weg.« Er schüttelte sich fassungslos. »Was erzählt die für 'n Scheiß? In welchem Film ist die denn kleben geblieben? Angriff der Killerbienen?«

»Wieso denn vorbestraft? Das stimmt doch gar nicht.«

»Sag ich ja.« Rachel musste nun doch grinsen. Grayson war völlig außer sich.

»Sie hat dich angebaggert?«

Grayson zog die Augenbrauen hoch. »So würde ich das schon nicht mehr nennen. Das wäre die Untertreibung des Jahres. Aber sie hatte 'ne Fahne. Und wie sie aussah ...« Er schüttelte sich wieder.

Rachel war sofort wieder ernst. Sie fröstelte. »Wieso? Wie sah sie denn aus?«

Grayson schnaufte empört. »Wenn du mich fragst: nicht ganz sauber. Und das meine ich bewusst doppeldeutig. Ungepflegt eben.«

»Scheiße.« Das Wasser kochte und Rachel stand auf, um den Tee aufzubrühen. Nachdenklich versenkte sie je einen Teebeutel in die bereitgestellten Tassen. »Das klingt nicht gut. Bist du sicher?« Sie hielt Grayson den einen Becher hin und setzte sich mit dem anderen an den Küchentisch. Sie seufzte. »Ich komme wohl wirklich nicht länger drum herum. Ich muss dringend mit ihr reden. Helen hat mir auch schon eine Standpauke gehalten deswegen. Sie hat leider recht. Ich kriege im Moment so einiges nicht auf die Reihe.«

»Aaaach. Nichts wird so heiß gegessen, wie's gekocht wird«, meinte Grayson versöhnlich. Rachel bewunderte sein Talent, sich genauso schnell wieder abzuregen, wie er sich aufregte. »Autsch!« Er hatte einen Schluck Tee getrunken und sah sie nun mit schmerzvollem Gesichtsausdruck an. Offensichtlich hatte er sich die Zunge verbrannt.

»Na, wenn das mal keine sich selbsterfüllende Prophezeiung war«, raunte Rachel mitleidig und streichelte ihm über die Wange. »Hmmm, glatt rasiert«, stellte sie fest und rutschte näher heran. »Bist du schwer verletzt, mein Treppenhausheld?«

»Nein, aber ich brauche grade sehr viel Trost«, antwortete Grayson mit Schmolllippe. »Da draußen war ein ganz böses Mädchen.« Er zog sie auf seinen Schoß. Rachel setzte sich lachend und schmiegte sich an ihn.

»*Wie* böse?«, fragte sie dicht an seinem Ohr und bedeckte seinen Hals mit Küssen. Graysons Hände glitten ihren Rücken hinauf und hinab und verursachten ein angenehmes Kribbeln. Sie spielte mit seinen Haaren und grub ihre Finger hinein, zeichnete mit den Spitzen zärtlich die Konturen seines Gesichts nach. Er versuchte, nach ihrem Finger zu schnappen, aber sie war schneller. Mit geschlossenen Augen küsste sie ihn zärtlich auf den Mund. Sie wühlte sich unter seinen Pulli, genoss die Wölbungen seiner Brustmuskeln und fuhr verträumt abwärts bis zu seinem Bauchnabel. Er duftete nach Aftershave und seine Lippen waren so weich.

Seine warmen Hände tasteten sich unter ihr Hemdchen, wanderten vorsichtig über ihre Rippen. Rachel fiel es schwer, ruhig sitzen zu bleiben, als er ihre Brüste erreichte, sie sanft kreisend berührte, zart liebkoste und wieder darüber hinwegglitt, erneut über ihren Rücken streifte. Sie spielte mit dem Bund seiner Hose und sein Kuss wurde intensiver. Begehrlich knetete er ihren Po. »Hast du etwa schon wieder keine Unterwäsche an?«, fragte er heiser. Sie küsste ihn zur Antwort und er zog sie ganz eng an sich, als ihre Zungenspitzen sich lustvoll umringelten. Sie begann, sich einladend auf ihm zu bewegen. Grayson schnurrte wie eine Großkatze und umfasste ihre Hüfte, um den Rhythmus aufzunehmen. »Hast du irgendwas vor mit mir?«, flüsterte er mit belegter Stimme.

»Das wollte ich dich auch gerade fragen«, wisperte Rachel zurück. Dann vibrierte plötzlich ihr Handy auf dem Küchentisch. Das Besteck klirrte mit und sie schraken zusammen. »Was war das denn?«, fragte Grayson schmunzelnd. »Hast du einen Sittenwächteralarm eingestellt?«

Rachel verzog den Mund. »Sorry, ich mach's aus.« Sie streckte sich, um das Telefon zu erreichen, und Grayson küsste ihren nackten Arm. Rachel schauerte. »Lass es doch einfach liegen und wir gehen nach nebenan«, nuschelte er in ihre Armbeuge. In derselben Sekunde bereute Rachel, dass sie aufs Display geschielt hatte. Aber da war es bereits zu spät. »Warte mal«, unterbrach sie und zog bedauernd ihren Arm weg.

»Was ist denn?«, fragte Grayson verwundert.

»Eine Bildnachricht von Becky. Wenn man vom Teufel spricht ...« Sie öffnete den Anhang und ihre Augen weiteten sich. »Das hat dein sauberer Freund mir angetan«, las sie beinahe tonlos vor. Grayson beugte sich über ihre Schulter und spähte mit ihr zusammen auf den kleinen Touchscreen. Das Foto war offensichtlich ein Selfie – ohne Schminke: dunkelblaues Auge, Würgemale am Hals, ein dick verkrusteter Bluterguss an der aufgesprungenen Lippe. Rachel verspürte Übelkeit in sich aufsteigen. »Was bitte soll das denn?«, fragte sie.

Grayson versteifte sich. »Große, du glaubst doch wohl nicht, dass ich das war, oder?«

»Nein, natürlich nicht«, wiegelte Rachel schnell ab. »Ich war ja gestern Abend dabei, als die Mädels ...« Sie erinnerte sich an die Schminkaktion bei der Bandprobe. »Mindestens die Hälfte dieser Verletzungen ist alt. Aber lies weiter. Sie legt's offenbar drauf an ...« Sie ließ das Handy in seine Hand gleiten, während Grayson las: »... wollen doch mal sehen, ob die Polizei mir oder deinem schicken Wölfchen glaubt.«

Rachel nahm einen großen Schluck Tee. Ihr Mund war mit einem Mal staubtrocken. Die Tasse war leider schon längst abgekühlt, aber das war egal. In ihrem Kopf rasteten die einzelnen Puzzleteile ein und ergaben ein angsteinflößendes Bild. »Das sieht eher danach aus, als ob sie irgendwer verprügelt – und das schon länger. Von wegen renitente Senioren ... dass wir da alle drauf reingefallen sind ... Aber was will sie? Was hat sie davon, wenn sie dir das in die Schuhe schiebt?« Sie drehte sich um und sah Grayson ratlos an. »Will sie uns etwa erpressen?«

Aus seinem Gesicht war die Farbe gewichen. »Geld?«, sagte er. »Ich hab nur keins.«

»Damit kommt sie nie durch«, sagte Rachel matt. Dann kehrte die Wut zurück. »Und genau das schreibe ich ihr jetzt auch.« Sie sprach halb laut beim Tippen mit. »›Wie blöd kann man sein, Becky? Du hast dich gestern Abend noch von der halben Clique überschminken lassen. Wir wissen Bescheid. Vergiss es also und spar dir deine dämlichen Erpresserversuche. Wenn du hier noch mal auftauchst, ruf ich deinen Sozialarbeiter an.‹ – So!« Befriedigt drückte sie auf Senden. »Die spinnt doch, oder? Erst will sie mir unbedingt das zertrümmerte Schaufenster meiner Eltern zurückzahlen, dann schnorrt sie sich hier durch und jetzt will sie uns sogar erpressen.«

»Ziemlich schräg«, gab Grayson ihr recht. Die erotische Stimmung war leider verflogen. Dafür schickte Rachel Becky innerlich gleich noch eine Verwünschung hinterher. Sie frühstückten größtenteils schweigend. Dann ging Grayson nach oben, um sich umzuziehen und Honey zu versorgen, die immer noch unter Hausarrest stand, damit sie sich auskurierte. Er hatte Ruth versprochen, mit ihr zusammen Humphrey aus dem Krankenhaus abzuholen. Rachel war traurig, dass sie nicht mitkommen konnte. Aber sie hatte schon vor Tagen Ralph und Gary zugesagt und machte sich daher fertig für die Werkstatt. Eigentlich hatte sie noch eine halbe Stunde Zeit. Also beschloss sie, Helen und Tiger zu besuchen und ihnen die Neuigkeiten zu erzählen.

»Das glaub ich jetzt nicht!«, tobte Helen, als sie davon

erfuhr. Schnaubend sah sie Rachel an. »Schätze, jetzt muss ich mich bei dir entschuldigen.« Sie trommelte das halbe Schloss zusammen und schließlich saßen die Mädchen zu sechst in der großen Wohnküche und schlürften aufgeschäumten Milchkaffee, der prima zur Stimmung passte. Tiger nahm einen Zettel und einen Stift und begann plötzlich, Zahlen zu kritzeln.

»Was machst du denn jetzt?«, fragte Helen verdutzt.

»Rechnen«, antwortete Tiger nüchtern. »Wie viel schuldet sie dir inzwischen?«

»Achtundsiebzig Pfund«, sagte Helen zerknirscht und schenkte Rachel einen scheelen Seitenblick.

»Wie viel?«, fragte Rachel entgeistert. Helen wollte etwas erwidern, doch Tiger blockte ab. »Warte«, sagte sie nur und nickte Kathy an. »Dreiundzwanzig oder vierundzwanzig«, sagte die und hob die Schultern. »Und Josh vielleicht auch noch mal fünf oder sechs Pfund.« Tigers Blick wanderte weiter.

»Fünfzehn«, gab Jodie zu und Tiger notierte schweigend. »Ich habe ihr fünfundvierzig Pfund geliehen«, erklärte Tiger. »Bruce, und du?«

Melissa schwieg. »Bei mir hatte sie kein Glück. Ich fall auf so was nicht rein. Bruce hat ihr dreißig gegeben. Sagt er.« Jetzt war es an Rachel. »Siebzig oder achtzig müsste ich noch kriegen«, meinte sie achselzuckend. »Ich weiß es gar nicht mehr so genau, weil sie mir ja zwischendurch immer was zurückgegeben hat.«

»Zwanzig abgezahlt und dreißig anderswo geliehen. Guter Schnitt«, resümierte Tiger trocken. »Wenn ich mich nicht verrechnet habe – und ich habe nur die niedrigeren Summen aufgeschrieben –, dann komme ich hier schon mal auf zweihundertsechsundsechzig Pfund.« Die Mädchen raunten. Rachel schluckte. »Sie hat sich bei euch allen durchgeschnorrt? Und ihr habt mir nichts davon erzählt?«

Alle redeten aufgebracht durcheinander. »Mir hat sie erzählt, dass sie den Bus verpasst hat.«

»Sie hat ein Geschenk für einen Heimbewohner kaufen wollen, der neunzig wurde.«

»Sie hat gesagt, jemand hätte ihren Geldbeutel geklaut.«

»Ich denke, den hat sie verloren?«

»Sie wollte dich doch überraschen.«

»Sie hat immer betont, dass sie dir die Rate nicht schuldig bleiben wollte.«

»Ja genau. Das war ihr unglaublich wichtig.«

»Raffiniert ist sie durchaus«, stellte Tiger fest. »Und eine gute Schauspielerin. Sie hat uns sauber drangekriegt. »Wie viel hat sie dir letztlich für dieses Fenster zurückgezahlt?« Rachel schnitt eine Grimasse. »Das kann ich dir sagen: Vierzig Pfund bisher genau.«

Tiger pfiff anerkennend durch die Zähne. »Überaus raffiniert«, wiederholte sie. »Bleibt ein hübsches Sümmchen für allerlei guten Stoff.«

»Du glaubst doch nicht, dass sie rückfällig geworden ist, oder?«

»Keine Ahnung«, gab Tiger zu. »Aber irgendwas stinkt hier gewaltig. Ich glaube nicht, dass ihr die Gute so schnell wiederseht, nachdem du ihr gesteckt hast, dass sie aufgeflogen ist.«

»Und mein Geld?«, kreischte Jodie.

»Betrachte es als gut gemeinte Spende für einen Verein, der leider in die eigene Tasche gewirtschaftet hat – und als Lehrgeld.«

»Na super.« Jodie ließ den Kopf hängen und kickte frustriert gegen den Tisch.

Das war ja furchtbar. Becky hatte sich von all ihren Freundinnen Geld erschwindelt?! Und die hatten es ihr im guten Glauben gegeben, damit ihr, Rachel, einen Dienst zu erweisen. »Ich ersetze euch das«, versprach sie leise.

»Wieso denn du?«, mischte sich Kathy ein.

»Ich fühle mich dafür verantwortlich«, erklärte Rachel verzweifelt. »Letztlich ist es doch so, dass ihr es Becky für mich gegeben habt. Also muss ich es euch zurückzahlen. Bitte. Becky hat so viel kaputt gemacht. Ich möchte nicht, dass das zwischen uns steht. Kann ich die Liste haben, Tiger?« Die Mädchen schwiegen betreten, als Rachel ihr den Zettel abnahm. Sie sah verlegen auf die Uhr. »Ich muss in die Werkstatt. Ich fang gleich damit an. Samstags gibt's immer gut Trinkgeld.«

»Schätzchen, du brauchst das nicht tun«, sagte Helen. »Es ist doch nicht deine Schuld, dass wir so naiv sind, sondern allein unsere.«

»Ich find's gut«, widersprach Jodie und fing sich dafür ausgerechnet von Melissa einen Rüffel ein.

»Ist schon okay.« Rachel schickte einen dankbaren Blick in die Runde und sauste los.

Die Geschichte ging ihr den ganzen Tag nicht aus dem Kopf. Sie war enttäuscht, wütend, gekränkt, zornig, verletzt und ein Teil von ihr mochte das alles immer noch nicht glauben. Obwohl sie die ganze Zeit über skeptisch und misstrauisch gewesen war – irgendetwas stimmte nicht an der ganzen Sache. Es passte einfach nicht zu Becky. Zu dem bescheuerten Kinderbild, das sie anscheinend immer noch von ihrer Sandkastenfreundin in sich trug ... wie albern und naiv!

Kurz vor Feierabend hielt Rachel es nicht länger aus und griff zum Telefon. Was hatte Becky sich nur dabei gedacht? Rachel hatte den ganzen Nachmittag über Zeit gehabt, sich hineinzusteigern. Und nun war sie megasauer. Stinkwütend. So fürchterlich, irrsinnig, rasend wütend, dass es gar kein Ausdruck war! Und Becky hatte immer noch nicht zurückgeschrieben. Rachel brodelte. Sie drückte die Rückruftaste und ließ es klingeln. Ewig. Das konnte einfach nicht wahr sein, dass Becky jetzt nicht ranging. Wie feige war das denn? Rachel ließ das Handy dreimal durchklingeln und wählte erneut. Dann endlich hörte sie, wie der Hörer abgenommen wurde. Aber niemand sprach. Stattdessen hörte sie ein entferntes Winseln. Erst dachte sie, irgendwo im Hintergrund würde ein Hund jaulen. Aber die Geräusche stammten von einem Menschen. Dieser Jemand weinte. Und da waren noch andere Geräusche. Schweres Atmen, ein dumpfer Schlag, ein Poltern, Schritte, das Reißen von Stoff. Wieder Schluchzen und noch ein anderes Geräusch, das ihr die Härchen auf den Unterarmen aufstellte. »Becky?«, fragte sie ins Telefon.

»Nein, bitte nicht ... hör auf«, hörte sie eine Frauenstimme flehen und wieder in ein Wimmern übergehen. »Hilfe.« Es war nicht viel mehr als ein Flüstern. Dann brach die Verbindung ab und die Leitung war tot. Entsetzt starrte Rachel auf ihr Handy. Sie war wie paralysiert. Ihr war schlecht. Sie musste sich sogar daran erinnern weiterzuatmen. Ihr Zorn war vorübergehend abgeschaltet. Das war eindeutig Becky gewesen. Und es klang so, als sei sie in echten Schwierigkeiten.

18

Rachel ließ alles stehen und liegen. Sie warf Ralph den schmutzigen Öllappen zu, mit dem sie sich vor dem Telefonat die Finger abgewischt hatte. »Ich muss los.« Was er darauf erwiderte, hörte sie schon gar nicht mehr. Sie rannte zu ihrem Fahrrad und nahm sich nicht einmal mehr die Zeit, sich umzuziehen. Immer wieder drückte sie mit einer Hand die Wahlwiederholung, aber die Leitung blieb tot. *»The person you have called is temporarily not available«*, spulte die Automatenstimme blechern ab.

Was sollte sie tun? Zur Polizei. Schnell. Wenn das auch nur so eine Schauspielaktion war, dann war das ein ganz mieser Trick. »Besser nicht, Becky, besser nicht«, knurrte sie in sich hinein. Aber all ihre Sensoren sagten ihr, dass das hier ernst war. Verdammt ernst. Und dass es wahrscheinlich auf jede Minute ankam. Sie wollte nicht wieder versagen, nichts checken, so wie bei Helen damals, die ihr weit mehr bedeutete als Becky. Obwohl das natürlich ungerecht war. Sie musste an Zeitungsberichte denken über Kerle, die Frauen schlugen. Darüber, dass die meisten Frauen bei so einem fiesen Typen blieben, statt nach der ersten Ohrfeige abzuhauen. Und dass die Hemmschwelle eines Schlägers nach dem ersten angeblichen Ausrutscher immer weiter sank. Aber was sollte sie auf dem Revier erzählen? Sie wusste ja nicht einmal, wo Becky wohnte. Dann fiel ihr auf, dass Becky nie etwas von einem Freund erzählt hatte. Sie wählte Graysons Nummer. Der ging nicht ran. Helen.

Dann Helen. Das Handy wählte über die eingespeicherte Kurzwahl. »Ja?«

»Ich glaube, Becky ist in Schwierigkeiten«, sprudelte Rachel los und bemühte sich, zeitgleich einhändig zu lenken, keine Fußgänger umzufahren und trotzdem nicht am nächsten Laternenpfahl kleben zu bleiben. »Ich bin auf dem Weg zur Polizei. Ich hab sie grade angerufen. Wir haben nicht wirklich geredet. Ich glaube, sie ist heimlich rangegangen. Das war ein Hilferuf. Jemand vermöbelt sie grade. Ich hab's gehört. Weißt du was von einem Freund? Oder wo sie wohnt? Hat sie mal irgendwas gesagt?« Rachel trat in die Pedale, so schnell sie das mit einer Hand konnte. Sie musste sich dringend eine Freisprecheinrichtung besorgen. Himmel, was man doch für komische Gedanken hatte, wenn so was Irres passierte.

»Rachel? Wo steckst du? Was erzählst du da?«

»Helen, hör zu. Das ist ernst!« Die Anklopffunktion zeigte ihr, dass Grayson versuchte, sie zu erreichen. »Bleib mal dran!«, bat sie und drückte Helen weg. Sie wiederholte nicht weniger wirr, was passiert war, aber Grayson schaltete schnell. Er versprach, sie auf dem Revier in der Dracaena Avenue zu treffen. Helen hatte aufgelegt. Rachel steckte das Handy ein und strampelte verbissen weiter. Das konnte doch wohl nicht wahr sein! Sie hatte Seitenstiche und jeder Atemzug schmerzte. Vor dem Polizeirevier musste sie erst einmal Luft holen. Keuchend schloss sie ihr Rad am Geländer der Behindertenrampe an und wollte hineinstürmen. Doch die Tür war verschlossen. Sie rüttelte und suchte nach der Klingel. Ihr Blick blieb an einer Notiz kleben, die von innen an die Scheibe geheftet war. »Das glaub ich jetzt nicht«, stöhnte sie erschüttert. »Was ist das denn für ein bescheuerter Albtraum? Ich will aufwachen! Jetzt!« Aber es fühlte sich nicht an wie ein Traum, sondern wie die beschissene englische Bürokratenrealität. Der schlichte Computerausdruck verwies auf eine blaue Box an der Wand, in der sich das Notruftelefon befand. Wegen Einsparungsmaßnahmen sei der Empfang der Polizeistation künftig nicht mehr besetzt. Über die 101 könne man jederzeit einen Termin ausmachen oder sich alternativ an die Auskunftsstellen in Truro oder Camborne wenden. Und im Notruf natürlich wie immer die 999 wählen. Bla, bla, bla. Rachel starrte den blauen Telefonkasten an. Wieso war sie extra hergekommen und hatte nicht gleich die 999 gewählt? Was sollte sie nun tun? Und wo blieb Grayson so lange? In der Erinnerung hörte sie wieder das knirschende Geräusch und den erstickten Hilferuf. Sie durfte nicht zögern. Sie würde das schon hinkriegen. Also wählte sie den Notruf und erzählte zum dritten Mal, was passiert war, einigermaßen abgekürzt und so, dass es hoffentlich dringend, aber auch nicht allzu verworren klang. Die Dame am anderen Ende der Leitung fragte trotzdem etwa dreihundertmal nach, was Rachel denn nun von ihr wolle und wo das potentielle Opfer wohne. »Das versuche ich Ihnen ja die ganze Zeit zu sagen!«, schrie Rachel das Telefon an. »Ich weiß es nicht. Ich kann Ihnen nur die Handynummer geben. Das Handy müssen Sie doch orten können! Sie sind schließlich die Polizei! Warum lassen Sie mich denn nicht rein? Dann kann ich Ihnen Fotos zeigen. Das sieht nicht schön aus, Mann! Es ist eilig! Verdammte Kacke!« Außer sich trat Rachel gegen die Wand.

»Miss, Sie sind mit der Notrufzentrale verbunden. Bitte mäßigen Sie Ihren Ton oder geben Sie die Leitung frei.«

»Das hier *ist* ein beschissener Notruf! Da wird grade ein Verbrechen verübt! Meine Freundin Becky Simmons braucht Ihre Hilfe. Ich steh hier vor Ihrer Tür und Sie lassen mich nicht rein!«

»Wie war der Name?«

Hinter ihr hupte es. »Was?«, schrie Rachel ungehalten und drehte sich um. Es waren Tiger und Helen in ihrem Twingo, aus dem gerade Grayson kletterte. Zu ihrem großen Erstaunen war sogar Humphrey mit dabei. Sie war so erleichtert, die vier zu sehen. Nur die sorgenvollen Mienen gefielen ihr nicht. Und Humphrey sah immer noch so blass aus. Sie begann zu weinen. Sie konnte nichts dagegen tun. »Die nehmen mich nicht ernst«, heulte sie auf. Grayson kam auf sie zu und sie ließ sich in seine ausgebreiteten Arme fallen. »Beruhige dich, wir kriegen das schon wieder hin.«

»Miss? Miss! Sind Sie noch dran?« Verwirrt drehte Rachel sich wieder zum Telefon um. »Ja, bin ich«, schluchzte sie.

»Becky Simmons, neunzehn Jahre alt, geboren am 3. 8.?«

»Ja, sie braucht Hilfe, verdammt! Das sage ich doch die ganze Zeit.«

»Wir schicken einen Wagen«, sagte die Beamtin nur und legte auf. Ungläubig starrte Rachel auf den Hörer in ihrer Hand. Was war denn nun los und woher wussten die, wann Becky Geburtstag hatte?

Im selben Moment ging die Tür des Polizeigebäudes auf und ein Officer trat heraus. »Sind Sie das mit der vermissten Person?«

»Und Erpressung kommt auch dazu«, ergänzte Grayson. Rachel sah ihn verwundert an. »Ja, aber das ist nicht so schlimm. Das können wir doch unter uns regeln. Wichtig ist, dass sie schnell gefunden wird.«

»Ich meine nicht Beckys Aktion auf der Treppe.« Grayson wies mit dem Kopf zu Humphrey. »Es stimmt alles. Ich erklär's dir gleich.«

Der Beamte in Uniform starrte sie an, während er in sein Funkgerät sprach. »Woher kennen Sie Becky?«, fragte Rachel den Polizisten rundheraus. »Drogenfahndung. Gibt 'ne Soko«, erklärte er knapp. Da bog auch schon ein Einsatzwagen mit Blaulicht um die Gebäudeecke. Rachel verstand nur noch Bahnhof. Fünf Minuten später saß sie zwischen Grayson und Humphrey eingequetscht im Fond von Tigers Twingo. In jeder Kurve wurde sie wahlweise gegen den einen oder anderen Mann geschleudert, weil Tiger sich partout in den Kopf gesetzt hatte, sich von den beiden Streifenwagen nicht abhängen zu lassen, die mit eingeschaltetem Martinshorn durch Falmouth brausten. »Meine erste ganz legale Verfolgungsjagd«, freute sie sich.

»Ich wär dir trotzdem verbunden, wenn wir sie überleben würden«, murmelte Rachel. »Eskorte hin oder her.« Doch ihre Bitte ging im Quietschen von Bremsen und der alles übertönenden Polizeisirene unter. Gegen den Lärm bemühte sich Grayson, Rachel auf den Stand der Dinge zu bringen.

Als er Humphrey aus dem Krankenhaus abgeholt hatte, hatte er seinem Ärger über Becky Luft gemacht. Daraufhin hatte Humphrey ihm seinen Verdacht anvertraut, dass Becky bei ihm eingebrochen sei und ihn seitdem erpresste. Auf einmal machte alles Sinn: Beckys Neugier auf die Besitzverhältnisse im Schloss, Humphreys verschwundener Wohnungsschlüssel, der zunehmende Verfolgungswahn des alten Mannes, der im Nachhinein betrachtet mehr als begründet war – und Honeys »Unfall«, durch den es Becky beinahe gelungen wäre, Grayson gegen Humphrey aufzubringen. Was für ein perfider Plan. Grayson hatte den Gärtner gerade so weit gehabt, Anzeige zu erstatten, als Rachels Anruf kam.

Die Beamten hatten Becky anscheinend schon länger unter Beobachtung. Warum, hatten sie nicht sagen wollen. Jedenfalls wussten sie anscheinend, wo sie wohnte. »Sie ist da nicht gemeldet, so wie ich es verstanden habe. Eigentlich steht das Haus schon länger leer und soll abgerissen werden. Aber das passt ja ins Bild.« Rachel hätte gern irgendeine Fernbedienung zur Hand gehabt, um das Tempo ein wenig zu drosseln. Irgendwie ging ihr das alles viel zu schnell, um es begreifen zu können, aber das Leben war keine Blue-Ray. Doch dann bremste Tiger so heftig, dass Rachel fast schon das Gefühl hatte, irgendwer las ihre Gedanken und machte sich über sie lustig. »Das ist doch nicht normal!«, beschwerte sie sich. Humphrey stöhnte. »'tschuldigung!« Tiger schnitt eine Grimasse und zeigte auf den Polizeibeamten auf der Straße, der ihnen mit ausladenden Gesten gebot, im Wagen sitzen zu bleiben. Offenbar wollten er und seine Kollegen die Adresse allein inspizieren. Sie waren in einer entlegenen Ecke des Industriehafens gelandet. Kein Ort für Touristen, die ein Rosamunde-Pilcher-Cornwall sehen wollten. Doch im Dunkeln konnten sie ohnehin nicht allzu viel von der hässlichen Umgebung erkennen. Sie beobachteten alle fünf, wie drei der Beamten in dem heruntergekommenen Haus verschwanden. Die Fassade wirkte rissig, ein paar Fensterscheiben waren zersprungen. Aber im ersten Stock, schwach beleuchtet von einer Straßenlaterne, hingen Gardinen. Und dort brannte Licht in der Wohnung. Der vierte

Polizist war vor der Tür stehen geblieben und starrte mit dem Rücken zu ihnen auf die See hinaus. »Die können mich mal«, schimpfte Rachel und machte Anstalten, über Grayson zu klettern, um auszusteigen. »Hältst du das für eine gute Idee?«, fragte er.

»Weiß ich hinterher«, sagte sie. »Das ist ein freies Land. Die können uns nicht dazu verdonnern, hier sitzen zu bleiben.«

»Warte. Ich komm mit«, erklärte Grayson resigniert. »Bitte bleib du wenigstens hier, Humphrey.« Drei Autotüren klappten und alle bis auf den alten Mann stiegen aus.

»Und was machen wir jetzt?«, fragte Helen flüsternd und rieb sich die Hände. Es war lausig kalt und der Wind vom Meer pfiff eisig landeinwärts. »Uns umschauen«, gab Rachel zurück und bedauerte fröstelnd, dass ihre Winterjacke völlig sinnfrei gemütlich an der Garderobe im Schloss hing.

»Still. Was war das?«, fragte Tiger.

»Kam von hinterm Haus«, sagte Grayson. Rachel schaute ungläubig zu dem Polizisten, der zu einer tauben Statue erstarrt schien. Bekam der denn gar nichts mit? »Hallo?!«, rief sie und stellte befriedigt fest, wie er hektisch in ihre Richtung eilte. Ohne sich weiter um ihn zu kümmern, lugte sie als Erste um die Hausecke und erstarrte in der Bewegung. Da war ein Auto. Eine Gestalt drückte gerade ziemlich hektisch den Kofferraum zu und rannte um den Wagen herum, um einzusteigen. »Der will abhauen«, stellte Tiger fest.

»Wer ist das?«, fragte Helen.

»Mir egal, hier kommt keiner weg«, zischte Rachel und brüllte: »EY! Weißt du, wo Becky ist?« Der Kopf der Gestalt flog zu ihnen herum und sein Gesicht geriet einen Moment lang in den Schein der Innenraumbeleuchtung seines Autos. Dann passierte alles gleichzeitig. Rachel begriff nicht sofort, was sie sah, was sich da vor ihren Augen abspielte. »Caleb?!«, fragte sie verständnislos. Er starrte eine Schrecksekunde lang zurück. Dann stieg er ins Auto und startete durch. Grayson und Helen rannten bereits auf den Wagen zu. Der Polizist machte, dass er hinterherkam, und blies in seine Trillerpfeife. Doch Rachel war wie schockgefroren, nahm alles wie durch Watte wahr. Was machte denn Caleb hier? Wo kam er so plötzlich her? Und was hatte er mit Becky zu schaffen? Die Reifen des billigen Koreaners drehten durch. Es stank nach Gummi. Rachel konnte sich noch immer nicht bewegen. Es war wie in den Albträumen von Amelias tödlichem Autounfall, die sie so lange verfolgt hatten. Aber das hier war Wirklichkeit. Caleb raste direkt auf sie zu. Sie registrierte es und konnte sich dennoch nicht einen Millimeter von der Stelle bewegen. Die Scheinwerfer blendeten sie und doch meinte sie, Calebs verzerrte Fratze zu sehen. »Spring zur Seite, Rachel!« Jemand packte sie und riss sie herum und endlich lief die Zeit weiter. Bremsen quietschten. Tigers Twingo versperrte dem Wagen den Fluchtweg. Autotüren schlugen. Zwei Polizisten griffen nach Caleb und legten ihm Handschellen an. »Der Kofferraum«, sagte Rachel tonlos und schloss die Augen. Sie wollte nichts mehr sehen. Sie war in Graysons Armen. Sie hörte sein Herz wild pochen. Sie spürte ihn. Er war da. Er hielt sie. Ihre Knie begannen zu zittern. »Sie sollen in den Kofferraum schauen«, wiederholte sie. Sie hörte Blech klappen und dann brüllte auch schon jemand: »Wir brauchen einen Krankenwagen.«

Becky lebte. Sie war übel zugerichtet. Aber letztlich waren es nur oberflächliche Wunden. Selbst die gebrochene Nase und die angeknacksten Rippen würden wieder heilen. Und Caleb dafür endgültig ins Gefängnis wandern.

Rachel wagte nicht, daran zu denken, was passiert wäre, wenn Humphrey sich nicht hinters Steuer des Twingo gesetzt hätte, um ein wenig Radio zu hören. Wenn Tiger nicht den Schlüssel hätte stecken lassen. Wenn, wenn, wenn. Und zum hundertsten Mal wiederholte Grayson liebevoll: »Es ist alles gut.« Irgendwann drangen diese Worte weiter als in ihren Kopf. Irgendwann erreichten sie ihr Herz und wärmten es wieder auf. Sie konnte es glauben. Und was noch wichtiger war: Sie traute sich, das Gefühl zuzulassen.

Damit Helen zufrieden war und Ruhe gab, buchte Rachel nach einer Heulattacke ein paar Stunden bei Helens Therapeutin, um den ganzen alten Schrott endlich loszuwerden. Aber das meiste redete sie sich bei viel Tee im Kerzenlicht im Kreis ihrer Freundinnen von der Seele. Und sie verarbeitete die schlimmen Ereignisse durch vorweihnachtliche, fröhliche Spieleabende mit der Clique, durch Bandproben, Malen, Joggen und dadurch, dass Grayson sie jedes Mal von der Werkstatt abholte.

Rachel schrieb Becky einen langen Brief ins Krankenhaus. Doch sie zerknüllte ihn immer wieder und schickte ihn dann doch nicht ab. Und schließlich fuhr sie hin. Grayson und die halbe Clique begleiteten sie. Rachel bestand darauf, als Erste reinzugehen.

Ihr war beklommen zumute. Krankenhaus allein war schon schlimm genug. Aber das hier ... diese Umstände. Rachel warf einen Blick zurück zu Helen, Tiger und Grayson, die ihr Mut machend von den unbequemen Stühlen im Wartebereich aus zunickten und die Daumen hochreckten. Sie atmete tief durch, klopfte an Beckys Tür und drückte die Klinke herunter.

Becky war allein im Zimmer. Sie sah ganz klein aus in den weißen Laken. Aber in ihrer Fantasie hatte Rachel sich den Anblick noch wesentlich schlimmer ausgemalt. Wie sollte sie ein Gespräch beginnen? Sollte sie fragen: »Wie geht's dir? Hast du Schmerzen?« Alles halbherzig und lahm. Auf Beckys Nachttisch lagen Flyer über staatliche und private Hilfsprogramme für Opfer von häuslicher Gewalt – und ein förmliches Schreiben, das ziemlich nach Staatsanwaltschaft aussah. »Was willst du hier?«, fragte Becky misstrauisch. »Mir eine Gardinenpredigt halten? Ins Gesicht spucken? Ich kann mich nicht schnell bewegen, deine Trefferchancen stehen also gut.«

»Vielleicht später. Ich überleg's mir. ... Ganz schöner Bockmist, oder?« Becky grinste schief und starrte zur Decke. »Ich muss wohl wieder mal mein Dreißig-Tage-Programm zum Ablegen schlechter Gewohnheiten durchziehen«, krächzte sie ironisch und angelte nach ihrer Schnabeltasse. Rachel half ihr dabei. »Oh bitte, tu mir den Gefallen und sei jetzt nicht auch noch verständnisvoll. Ich hab euch ausspioniert und zugelassen, dass euer Kätzchen fast ersoffen wäre.«

»Und einiges mehr«, erwiderte Rachel. Sie hatte mit Sprüchen gerechnet. Sie kannte Becky lange genug und versuchte, sich an den Rat von Helens Psychologin zu halten: nicht auf Provokationen eingehen. »Gehirnerschütterung?«, fragte sie. Becky nickte.

Ihr Veilchen hatte eine gelbviolette Färbung angenommen und am Kinn prangte ein beeindruckendes Hämatom. »Er hat ganz schön zugelangt. Schätze, ich muss mich bei dir bedanken.«

»Deswegen bin ich nicht hier«, sagte Rachel und straffte die Schultern. Auf einem kahlen Baum vor dem Fenster zankten zwei Krähen um ein halbes Brötchen. Sie stand unschlüssig am Fußende des Bettes und parkte ihre Hände am Gestänge. Unter einem Plastikschieber stand Beckys Name handschriftlich auf einem Karteikärtchen.

»Der Anwalt sagt, wenn ich umfassend gegen ihn aussage, komme ich vermutlich mit Bewährung und Therapieauflagen davon.«

»Gut.« Rachel nickte. War das jetzt missverständlich gewesen? »... dass er endlich in den Knast kommt, meine ich.« Pause. »Wie hast du ihn eigentlich kennengelernt?«

Becky sprach leise. Die Aggressivität in ihrer Stimme legte sich. Es klang, als hätte sie eine dieser Wattetamponaden vom Zahnarzt im Mund. »Taunton. In der Szene. Er war aus Falmouth abgehauen und hat 'n bisschen rumgedealt. Ich war da auf Entzug.«

»Scheint ja prima geklappt zu haben«, erwiderte Rachel sarkastisch. Dabei wollte sie sich doch Mühe geben, fair zu bleiben.

»Ich hatte es geschafft. Ich war clean.« Rachel zog die Augenbrauen hoch. »Na ja fast ... Und dann hab ich mich verliebt. Bitte, Rachel, du weißt doch, wie das ist. Ich hab viel zu spät kapiert, was für ein mieses Spiel er treibt. Dass er mich nur benutzt.« Sie sah zerknirscht zu ihr hoch. Zusammen mit dem verbeulten Gesicht sah sie wirklich mitleiderregend aus.

»Wo die Liebe so hinfällt«, sagte Rachel etwas sanfter.

»Du musst dich vor mir nicht rechtfertigen.« Ein Teil in ihr strafte sie Lügen: Doch! Musst du wohl!

Sie atmete tief durch und setzte sich, so gut es ging, über diese innere Stimme hinweg. »Er kann sehr charmant sein«, gestand sie ein. »Mich hätte er auch beinahe mal um den Finger gewickelt.« Sie schüttelte sich. Aber ob sie jemals so weit mitgegangen wäre? Für ihn rumzuspionieren und wer weiß was noch? Gruselig. »Er ist ein echter Psychopath.«

»Das sagst du wem?«, fragte Becky und versuchte zu grinsen. »Redest du etwa von dem gut aussehenden Typen, der sich jeden Joint »danach« noch im Bett hat bezahlen lassen? Weil wir das Geschäftliche aus unserer Beziehung raushalten sollten? Der mich verprügelt hat, wenn ihm die Infos zu spärlich waren, die ich ihm aus dem Schloss gebracht habe? Und dann selbst komponierte Liebeslieder auf der Gitarre vorgespielt und mir Tabletten zur Versöhnung geschenkt hat?« Sie starrte an die Decke und ihr Tonfall änderte sich. »Wusstest du, dass Sex im Koksrausch so ziemlich das Abgefahrenste ist? Du spürst alles wahnsinnig intensiv.«

Rachel verdrehte die Augen. Sie ging ums Bett herum und lehnte sich gegen die Fensterbank. »Manche Sachen will ich nicht wissen, glaube ich.«

Becky zwirbelte nervös an einer Ecke ihrer Bettdecke herum. Die Krähen waren weg. Rachel hatte nicht mitbekommen, wer den Streit um das Brötchen gewonnen hatte.

»Kannst du mir was zu rauchen besorgen?«

»Was?« Rachels Kopf flog herum. Zum ersten Mal seit sie hier war, sahen sie sich direkt in die Augen.

Becky wendete den Blick als Erste ab. »Nur so 'ne Idee. Ist verdammt trocken hier drin.«

»Becky, du peilst es nicht, oder? Dieser ganze Drogenscheiß hätte dich fast das Leben gekostet.«

»Eher Caleb.«

»So kann man's auch sehen.«

Sie schwiegen.

Nach einer Weile räusperte Rachel sich. Das hatte doch alles keinen Sinn. »Die anderen warten draußen. Ich geh dann mal.«

»Rachel, warte ...«

Sie ließ die Türklinke wieder los und drehte sich um. Becky hatte sich mit beiden Händen am Griff der triangelförmigen Bettangel hochgezogen. Sie zitterte vor Anstrengung und sah wirklich schlecht aus. »Ich geb dir das Geld wieder. Und den anderen auch. Versprochen.«

Rachel ging langsam zu ihr zurück. »Becky. Auch darum geht es nicht. Klar ist es wichtig, dass du deine Schulden bezahlst. Diesmal vielleicht wirklich. Aber das ist es nicht. Mir brennt viel mehr und schon ewig auf der Seele. Du warst meine allerbeste Freundin. Von klein auf. Wir sind zusammen durch dick und dünn gegangen und haben uns ständig gegenseitig geholfen. Wir waren immer füreinander da. Aber irgendwann war dann der Wurm drin. Du hast dich entschieden. Für die dunkle Seite der Macht.« Sie lächelte bitter und drückte müde und traurig Beckys Hand. Die Star-Wars-Filme hatten sie zusammen rauf und runter gesehen. Erst wegen der coolen Schauspieler, dann wegen der Jungs im echten Leben – oder umgekehrt.

»Ich kann nicht mehr. Und ich will nicht mehr. Ich werde mich immer gern an unsere schönen Zeiten erinnern. Das kann uns beiden niemand nehmen. Aber das ist vorbei, Becks. Ich wünsch dir alles Glück der Welt. Und vor allem gute Besserung in jeder Hinsicht. Aber ich verabschiede mich jetzt.« Sie wandte sich wieder zum Gehen. Es war so schwer. So hart. Sie war sich wie eine Verräterin vorgekommen, weil sie schon Tage vor diesem Besuch auf dem Revier erfahren hatte, dass Becky nicht die treibende Kraft hinter der ganzen Erpressung gewesen war, sondern immer nur Calebs Handlangerin.

Letztlich hatte Helens Therapeutin sie in ihrem Entschluss bestärkt. Sie hatte von einer Art Spiel gesprochen, das Suchtkranke gefangen hielt. Erst wenn alle Steine von der Spielfläche verschwunden waren, wenn Becky selbst einsah, dass sie Hilfe brauchte und neu anfangen musste, bestand für sie die Chance auf wirkliche Veränderung. Rachel wollte keine der Figuren sein, die verhinderten, dass dieses Spiel zu Ende ging. Becky kämpfte. Auch das hatte die Psychologin prophezeit.

»Rachel, bitte. Es tut mir alles so leid. Ich war stinksauer auf dich. Weil ich mir eingebildet habe, du hättest mir den Entzug eingebrockt und den Jugendknast. Dann hab ich Caleb getroffen und dachte, da muss ja ein Sinn drinstecken. Das soll wohl so sein! So klein ist die Welt! Er hat mir die Möglichkeit eingeredet, mich an dir zu rächen. Und ja, ich hatte verflucht noch mal Bock drauf.« Ihre Augen füllten sich mit Tränen. »Aber nur am Anfang. Es tut mir wirklich leid. Ich war total verblendet. Ich hab dich gesehen, dein perfektes kleines Leben: Grayson, die Clique, die Uni ... deine Supermutter und deinen Vater, der ständig mit irgendwelchen Kräuterchinesen in der Weltgeschichte rumgondelt ...«

»Japaner«, korrigierte Rachel reflexartig und verschränkte die Arme vor der Brust, damit sie die Worte nicht direkt ins Herz trafen. Mit diesem Ausmaß hatte sie nicht gerechnet. Das zum Thema Theorie und Praxis.

»Ich hab dich dafür gehasst, Rachel.« Bämm. Noch ein Stich. Becky war gar nicht mehr zu stoppen in ihrer Beichte. »Ich wollte das auch. Und im Alleingang bin ich offenbar zu blöd. Du siehst ja, was ich davon hatte, wobei ...« Sie versuchte ein schiefes Grinsen. »... *die* Prügel, als er mitbekommen hat, dass ich ein bisschen was für mich alleine aus Grayson rauspressen wollte, waren ja noch harmlos ... Aber mit der Bildnachricht hab ich nicht Grayson gemeint. Du hast es nicht kapiert, oder? Dabei fand ich mich ziemlich clever. Dachte, du checkst, dass ich von Caleb rede, und holst mich da raus. Der hat's dummerweise gleich kapiert, als er die SMS gefunden hat. Mann, er hat mir echt Angst gemacht. Vielleicht hätte ich nicht auch noch damit drohen sollen, ihn auffliegen zu lassen ... ich dachte, er versenkt mich mitsamt Auto im Meer. Na ja.« Sie schluckte trocken. Rachel sah zum Fenster hinaus und versuchte, nicht auszuflippen. Was sollte sie denken? Was fühlen? Wie umgehen mit der Frau da vor ihr im Bett? Sie ballte ihre Fäuste so sehr, dass ihre Fingernägel sich in die Handinnenflächen bohrten, und merkte es kaum.

Becky nahm einen Schluck aus ihrer Schnabeltasse und plapperte weiter. »So, nun ist es raus. Ich weiß, dass ich mir das alles selber eingebrockt habe, und ich werd da jetzt durchgehen. Ich hab meine Aussage gemacht. Die Erpresserbriefe, Humphreys Wohnung, eure Katze ... aber glaub mir, wenn ich Caleb nicht gebremst hätte, wäre alles noch viel schlimmer geworden.«

»Noch schlimmer?« Rachel war wie betäubt, das Atmen fiel ihr schwer. So hatte es sich angefühlt, als ihr jemand in der Schulzeit den Handball vor die Brust gedonnert hatte. »Humphrey lag im Krankenhaus, Honey wäre fast …«

»Ich hab ihr das Brett mit in die Tonne getan«, versuchte Becky, sich zu verteidigen. »Caleb hat es zum Glück nicht mitbekommen. Er wollte sie ersäufen. Wir brauchten doch ein Druckmittel. Humphrey wollte sich einfach nicht kleinkriegen lassen. Er hat sogar selber einen DNA-Test beauftragt, der sture Idiot. Wollte der Sache auf den Grund gehen. Und das mit der Katze hätte euch dann ja auch fast gegen Humphrey aufgebracht.«

»Du sagst immer noch ›wir‹. Er hat dich fast umgebracht und du bewunderst ihn nach wie vor«, stellte Rachel erschüttert fest. Sie begann, im Zimmer auf und ab zu tigern. Sie musste sich bewegen, irgendwas tun, damit dieser Impuls nachließ, Becky einfach nur schütteln zu wollen.

»Mit was habt ihr Humphrey überhaupt erpresst? Und was für ein DNA-Test?« Becky zuckte mit den Schultern. »Caleb wollte es mir zuerst nicht sagen. Ihr habt ja überall rumposaunt, dass der Gärtner Geld hat, von Graysons Oma.«

Rachel schüttelte unwillig den Kopf. Sie ballte die Hände zu Fäusten und öffnete sie wieder. Bilder ploppten in ihr auf. Becky auf der Party. Becky im Park. Becky, die immer in der Nähe gewesen war, wenn sie geredet hatten. Das konnte doch alles nicht wahr sein! »Wie konntest du nur …? Diesen loyalen, integren, alten Mann – wahrscheinlich der Einzige im Schloss, der keine Leiche im Keller versteckt hat!«

Die Informationen sprudelten nur so aus Becky heraus. »Da irrst du dich, meine Liebe. Aber ich gebe dir recht: Es war gar nicht so leicht, etwas zu finden. Da hat Caleb Talent, das muss man ihm lassen. Graysons Vater hat Dreck am Stecken. Okay – irgendeinen Umweltskandal. Öl. Das konnte dem Alten letztlich egal sein. Aber Graysons Mutter hatte was mit seinem verstorbenen Sohn.« Sie sah Rachel triumphierend an. »Die Fotos aus Humphreys Jugend sprechen echt Bände. Wie ein Ei dem anderen. Es war ganz leicht, da ranzukommen. Er hat mir den Schlüssel ja quasi vor die Füße geworfen ...«

»Das hast du also aus seiner Wohnung geklaut«, stöhnte Rachel.

Becky ging gar nicht darauf ein. »Wahrscheinlich ist dein Wolf also gar kein Wolf, sondern ein Gärtner. Und dem liegt offenbar sehr viel daran, die Familienehre der Wolfs unbefleckt zu halten und die untreue Mrs Wolf vor dem gerechten Zorn ihres Gatten zu schützen. Jeder hat eine Achillesferse.« In ihrer Stimme lag Genugtuung und ihre verquollenen Augen glitzerten einen Augenblick zu lange, bevor sie wieder auf den reumütigen, unterwürfigen Blick zurückschaltete.

Auf einmal begriff Rachel noch etwas. »Die Post. Das warst auch du. Du hast die Briefe abgefangen, um an das Testergebnis zu kommen.« Becky nickte beinahe erfreut. »Caleb hat natürlich mitbekommen, dass Humphrey das Gutachten online in Auftrag gegeben hat.«

»Lass mich raten, er hat sich in seinen Computer gehackt.«

Becky deutete ein Schulterzucken an. »Wäre ja ziemlich blöd gewesen, wenn sich zu früh herausgestellt hätte, dass womöglich doch nichts dran ist. Deswegen haben wir den Brief abgefangen.«

»Aber er hätte doch jederzeit einfach im Labor anrufen

können?«, wunderte sich Rachel. Becky schüttelte schwach den Kopf und ließ ihn gleich wieder auf das flache Kissen sinken. »Die geben am Telefon nichts raus. Alles gecheckt. Caleb ist irre und brutal. Aber ein Genie.«

»Ich muss hier raus«, sagte Rachel wächsern. Sie hatte genug gehört. »Aus. Vorbei. Ich will dich nicht mehr sehen.« Sie taumelte aus dem Zimmer. Grayson und die anderen saßen noch genauso da, wie sie sie verlassen hatte. Fröhlich und locker, denn alles war gut. Aber das stimmte nun nicht mehr. Nur, dass sie das noch nicht wussten.

19

»Wir müssen reden«, sagte Rachel tonlos. Die Mädchen musterten sie besorgt. Sie hatten Blumen für Becky mitgebracht. Am liebsten hätte Rachel ihnen den Strauß aus der Hand gerissen. Aber was hätte das gebracht? Sie fühlte sich außerstande, ihnen jetzt alles zu erklären. »Sie. Hat. Echt. Probleme«, stieß Rachel abgehackt hervor. Helen wartete einen Moment. Sie zögerte offensichtlich, ob sie in Beckys Zimmer gehen sollte, und folgte den anderen erst, als Rachel ihr tapfer lächelnd zunickte. Als sie allein waren, fiel Rachel in Graysons Arme und heulte sich aus. Alles, was sich in den Wochen zuvor aufgestaut hatte, brach aus ihr heraus. Es dauerte eine Weile, bis sie immerhin so weit verständlich schniefen und blubbern konnte, dass Grayson zumindest eine Chance hatte, ungefähr herauszufiltern, was passiert war und worum es ging.

Er nahm sie am Arm und zog sie mit sich fort. Sie ließ es geschehen. Jemand anderes die Kontrolle überlassen, das war im Moment genau das Richtige. Nicht denken. Sie verließen das Krankenhaus. Jeder Meter Abstand mehr tat Rachel gut. Aber es dauerte, bis sie sich weniger apathisch fühlte, meinte, wieder einigermaßen atmen zu können. Sie machten einen langen, schweigsamen Spaziergang durch den grauen Park, eng umklammert in der eisigen Dezemberluft. Rachel hatte die abstruse Idee, sich an ihm festhalten zu müssen, damit sie nicht in wirren Bögen davonsurrte wie ein Ballon, aus dem jemand die Luft gelassen hatte. Grayson war fantastisch. Ihn durfte sie nie wieder loslassen. Sie umfasste ihn noch fester. »Weißt du, was sie noch gesagt hat?«

»Ist es wichtig?« Sie blieben stehen und er sah sie mit diesen großen tiefgrünen Augen unter den dichten dunkelbraunen Wimpern an. Welche Augenfarbe hatte eigentlich Humphrey?

Sie reckte ihr Kinn zu ihm hoch, die Hände in seinen Jackentaschen und schluckte. »Ich glaub schon.«

»Dann raus damit.«

»Hast du dich überhaupt noch nicht gefragt, *womit* Caleb und Becky Humphrey erpressen wollten? Was sein wunder Punkt ist? Seine ...« Sie zögerte, den Begriff zu wiederholen. »... Achillesferse?«

Grayson ging langsam weiter und zog sie mit sich, den Arm um ihre Schultern. Bedächtig schüttelte er den Kopf. »Ich habe natürlich darüber nachgedacht. Mir fällt absolut nichts ein. Das ist es ja. Ich kenne niemanden, der so anständig ist und so geradeheraus. Er ist auch gar nicht der Typ, der sich ducken und einfach klein beigeben würde. Ich wüsste nicht, was er zu verbergen hätte.«

Rachel seufzte. »Hat er auch nicht. Das ist es ja. Humphrey ist einfach nur furchtbar loyal. Die Familienehre. Damit haben sie ihn gekriegt. Darauf würde er nie etwas kommen lassen.«

»Wie meinst du das?« Grayson starrte sie an. »Etwas mit Ruth?« Seine Stirn war ein aufgewühltes Furchenfeld. Rachel holte tief Luft und zog ihn auf eine der dunkelgrünen Holzbänke. Im Sitzen war es vielleicht einfacher.

»Humphrey ...« Himmel, wie sollte sie das sagen? »Er könnte dein Großvater sein.«

»Was?«

»Deine Mutter ... sie könnte ... also, es sieht so aus, als ob sie ...«

»Alex«, unterbrach Grayson sie mit belegter Stimme. »Ich erinnere mich, dass es wegen ihm immer mal Streit gab zu Hause und dass Dad sie nicht zu seiner Beerdigung gehen lassen wollte.« Er atmete geräuschvoll aus und streckte sich. »Macht Sinn.« Geradezu entspannt ließ er sich gegen die Banklehne fallen und drückte Rachel an sich. Jetzt war sie es, die ihn verblüfft anstarrte.

»Das nimmst du so locker?«

Grayson verzog die Mundwinkel zu einem Lächeln. »Eigentlich wäre es sogar erleichternd, nicht mit diesem ... Mann ... blutsverwandt zu sein. Es würde viel erklären.« Sie zog die Augenbrauen hoch und studierte sein Gesicht. »Da hast du allerdings recht. Ich glaube, mir wäre Humphrey auch lieber als Familienmitglied.« Er sah sie verwundert an und sie wurde rot. »Also, ich meine ... wir sind ja nicht verwandt, du und ich ...«

»*Das* wäre auch wirklich schlimm«, fand Grayson und küsste sie zärtlich. »Denn dann dürfte ich das hier ...« Seine Zunge stibitzte sich einen Sekundenbruchteil vorwitzig in ihren Mund und sein Kuss wurde inniger. »... vermutlich gar nicht tun. Und erst recht nicht all die anderen schönen Dinge, die ich noch mit dir erleben möchte.« Rachel lächelte und drückte ihre Lippen genießerisch auf seine. Viel zu viel kalte Luft zwischen ihnen.

Die nächsten Tage waren ziemlich schräg. Rachel schämte sich immer noch, dass sie Humphrey für senil gehalten hatte. Und wie musste es erst Ruth gehen ...

Becky wurde aus dem Krankenhaus entlassen und ließ sich auf eigenen Wunsch direkt in eine therapeutische Einrichtung im Norden verlegen. Rachel vermutete, dass da jemand seinen Einfluss hatte spielen lassen. Normalerweise ging das bestimmt nicht so schnell. Also hatte sie anscheinend ihre Ankündigung wahr gemacht und ein umfassendes Geständnis abgelegt. Vermutlich konnte sie wirklich auf eine Bewährungsstrafe hoffen. Die Mädchen waren unsicher gewesen, wie sie mit ihr umgehen und sich verhalten sollten, nach allem, was gewesen war. Vor allem Helen schwankte sichtlich zwischen blankem Entsetzen, Mitleid und Loyalität Rachel gegenüber. Beckys Entscheidung, ohne weiteren Abschied zu gehen, machte es ihnen leicht.

Caleb schwieg auf Anraten seines Anwalts. Er saß in Untersuchungshaft und Humphreys Anwalt ging davon aus, dass er so schnell keinen freien Fuß mehr auf den Boden des Vereinigten Königreiches setzen würde. Die Beweislage war erdrückend. Außerdem war er bereits aktenkundig durch den Angriff auf Rachel und Grayson, der erst wenige Wochen zurücklag. Auf mildernde Umstände konnte er also ganz gewiss nicht mehr plädieren. Die Drogenfahnder hatten ihn schon seit geraumer Zeit im Visier und dadurch war ihnen auch Becky aufgefallen. Nur darum hatten sie anscheinend Rachels wirren Notruf ernst genommen und nicht für einen dummen Scherz gehalten.

Rachel sehnte die Weihnachtsferien herbei. Sie brauchte dringend eine Pause und ein bisschen Abstand. Wenn ihr jemand vor einem Vierteljahr erzählt hätte, sie würde sich nach ein paar Tagen im grauen, großstädtischen Chelmsford sehnen und dass sie das zu allem Überfluss auch noch mit Beschaulichkeit und Erholung in Verbindung bringen würde, hätte sie sich piepend an die Stirn getippt. Aber jetzt war genau das der Fall. Und doch war sie gleichzeitig froh, bis dahin so viel um die Ohren zu haben, dass sie nicht besonders oft zum Grübeln kam. Okay, Helen nannte es blinden Aktionismus, aber es hatte etwas Heilsames und Produktives und darin musste sie ihr recht geben. Sie hatten einen Pakt geschlossen. Wenn es Redebedarf über Caleb und Becky gab, wurde darüber in Therapiestunden gesprochen. Im Alltag wollten sie den beiden keinerlei Aufmerksamkeit, keine Energie mehr geben. Es klappte sogar ganz gut.

Die Überraschungsfete für Grayson nahm Formen an. Und: Rachel war stolz darauf, dass sie in diesem Jahr schon unerhört früh alle Weihnachtsgeschenke beisammenhatte – was natürlich auch an wahren Kaufrauschattacken mit Kathy und Helen liegen konnte. Die drei stürzten sich mehrmals ins Ladengetümmel, als gäbe es kein morgen mehr, und stürmten zwischendurch zur Stärkung sämtliche Konditoreien und Coffeeshops von Falmouth.

Es tat gut. Ihr Leben hatte zu einem Rhythmus zurückgefunden, der zwar noch nicht wirklich gesund war, aber es war ein Rhythmus. Immerhin.

Dann kam der siebte Dezember und damit Graysons einundzwanzigster Geburtstag, sein letzter Vorlesungstag und zugleich die Finissage seiner Fotoausstellung. Rachel war sich ganz sicher, dass sie aufgeregter war als er, denn er hatte ja keine Ahnung, was sie für ihn ausgeheckt hatte. Er plante doch glatt, nach der Veranstaltung einfach nur mit

Rachel schick essen zu gehen. Zum Schein willigte sie ein. Aber hinter den Kulissen organisierte, bastelte und baute sie. Und irgendwie war es ihnen tatsächlich allen gemeinsam gelungen, das große Event vor ihm geheim zu halten.

Professor Ferguson war verhindert. Rachel tat das nicht besonders leid, auch wenn es für Grayson natürlich schade war. Sie hatte sich ordentlich in Schale geschmissen und fand es hervorragend, dass Cruella mit ihren High Heels ihr diesmal nicht die Schau stehlen würde. In hohen Absätzen würde sie sich allenfalls die Knöchel brechen, aber der petrolfarbene Spitzen-BH unter der halbdurchsichtigen nachtblauen Bluse, kombiniert mit einem nagelneuen Minirock, glich die Bikerstiefel offensichtlich wieder aus.

»Hammer«, bewertete Tiger das Outfit und pfiff anerkennend durch die Zähne.

»Und dabei wisst ihr nicht mal, wie's drunter weitergeht«, witzelte Rachel frivol.

»Zeig doch mal!« Tiger griff fröhlich nach ihrem Rockbund, aber Helen fing ihre Hand ab.

»Hast du ein Glück, dass ich nicht eifersüchtig bin!« Sie rüffelte ihre Freundin scherzhaft. Rachel prustete los.

Die drei Mädchen hatten sich unter einem Vorwand aus dem Schloss abgeseilt und Jodie, Marc, Bruce und Josh den Auftrag erteilt, Grayson etwas aufzuhalten und ihnen so eine halbe Stunde Vorsprung zu geben. Rachel hatte keine Ahnung, wie sie es angestellt hatten, aber sie waren pünktlich und er schien keinen Verdacht geschöpft zu haben. Das Büfett stand, die Bühne war aufgebaut und hinter einem Vorhang versteckt. Alle außer der Hauptperson wussten Bescheid und taten, als würden sie einfach nur rumstehen und warten, dass es losging. Tiger hatte den Job der Türsteherin übernommen und schickte kaltschnäuzig einfach jeden, der Grayson nicht persönlich kannte, mit dem Hinweis auf eine falsche Uhrzeitangabe in der Presseinformation noch mal für eine Stunde weg. Die Idee war ebenso genial wie einfach.

Rachel spähte durch den Bühnenstoff. Jodie versorgte Grayson mit einem Glas Sekt und verwickelte ihn in ein Gespräch. Sogar Humphrey und Ruth waren gekommen und probierten ein paar Kanapees. Tiger hängte gerade unauffällig ein »Privat«-Schild an die Tür und schloss ab. Sie gab Rachel das vereinbarte Zeichen und Rachel sah sich unsicher zu Marc um, der bereits einsatzbereit am Keyboard saß. Er nickte ihr aufmunternd zu, verschränkte seine Hände und ließ die Fingergelenke knacken.

Das Herz schlug Rachel bis zum Hals und auf einmal war sie ziemlich skeptisch, ob das so eine hervorragende Idee war. Aber jetzt gab es wohl kein Zurück mehr. Als sie das Mikrofon aus dem Ständer nahm, zitterte ihre Hand mit den Knien um die Wette und sie hoffte inständig, dass das niemandem auffiel. Immerhin hatte sie etwas, woran sie sich festhalten konnte. Marc stimmte die ersten Takte von Yirumas *River flows in you* an. Das Licht wurde gedimmt und brachte die vielen Teelichter zur Geltung, die sie in Marmeladengläsern aufgestellt hatten. Dann zog jemand den Vorhang auf. Die Gespräche erstarben zu einem auströpfelnden Murmeln. Rachel räusperte sich und setzte ein: *»There's a road inside your heart made just for you. Don't be scared. Take your first step and then take two ...«* Sie wagte es nicht, in Graysons Richtung zu schauen. Da standen so viele Leute und schauten sie an. Sie fand Helen und Tiger in der Menge, die sich aneinandergekuschelt im Takt wiegten, und Helens Augen schwammen bereits. Rachel schloss lieber die Augen. *»... further down that road just trust a little more ...«* Sie hörte, wie die übrigen Bandmitglieder leise raschelnd zu ihr auf die Bühne schlichen. Sie nahmen an ihren Instrumenten Platz, setzten beim Refrain gefühlvoll ein und begleiteten Rachels Stimme. *»Holding you, holding you. It's in you. River flows in you ... Slow it down, slow it down. That river flows inside me too.«* Rachel ließ sich von der Melodie forttragen. Sie vergaß, wo sie war. Vor sich sah sie nur Grayson. Sah ihn kämpfen gegen seinen inneren Wolf, gegen Caleb, sah ihn weinen um Amelia und am Grab seiner Großmutter. *»Waiting now, waiting now. Just be strong. You will make it through ...«* Sie sah sich mit ihm, in ihrer ersten Nacht in der Höhle am Strand. Wie er danach zerknirscht auf ihrer Türschwelle gesessen hatte, wie er sie aufgefangen hatte, als sie im Bademantel aus dem Fenster gesprungen war. Sah, wie sie sich im Pool liebten, sich stritten und wieder vertrugen. Sie hatte seine frechen Lachgrübchen vor Augen, schmeckte seine Küsse, fühlte seine Haut, spürte seinen Schmerz. *»If you let me I will give my heart to you. So that I can feel you what else can I do ...«* Sie blinzelte und öffnete ihre Augen erst wieder, als die letzten Töne auf dem Keyboard ausklangen. Dabei war sie fast ein bisschen verwundert, in so viele Gesichter zu schauen. Die Menschen schlugen rhythmisch ihre Handflächen gegeneinander. Sie klatschten? Sie applaudierten! Es hatte ihnen gefallen! Dummerweise hatten sie nie geprobt, was sie dann tun sollten. Und hatte Grayson überhaupt begriffen, dass dieser Song für ihn war? Rachel verbeugte sich schüchtern und steckte ihr Mikrofon im dritten Anlauf zitternd wieder in den Ständer zurück. Wo steckte er denn überhaupt? Himmel, er war doch nicht abgehauen, oder? Doch darüber hätte sie sich keine Sorgen machen brauchen. Mit zwei Riesenschritten stand er neben ihr, drehte sie zu sich herum, hob sie hoch und wirbelte sie durch die Luft. Zum Glück standen die Monitore etwas weiter weg.

»Happy birthday«, japste Rachel atemlos und erwiderte sein strahlendes Lächeln. »Danke«, formten seine Lippen, bevor er sie auf ihre legte. Dann trug er sie küssend und unter dem begeisterten Pfeifen der anderen von der Bühne in einen Nebenraum. Rachel hörte nur noch mit halbem Ohr, dass Helen sich das Mikro geschnappt hatte. *»Happy birthday,* Grayson! So, Leute, gönnen wir den beiden eine kleine Knutschpause. Aber, damit ihr nicht glaubt, das wäre alles, was wir draufhaben ... *One, two, three, four ...«* Sie zählte das nächste Stück an und sang ein Duett mit Jodie. Grayson schloss die Tür hinter ihnen. »Hat es dir gefallen?«, fragte Rachel, als sie wieder Luft bekam. Er ließ sie vorsichtig zu Boden gleiten. »Es war wunderschön. Du bist wunderschön. Das alles ist ... wunderschön«, sagte er gerührt und strich zärtlich über ihr Gesicht. »Und dabei wollte ich wirklich nur möglichst schnell mit dir von hier verschwinden und essen gehen.«

Rachel schmunzelte. »Glaubst du denn immer noch, ich laufe dir weg?« Er hielt sie ganz fest und sah sie mit schief gelegtem Kopf an. Kleine Fältchen umspielten seine Augen und seine Mundwinkel zuckten auf die leise spöttelnde Art, die sie früher immer so nervös gemacht hatte.

»Ach weißt du ... sicher ist sicher«, sagte er geheimnisvoll und kramte in seiner Hosentasche. »Mach die Augen noch mal so zu wie auf der Bühne«, bat er leise.

»Was hast du vor?«

»Vielleicht hab ich ja auch eine Überraschung für dich«, hauchte er ihr ins Ohr. Lachend tat Rachel ihm den Gefallen. Es raschelte und kruschelte. Grayson nahm ihre Hände und führte sie zu einem Stuhl. »Das ist jetzt alles ein wenig improvisiert«, sagte er. »Weil ich damit eigentlich noch bis Weihnachten warten wollte. Aus verschiedenen Gründen. Aber die erscheinen mir heute alle nicht mehr wichtig genug. Und darum kriegst du dein Geschenk jetzt. Wenn du es denn behalten möchtest.« Er tastete vorsichtig nach ihrem Ringfinger und streifte etwas darüber. Rachel blinzelte irritiert und nahm wahr, dass er vor ihr kniete. Sie riss die Augen auf und sah völlig verdattert von ihm zu ihrem Finger. Irgendetwas rauschte in ihren Ohren. Das musste ihr Herzschlag sein.

»Grayson, was …?« Doch er ließ sie nicht zu Wort kommen.

»Der Ring ist ein Familienerbstück. Grandma hat ihn mir für irgendwann und für dich gegeben«, unterbrach er sie. »Aber in unserem Leben passiert so viel … Ich wollte nicht auf irgendwann warten. Ich habe ihn für dich ändern lassen und ich glaube, er passt. Aber er hat einen Haken … Ich gehöre nämlich mit dazu. Es gibt uns sozusagen nur im Paket.« Rachel betrachte staunend das Schmuckstück an ihrem Finger. Es war zauberhaft. Ein kleiner durchsichtiger Stein war in der Mitte eingefasst, ganz zart, glitzernd und funkelnd und gar nicht protzig. Das schmale Weißgold darum herum war wie eine Blume ziseliert. »Sie wusste, dass du ihre dunklen Rosen so gernhast.«

Rachel nickte ganz benommen. »Was hast du davor gesagt?« Sie berührte den Ring ganz sacht mit ihren Fingern

und sah wieder Grayson an. Er kniete immer noch vor ihr.
»Dass ich sicher sein will, dass du mir nicht mehr wegläufst«, antwortete er ernst.

Sie schüttelte den Kopf. Ihre Stimme versagte und darum flüsterte sie. »Nein, das mit dem Paket meinte ich ... Grayson, fragst du mich etwa grade ...?« Sie wagte es nicht, den Satz zu Ende zu bringen. Verlegen sah er sie von unten herauf an. Rachel schluckte trocken, als sie unendlich langsam begriff.

»Also, willst du mich vielleicht ... irgendwann einmal ... aber kein Druck ... wir haben ja alle Zeit der Welt«, stammelte er mit kratziger Stimme weiter. Sie nickte heftig, beugte sich vor und küsste ihn so stürmisch, dass sie beide eng umschlungen auf dem Boden landeten. »Ich liebe dich, Grayson Wolf«, flüsterte Rachel nach einer zauberhaften Ewigkeit.

»Und ich dich erst, Rachel McIntyre.« Ihr Herz wummerte gegen seine Brust, die sich mit ihr hob und senkte, als wäre sie eine Feder. Sanft legte er seine Lippen auf ihre und flüsterte: »Dann nehm ich das mal als ›Ja‹.«

Epilog

Humphrey und Grayson saßen draußen auf der Steinbank. Zwischen ihnen lag der Umschlag aus dem Labor, den Becky vergeblich abzufangen versucht hatte. Rachel beobachtete die beiden aus dem Fenster. Es hatte geschneit. Und auch wenn klar war, dass die paar Millimeter, die gerade für einen romantischen Zuckerguss auf den kahlen Bäumen reichten, in wenigen Stunden wieder getaut sein würden – es verlieh dem Moment eine unwirklich kitschige Atmosphäre.

Die beiden Männer redeten und pusteten dabei helle Atemwolken in den grauen Winterhimmel. Rachel war fertig mit Packen. Honey maunzte abfahrbereit im Katzenkorb. Wenn die Straßen frei waren, würde sie in sieben oder acht Stunden ihren Eltern eine kleine Katze und ihren Freund vorstellen – und vielleicht von seinem Großvater erzählen können. Rachel reckte sich. Zwischen den Männern stieg plötzlich Qualm auf. Sie grinste. Die rauchten doch jetzt nicht etwa rituell Zigarre oder so was, um eine Art Großvater-Enkel-Entdeckung zu feiern? Die Scheibe beschlug durch Rachels Atem und sie konnte nichts mehr erkennen. Also öffnete sie das Fenster. Grayson hielt mit spitzen Fingern den Umschlag in der Hand – oder besser das, was noch davon übrig war. Drei Viertel des Papiers waren bereits als silbrige Ascheflocken zu Boden gesegelt. Rachel atmete tief durch und seufzte. Vielleicht war das die beste Lösung von allen. Was machte es auch für einen Unterschied?

Später im Auto holte Grayson einen anderen Umschlag aus seiner Jackentasche und ratschte ihn mit den Fingern auf. »Den hat mir Humphrey zu Weihnachten gegeben«, erklärte er. Rachel saß am Steuer des Copen und sah nur kurz zur Seite.

»Und dann darfst du ihn jetzt schon aufmachen?«, fragte sie schmunzelnd.

»Er hat gesagt, wenn wir weg sind«, verteidigte sich Grayson und las schweigend.

»Und?«, fragte Rachel.

»Ich glaube, du solltest mal links ranfahren.«

»Oh nein. Nicht schon wieder«, stöhnte sie und setzte den Blinker. »Wir sind noch nicht mal in Kent. Wenn's was Schlimmes ist, will ich es nicht wissen, bevor wir zu Hause sind.« Sie stellte den Motor ab und sah ihn aufmerksam an.

»Na ja. Wie man's nimmt«, begann Grayson zögernd. »Du hast ja mal gesagt, dass du keinen reichen Erben heiraten willst ...«

»Ja, und?«

Er verzog den Mund. »Wie gut, dass wir sozusagen verlobt sind. Wenn das immer noch gilt, hätten wir jetzt nämlich ein Problem.« Rachel nahm ihm das Schreiben aus der Hand, das in Humphreys altmodischer Krakelhandschrift abgefasst war, und überflog es. Wenn sie das alles richtig verstand, ging daraus hervor, dass Humphrey das Schloss im Auftrag von Graysons Großmutter quasi als Strohmann bis zu dessen einundzwanzigsten Geburtstag heimlich für ihn verwaltete. – »Es ist nicht alles so, wie es scheint.« Der Satz des Gärtners hallte in Rachels Ohren nach. »Aber ich dachte, das Schloss ist weg?«, fragte sie perplex.

»Das dachten wir alle. Humphrey hat es anscheinend in

Grandmas Auftrag zurückgekauft. Er hat ihr versprochen, drauf aufzupassen. Und jetzt findet er, dass er das lang genug getan hat. Ein ziemlich üppiger Scheck ist auch noch mit hier drin.« Er grinste schief und wedelte mit dem Umschlag. »Und nun?«

Rachel hob die Augenbrauen und startete den Motor. »Was hast du vor?«, wollte Grayson wissen.

»Das kann ich dir sagen«, erklärte Rachel. »Wir fahren jetzt im nächsten Dorf ins schickste Hotel. Nein, nicht um deinen Scheck auf den Kopf zu hauen – ich zahle. Und wir bleiben auch nicht über Nacht, nur ein, zwei Stündchen. Denn dass das mal klar ist: Bevor ich irgendeinen urplötzlich dahergelaufenen Schlossherrn meinen Eltern vorstelle, muss ich auf Herz und Nieren prüfen, ob du nicht doch zu einem schnöseligen Schnösel mutiert bist ...« Sie machte eine Pause und musterte ihn spitzbübisch aus dem Augenwinkel. »Lassen wir also auf uns zukommen, wie es weitergeht.«

Grayson verzog schmunzelnd den Mund. »Rotkäppchen ist auch nicht mehr das, was es früher einmal war ... und das gefällt mir ziemlich gut, du Wölfin.«

Er sah sie an. Meergrün, dunkel. Voller Liebe. Und alles, wirklich alles war gut.

ENDE